MAR INTERNO

LIVRO TRÊS

MAR EM CHAMAS

de
ROBERTO CAMPOS PELLANDA

2024

Copyright © 2024 Roberto Campos Pellanda
Todos os direitos desta edição reservados ao autor

Nenhuma parte desta publicação poderá ser reproduzida, seja por meios mecânicos, eletrônicos ou em cópia reprográfica, sem a autorização prévia da editora.

PUBLISHER	Artur Vecchi
LEITURA CRÍTICA	Duda Falcão
LEITURA SENSÍVEL	Camila Medeiros Isabelle Mohamed
REVISÃO E PREPARAÇÃO DE TEXTO	Fabio Brust – *Memento Design & Criatividade* Gabriela Coiradas
CAPA, PROJETO GRÁFICO, DIAGRAMAÇÃO E MAPA	Fabio Brust – *Memento Design & Criatividade*
ILUSTRAÇÃO DE CAPA	Damian Krzywonos

Dados Internacionais de catalogação na Publicação (CIP)

P 385

Pellanda, Roberto Campos
  Mar interno : mar em chamas / Roberto Campos Pellanda. – Porto Alegre : Avec, 2024.

  ISBN 978-85-5447-257-3

  1. Ficção brasileira I. Título

CDD 869.93

Índice para catálogo sistemático:
1.Ficção : Literatura brasileira 869.93

Ficha catalográfica elaborada por Ana Lucia Merege – 4667/CRB7

1ª edição, 2024

IMPRESSO NO BRASIL | PRINTED IN BRAZIL

AVEC EDITORA
CAIXA POSTAL 6325
CEP 90035-970 | INDEPENDÊNCIA | PORTO ALEGRE – RS
contato@aveceditora.com.br | www.aveceditora.com.br
Twitter: @aveceditora

Este é para você que descobriu em si mesmo algo importante.
Este é para você que escolheu bem o seu lado.
Este também é para você que fez algo maravilhoso.
Este é para vocês que estiveram certos o tempo todo.
Nunca vamos nos esquecer de vocês.

AVISO DE GATILHO
Violência

DESPEDIDA DE MAR INTERNO

Em uma tarde qualquer de 2012, sentei na frente do computador e escrevi:

"Theo pensou pela milésima vez: era muito bom ser rico."

Depois disso, a história foi se erguendo sozinha, como se existisse um arquiteto invisível orquestrando tudo. Eu não passava de um construtor — ou, se preferirem, um tecelão de palavras.

Assim, *Mar Interno* foi nascendo, sem grandes planejamentos ou planos de qualquer outro tipo. Durante aquelas sessões de escrita, éramos apenas eu, o Theo, a Anabela e o Asil, navegando em um mundo que se tornava mais amplo a cada dia que passava.

Em pouco tempo, a história ganhou corpo.

Porém, a vida é como o mar: o tempo muda de repente e a tormenta às vezes aparece do nada. Em 2014, enfrentei uma crise pessoal muito séria. Saí dos eixos e a história foi junto.

Quando o Theo sobe aos Jardins do Céu para encontrar a Fiona pela primeira vez, tudo parou.

E ficou parado.

Por muito tempo — de 2014 a 2017 — Theo, Anabela e Asil não passavam de lembranças. Eu via os três arquivos na minha área de trabalho (sim, cada um tinha o seu arquivo) e lembrava deles com carinho. Mas era só o que eu fazia. Nada de retomar a escrita.

Aí veio 2017 e outra tormenta soprou com tudo na minha vida. Dessa vez, um problema sério de saúde que envolvia uma cirurgia muito delicada.

A experiência de ver a vida pendendo tão frágil provocou mudanças profundas em mim. Uma dessas mudanças foi fazer as pazes com a minha escrita e entender que — fosse qual fosse o desfecho da minha história — eu precisava concluir *Mar Interno*.

Em 2017, terminei a história em meio a uma tempestade criativa.

Felizmente, correu tudo bem com a cirurgia. A vida tomou outros rumos, mas *Mar Interno* estava lá, pronto, aguardando a sua vez.

Em 2021, com reedição de *O Além-mar* pela Avec, pensei: é agora!

Foram aí mais alguns anos até este momento: *Mar em Chamas* publicado e a trilogia completa.

Dito tudo isso, vocês podem imaginar o peso que tem me despedir do Theo, da Anabela e do Asil.

O que está no porvir, eu não sei.

Mas uma coisa é certa: para onde a vida me levar — e pelo tempo que ela decidir me levar — o Theo, a Anabela e o Asil estarão sempre comigo. Eles viraram uma parte indissociável da pessoa que eu me tornei.

Quando terminarem esse último volume, quando chegar a hora do ponto final, quem sabe eles também não passam a fazer parte de vocês também?

ROBERTO CAMPOS PELLANDA
Agosto de 2024.

A imagem do mar de árvores que os rodeava enchia Asil com uma estranha paz. Observava os grossos troncos se erguerem em direção ao céu como se fossem pilares que sustentavam o firmamento; as imensas copas, cobertas com as folhas verde-escuras dos eucaliptos, obliteravam quase tudo o que havia acima. Era como se a floresta fosse uma redoma, que os guardava do mal que espreitava lá fora.

Asil passou a estudar Júnia com ainda mais cuidado. Além de estar atento às suas necessidades, como antes, agora também aprendera a observar suas reações. Entendia que Júnia perceberia a aproximação de algum perigo com muito mais eficiência do que ele. E era justamente o aspecto despreocupado da menina que havia permitido que Asil relaxasse pelo menos um pouco.

Todas as manhãs, ele vestia Júnia com roupas quentes e a levava até um ponto próximo da cabana onde havia dois grandes eucaliptos tombados. Na intersecção dos troncos formava-se um pequeno espaço coberto, como uma pequena caverna. Ela gostava tanto de brincar ali que ambos frequentemente perdiam a noção do tempo. Perto da hora do almoço, retornavam ao abrigo por um caminho mais longo para passar por um córrego, de onde tiravam água limpa para beber.

Apesar do isolamento, não faltavam mantimentos. Asil não era um perito com o arco e flecha, mas também não tinha tido dificuldades em capturar lebres parecidas com as que Vasco havia conseguido na primeira noite. Mas, mesmo que não houvesse caça em abundância, não teriam passado fome. Dois dias depois que Vasco partiu, o casal que os vigiara na caravana apareceu de surpresa. Os dois trouxeram uma arca com carne salgada, queijos e frutas secas, além de roupas quentes e limpas para Júnia.

Na ocasião, Asil tentou descobrir algo a respeito dos dois e sobre os planos de Vasco. Não teve sucesso nem com um, nem com outro: o casal era reservado ao extremo e fazia questão de manter uma postura de permanente desconfiança. Os semblantes imutáveis e o silêncio conferiam à dupla ares taciturnos e sombrios. O único momento em que aquilo se modificava era quando Júnia estava por perto. Naquelas horas, os dois a observavam com reverência, como se estivessem diante de uma divindade. O máximo que Asil conseguiu descobrir foram seus nomes: Jaffar e Leyla.

São jovens ainda... o que é que esses dois já viram que os deixou assim?

O casal partiu horas depois, deixando-os mais uma vez entregues à paz silenciosa da floresta.

Apesar de Júnia continuar com um aspecto despreocupado, Asil sentia uma tensão crescente ganhar força dentro de si. A conversa com Vasco o assombrava cada vez mais. Ainda guardava cristalina a imagem do rosto do Jardineiro, as feições de terror desenhadas pelo clarão das chamas da fogueira, falando sobre demônios, Santo Agostino e ainda sobre outra criança como Júnia. Eram conversas de desespero, próprias para tempos desesperados.

Depois de tudo o que passara, Asil não se sentiu completamente surpreso ao perceber a voz de outro chamado.

A sensação veio tênue, como uma brisa soprada no ouvido de alguém no meio de um sonho. Mas ganhou força. A cada dia que passava, entendia que estava sendo chamado a usar o seu machado para salvar a outra criança. A sensação aos poucos ganhou força até se tornar algo mais parecido com uma convocatória. Cada vez que via Júnia brincando, enxergava também a imagem da outra criança nas mãos de monstros como o mercenário Hasad.

Aquilo o lembrou de que havia abandonado, pelo menos até aquele momento, a missão de matar Dino Dragoni. O chamado para resgatar a outra menina, tal como tinha sido com Júnia, porém, era diferente. Tratava-se de algo muito maior, que transcendia ele próprio e todas as outras coisas.

Entretanto, não podia agir sem as informações de Vasco; tampouco estava disposto a arriscar a segurança de Júnia. Por isso, só lhe restava esperar.

Quando retornaram para a cabana, já passava da hora do almoço; Júnia estivera entretida com a brincadeira e Asil, perdido nos próprios pensamentos, havia deixado o tempo passar. Assim que avistaram o abrigo, Asil percebeu que havia movimento lá dentro. Olhou para Júnia, e entendeu que ela permanecia tranquila. Por via das dúvidas, pediu para que ela ficasse um pouco mais para trás e puxou o machado de seu local de repouso atrás dos ombros.

Alguns passos mais adiante, avistou dois cavalos e, entre eles, a figura esbelta de Jaffar. Guardou o machado e fez sinal para que Júnia se aproximasse. Asil cumprimentou o rapaz com um aceno e entrou na cabana com Júnia. Leyla guardava suprimentos em um armário. A fogueira no centro estava acesa e sobre ela havia um caldeirão de ferro fundido. Ao lado do fogo havia uma pequena banheira de cerâmica.

— Estou esquentando água para dar banho na menina — disse Leyla, a voz desprovida de qualquer sinal de emoção.

Asil olhou para Júnia. A menina olhou para as mãos imundas e abriu um imenso sorriso. A última vez que a tinha visto sorrir daquele jeito fora na companhia de Mona, nos passeios matinais por Tássia.

— Esperarei lá fora — disse Asil.

Encontrou Jaffar terminando de cortar lenha. Ele já tinha tratado do cavalo que Vasco tinha deixado e limpado as folhas secas que cercavam a cabana.

A obstinação com o trabalho e o dever são as mesmas, mas agora o semblante é ainda mais tenso.

— O que está havendo, Jaffar? — perguntou Asil, aproximando-se.

— Já se passou tempo suficiente para que o Vasco voltasse.

Ele guardou o machado e terminou de empilhar a lenha.

— Há muito acontecendo.

Asil resolveu ser direto.

— Vasco pretendia resgatar a outra menina. Ele conseguiu?

Jaffar cruzou os braços.

— Não. Houve uma complicação.

— O rapaz que ele aguardava vir de Astan? — arriscou Asil.

Jaffar assentiu com ar solene.

— Ele caiu em uma cilada e foi capturado.

Essa é uma má notícia.

— Capturado? Por quem?

— Por Dino Dragoni.

Asil deu um passo para trás. *Céus... Dino Dragoni! Não podia ser pior!*

— E o que o Vasco pretende? Ele não está pensando em...

— Está.

— Jaffar, você entende que é outra armadilha? Vasco corre para resgatar o rapaz, é capturado e cedo ou tarde revela a nossa localização.

Jaffar assentiu mais uma vez.

— Há mais.

Mais? O que pode ser pior?

— Localizamos Marcus Vezzoni entrando e saindo da mansão.

— Ele e Dino Dragoni estão negociando... — disse Asil para si mesmo. — A outra menina?

Jaffar tinha um aspecto devastado, como um jogador que tem uma mão ruim e sabe que vai perder.

— Sim.

— Vasco está encurralado.

— Todos estamos — completou o rapaz.

Asil já sabia o que fazer. Era uma loucura, mas também entendia que, no ponto em que estava, era o curso natural dos acontecimentos.

Se eu puder deixar este mundo sem Dino Dragoni e se eu ainda puder proteger essas crianças... então terei deixado a minha marca. Terei aplacado pelo menos parte do sofrimento que já causei.

— Como está Tássia?

O rapaz lançou um olhar desconfiado para Asil.

— Foi esvaziada. Dizem que Valmeron planeja alguma ação no estrangeiro.

Asil conhecia a mente de Valmeron. Ele atacaria onde todos menos esperavam. Desferiria um golpe violento no seu principal objetivo: Astan. Asil estava tão certo daquilo quanto poderia estar de qualquer outra coisa.

— E a guarda da cidade?

— Ficou reduzida a um pequeno contingente.

Andar por Tássia estava longe de ser seguro em qualquer circunstância, mas se a situação era aquela, não era o pior momento para arriscar-se.

— O que vocês pretendem? — perguntou Asil.

O rapaz olhou para os lados como se esperasse que alguém fornecesse a resposta que ele não tinha.

— Vamos esperar pelas instruções do Vasco.

Asil encarou Jaffar.

— Vocês pretendem entrar na mansão de Dragoni e resgatar o rapaz — arriscou Asil. — Isso é uma loucura. Vocês vão todos morrer.

O rapaz inspirou e prendeu o ar por um breve instante. Estava aterrorizado.

— Vasco conhece a casa.

— Não faz diferença — disparou Asil. — Vocês precisam de mim.

— Não. Você deve cuidar da *fahir*.

— Você não entende? Precisamos dela também.

Jaffar arregalou os olhos.

— O que você disse? Como assim?

— Pense, Jaffar: se a outra menina está na mansão de Dragoni, é só uma questão de tempo até que os demônios a farejem e eles mesmos lancem um ataque contra a casa. Além disso, suspeito que exista uma ligação especial entre essas crianças.

Jaffar arregalou os olhos ainda mais.

— Raíssa poderia localizá-la?

— Eu acho que sim — respondeu Asil. — A propriedade de Dino Dragoni é imensa. Além da residência do Empalador em si, existem várias mansões, casernas e galpões cuja finalidade poucos conhecem. Todas as construções estão separadas por vastos bosques e jardins. Pense na coisa toda como uma pequena cidade murada. Qualquer tentativa de resgate teria de ser muito rápida para chamar o mínimo de atenção. Se o grupo de resgate não tiver ajuda para localizar a outra menina, será descoberto.

Asil percebeu que o rapaz afundou em dúvidas.

— Não... Vasco deixou ordens.

— Para o inferno com as ordens. Ele morrerá, assim como o rapaz de Astan e a outra menina. É isso que você quer?

Jaffar sacudiu a cabeça.

— Não! Mas... você não entende? Não posso fazer nada.

— Então faça ao menos o seguinte: volte para Tássia o mais rápido possível, encontre Vasco e diga a ele o que acabei de dizer a você.

Asil tocou no ombro dele e completou:

— Pode fazer isso?

Ele assentiu, refletiu por um momento e correu para a cabana. Instantes depois, saiu acompanhado de Leyla. Os dois montaram nos cavalos e partiram. Antes de desaparecer no meio das árvores, Jaffar encarou Asil por um breve instante.

Ele está desesperado. Sabe que eu tenho razão.

Dentro da cabana, Júnia já estava de banho tomado, sentada à mesa. Ela comia uma refeição quente que Leyla preparara antes de partir às pressas.

Asil postou-se ao lado dela e a observou por um longo momento. Ela voltou-se para ele e o encarou, os pequenos olhos azuis bem abertos, mais vivos do que nunca. Sentiu o olhar inteligente e inquisitivo tão intenso que parecia que o trespassava. A clareza com que escutava Júnia em sua mente era cada vez maior. Imaginou que, à medida que a hora final se aproximava, a ligação entre eles evoluia.

Você precisa salvar a outra menina. Precisa salvá-la como me salvou.

— Eu sei — respondeu Asil em voz alta. — Você pode encontrá-la?

Posso.

Ele soltou um longo suspiro.

— Talvez devêssemos aguardar notícias de Vasco...

Não. Eles já sabem onde ela está.

— Eles?

Sim. Eles.

Asil estremeceu.

No instante seguinte, se preparava para partir.

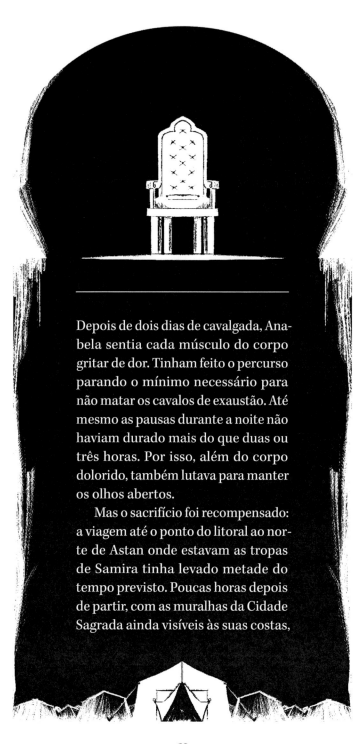

Depois de dois dias de cavalgada, Anabela sentia cada músculo do corpo gritar de dor. Tinham feito o percurso parando o mínimo necessário para não matar os cavalos de exaustão. Até mesmo as pausas durante a noite não haviam durado mais do que duas ou três horas. Por isso, além do corpo dolorido, também lutava para manter os olhos abertos.

Mas o sacrifício foi recompensado: a viagem até o ponto do litoral ao norte de Astan onde estavam as tropas de Samira tinha levado metade do tempo previsto. Poucas horas depois de partir, com as muralhas da Cidade Sagrada ainda visíveis às suas costas, se reuniram com uma companhia inteira de cavaleiros de Samira. Por mais que a planície de Qom estivesse sob o domínio de Usan Qsay, os comandantes de Tariq não permitiriam que seu príncipe viajasse desacompanhado.

Apesar da ansiedade que a consumia, Anabela não pôde deixar de achar graça na ironia. Viajava em meio a trezentos guerreiros orientais na companhia de seu príncipe e rumava justo para o coração de seu exército. Um ano antes, se alguém descrevesse a situação, soaria como uma completa loucura a seus ouvidos: a filha de Alexander Terrasini em uma jornada com uma horda dos mais leais seguidores de Usan Qsay.

Mais estranho do que a circunstância em si era o modo como era tratada. Cavalgou o tempo todo ao lado de Tariq, em uma posição de evidente prestígio. Durante as breves paradas, esteve o tempo todo escoltada por membros da guarda de elite de Samira. Por mais que Tariq fosse um anfitrião educado, havia naquele cuidado a sugestão de algo a mais, alguma coisa que Anabela ainda não conseguia entender.

Avistaram uma fileira de colinas baixas logo adiante. As formas onduladas cobertas por uma grama verde marcavam o final do caminho. A estrada, até ali plana, agora começava a se inclinar em direção às elevações. Anabela venceu a última etapa como um verdadeiro sacrifício: quando chegou ao topo, ofegava e lutava para se manter em cima do cavalo. Quando conseguiu recuperar um pouco do fôlego, porém, foi recompensada pelo que se abria diante de seus olhos.

Do ponto de vista elevado, descortinava-se a visão de um mar que se espalhava até o horizonte. O imenso tapete azul estava salpicado por um fino pontilhado branco das ondas. Onde terra e mar se encontravam havia o amplo semicírculo de uma praia, que repousava no abrigo de uma enseada. Entre a encosta da colina que começava a descer e a praia, havia uma planície. E foi nela que Anabela viu pela primeira vez o esplendor do exército de Samira.

Tariq abriu um sorriso.

— Senhora Anabela, contemple as forças reunidas do reino de nosso senhor, Samira.

Anabela sorriu de volta. A cena era impressionante. Todo o terreno estava tomado pelas formas pontiagudas das tendas brancas. Entre elas, um enxame de pequenas formas mantinha-se em constante movimento: eram homens, milhares deles. Acima de tudo aquilo, tremulando orgulhosas, estavam as bandeiras com a violeta roxa do reino oriental.

Mas, apesar de tudo isso, Anabela só tinha olhos para o que via nas águas da enseada. No abrigo da baía, repousava uma frota de galés de guerra. Não era imensa, ela calculou ao redor de sessenta ou setenta navios, mas ainda assim impressionante.

— Uma pequena surpresa? — perguntou Tariq com um sorriso que mostrava que o espanto dela o divertia.

— Uma frota de guerra?

— Foi construída há dois anos.

Anabela estava perplexa. Havia sido um segredo muito bem guardado; ninguém em Sobrecéu ouvira falar que Usan Qsay e seus aliados estivessem construindo uma frota de guerra.

— Onde?

— Em um ponto remoto no litoral — respondeu Tariq. — A ideia foi do meu tio. Usan entendia que a grande fraqueza da nossa causa era a ausência de uma força naval.

Anabela espantou-se ao ouvir aquilo. Usan Qsay era o grande estrategista de que todos falavam, e muito mais. Dois anos antes, ele ainda não era um líder, tampouco formara o exército que agora se preparava para tomar Astan. Apesar daquilo, tinha enxergado mais longe do que qualquer outro e visto a necessidade de se preparar para os conflitos vindouros. Era evidente que ele tinha medido cada movimento em antecipação a um grande confronto com a Frota Celeste.

Nada é mais estranho do que as voltas que a vida dá... basta ver onde estou agora.

Assim que chegaram ao acampamento, Tariq despediu-se de Anabela. Ele mal descera do cavalo e já estava cercado por líderes e comandantes solicitando sua presença. Anabela imaginou que ele precisaria de uma grande dose de habilidade política para negociar sua ausência em um momento como aquele.

Tariq ordenou que uma tenda inteira fosse esvaziada para seu uso exclusivo. Serviçais providenciaram água quente para um banho, além de frutas frescas e vinho. Depois de tanto tempo acostumada a uma vida simples, todo aquele movimento ao seu redor a deixava confusa.

Uma hora depois, Anabela foi chamada pelo comandante do acampamento para almoçar com o príncipe. Ela foi conduzida até a praia, onde uma grande mesa de campanha tinha sido montada. Sobre ela havia um pequeno banquete com vários pratos quentes e uma jarra de vinho. Havia apenas duas cadeiras.

O príncipe chegou logo depois; tinha trocado de roupa e usava vestes leves de linho branco com uma abotoadura com o símbolo de Samira na lapela. Os dois estavam famintos por causa da viagem e comeram quase sem parar para conversar. Depois, levantaram-se e viraram as cadeiras de frente para o mar.

Anabela deixou-se levar pelo som das pequenas ondas quebrando logo adiante. Ao longe, as galés de guerra mal se moviam nas águas calmas da enseada. O céu estava claro e, a temperatura, amena. Ao que parecia, o inverno no Oriente perdia força e os dias de frio que experimentara em Astan tinham ficado para trás.

Ela observou Tariq. Não sabia dizer se o olhar dele estava perdido na frota ou no horizonte além dela; independentemente do que mirava, o semblante permanecia ao mesmo tempo sereno e obstinado. Anabela viu-se envolta por um manto invisível de conforto. Parecia que ali, na paz daquela praia, a ideia de que o mundo se perdia em uma espiral de terror era completamente absurda. Parecia que tudo estava em paz, que não havia nenhuma ameaça capaz de aniquilar tudo o que conheciam e amavam. Tariq tinha aquela propriedade, refletiu Anabela. Ele transparecia a confiança que sentia nas forças boas que tinha em si mesmo, nas outras pessoas e no próprio universo, e aquilo fazia com que tudo parecesse ter solução.

— No que o príncipe de Samira está pensando?

Ele voltou-se para ela, sorriu e depois pousou o olhar outra vez no oceano.

— Em tudo que preciso fazer para deixar para meus filhos um mundo melhor do que este que eu recebi.

— Parece uma meta ambiciosa.

— Esse tempo em que vivemos é singular. Há muito em jogo. Pessoas como nós têm de assumir a responsabilidade pelas transformações.

Anabela sorriu.

— Acho que essa não sou mais eu.

Ele a observou com olhar sério.

— Você está enganada. Nunca deixou de ser quem nasceu para ser.

— Isso parece um exagero. Passei por muita coisa. Não sei se sou a mesma pessoa, nem se quero outra vez a responsabilidade de governar.

— Sei que você enfrentou muitas provações, mas é uma ilusão pensar que se tornou outra pessoa. Você amadureceu e ganhou sabedoria com tudo o que viu e experimentou, mas no fundo ainda é a mesma Anabela. Nossos sonhos condicionam quem queremos ser e o modo como os perseguimos dizem quem somos de verdade.

Anabela ajeitou-se na cadeira de modo a encará-lo.

— E qual é o seu sonho, Tariq?

— Varrer esses demônios que infestam o nosso mundo e tratar de monstros como Titus Valmeron e cada um de seus aliados pela lâmina da espada. Depois, dedicar a vida para consertar, pedaço por pedaço, todo o mal que fizeram.

Anabela percebeu que a mente alçava voo ao deixar-se levar pela ideia.

— É um grande sonho — disse ela.

Para um grande homem... completou para si mesma.

— E como você faria isso?

— De muitas formas — respondeu Tariq. — A primeira coisa é fazer com que ocidente e oriente aprendam a conviver. Ninguém pode almejar construir um mundo melhor em meio a tanto ódio. Depois, precisamos repensar a forma como ocorre o comércio entre as nações.

— Como assim?

— Sinto muito, Anabela, mas o sistema que seu pai implementou, concentrando rotas comerciais nas mãos de poucas companhias de comércio, serviu apenas para concentrar a riqueza nas mãos de poucas pessoas, em poucos lugares. Precisamos de um sistema em que cada um possa ter a oportunidade de construir a própria prosperidade.

Ela ponderou com cuidado aquelas palavras. Depois de ter visto a realidade de Astan e o ponto de vista de gente como Hamid e Ismail, Anabela concordava com Tariq. Estava claro que, no mundo que seu pai tinha construído, cabiam apenas as famílias ricas de Sobrecéu.

— É verdade, Tariq. Você tem razão.

Os dois permaneceram em silêncio por um longo momento. Anabela fechou os olhos e sorveu o ar perfumado de maresia. Quando os abriu, levantou-se e caminhou até a beira do mar. Tariq a seguiu, as mãos unidas atrás da cintura. Ela sentiu os pés afundarem na areia; a água que tocava a pele estava gelada.

— Os seus comandantes sabem da sua participação na Ordem? — perguntou Anabela, olhando para as ondas.

— Nem os meus homens mais próximos sabem. Ninguém pode saber — respondeu ele, parando a seu lado. — É uma das regras mais antigas da Ordem: as pessoas não podem saber da nossa luta, do que fazemos para deixar o seu mundo como está. Nossa guerra será sempre travada nas sombras, nos bastidores de todo o resto.

— Você terá trabalho para convencê-los a deixá-lo partir para um lugar como Tássia.

— Você tem razão — respondeu ele. — Mas direi que pretendo estudar a real situação da máquina de guerra tassiana, o que não é uma mentira.

— Qualquer espião poderia fazer isso.

— É verdade, mas não é meu costume e os meus homens sabem disso.

— Como assim?

— Eu não mando ninguém para a morte. Se a missão é arriscada ou nos coloca cara a cara com o inimigo, eu sou o primeiro a ir. Vigiar Tássia é um movimento natural no ponto em que estamos. Meu tio quer saber por que Valmeron ainda não atacou. Já teve tempo mais do que suficiente para isso.

Anabela vinha se perguntando a mesma coisa.

— Ainda assim, será difícil.

— Eu me reunirei com meus comandantes hoje à noite. Receio que não poderei acompanhar você no jantar...

Anabela tocou no braço dele.

— Você já fez muito por mim, Tariq.

— Muito menos do que eu gostaria, Ana — disse ele. — Preciso ir.

Anabela sorriu.

— Vá. Não tenho direito de roubá-lo por mais nem um segundo.

Ele sorriu de volta.

— O que você vai fazer?

— Vou caminhar por esta praia e depois vou para minha tenda, descansar.

Tariq ergueu um braço. Em instantes, quatro guardas armados aproximaram-se.

Anabela ergueu uma sobrancelha.

— Tariq, você tem quantos homens...

— Seis mil — disse ele de pronto. — Não importa. Não vou correr o risco de perdê-la outra vez. Eles têm ordens de observá-la de longe. Não a importunarão.

Os dois observaram o ir e vir das ondas por mais algum tempo em silêncio e, depois, Tariq retornou ao acampamento. Anabela caminhou ao longo da praia, mas logo descobriu que estava mais cansada do que tinha imaginado. Decidiu retornar para a sua tenda para descansar.

Enquanto percorria o acampamento, ela percebia os olhares postos nela. Imaginou o que os homens comuns achavam da sua presença ali. Seriam eles tolerantes como o seu príncipe? Ela achou que provavelmente não, mas a verdade é que era impossível dizer. Os homens de Samira eram reservados e se detinham aos seus afazeres com um misto de seriedade e introspecção. O resultado era que, apesar da grande aglomeração de gente, o acampamento não era barulhento.

Quando estava prestes a entrar na tenda, Anabela percebeu a aproximação de um homem. Ele não usava a armadura dos soldados, tampouco a túnica que vestia era a de um homem comum. O grosso manto de lã cinzenta sobre seus ombros parecia ajudar a sustentar um rosto de forma alongada e traços muitos sérios. Os cabelos grisalhos pouco faziam para suavizar a rigidez do semblante. Anabela conhecia aquele conjunto como um todo: tratava-se de alguém em elevada posição hierárquica, alguém acostumado a ter suas ordens obedecidas.

Ela sobressaltou-se com a cena. O homem avançava em sua direção com passos firmes e decididos.

Acho que estou prestes a descobrir o que os homens de Tariq pensam de mim...

Anabela preparou-se para o pior, mas foi pega de surpresa pelo que veio a seguir.

— Minha senhora, permita que eu me apresente: sou Issah Sanah — disse ele, usando o mesmo tálico perfeito de Tariq. Ele curvou-se em uma longa mesura. — Sou o comandante geral desta força e gostaria de lhe dar boas-vindas.

— Muito obrigada, senhor. É uma honra estar aqui.

— Meus antepassados servem a família Qsay há muitas gerações — disse ele, erguendo-se. — Permita que eu lhe conceda este presente. — Issah retirou de um dos bolsos um pingente com o símbolo de uma árvore que Anabela não conhecia ao lado da flor de Samira.

Anabela tomou a joia nas mãos.

— É maravilhoso, mas eu...

— Por favor, aceite o brasão da minha família como sinal de minha amizade.

Anabela estava estupefata. Sabia do simbolismo daquele gesto nos costumes orientais.

— Com muita alegria, eu aceito a sua amizade e seu magnífico presente, senhor Sanah.

Ele estreitou os lábios num gesto que Anabela considerou que, provavelmente, representava o mais próximo que ele chegava de sorrir de verdade.

— Entendo que sua partida é iminente. Espero que, no nosso próximo encontro, tenhamos a oportunidade de conversar melhor.

— Eu também espero, senhor.

Ele fez uma nova mesura.

— Bom descanso, minha senhora.

Anabela despediu-se e entrou na tenda.

Sozinha no pequeno ambiente, viu-se confrontada com uma torrente de sensações e pensamentos que começavam a tomar forma. Ela sorveu o perfume suave dos incensos que alguém acabara de acender e resistiu à tentação de entregar-se à rede montada em um dos cantos. Precisava pensar.

Ela revisitou todos os momentos na companhia de Tariq. Lembrava-se da primeira vez, na Torre Branca, em Rafela, em que ele tratara de seus ferimentos. Anabela ainda tinha claro o impacto que ele causara nela. Alguns dias mais tarde, jantaram juntos e conversaram, mas foram interrompidos pelo avanço de Carolei em direção a Rafela. Muitas coisas se passaram para que então se reencontrassem em Astan. Naquele breve período, mais do que nunca Anabela percebia a intensidade incomum de se estar ao lado de Tariq.

Ela sempre percebera que havia alguma reciprocidade naquele sentimento. O príncipe a tratava de modo especial. Com o passar do tempo, Anabela começou a suspeitar que ele poderia pretender algo mais, mas a noção tinha um quê de absurdo difícil de ignorar. Tariq era o herdeiro do trono de uma nação importante. Se transformaria em breve em um dos homens mais poderosos do Oriente. Naquela posição, já seria inesperado se ele escolhesse uma esposa ocidental; se ela fosse celestina, então, a situação beiraria o impensável.

Por outro lado, Anabela conhecia a força do espírito de Tariq. E ele seria rei. Poderia fazer o que bem entendesse.

Ela não tinha dúvidas de que amava Tariq.

Por outro lado... havia o Theo. Também amava cada lembrança, por menor que fosse, de cada momento seu com ele. A simplicidade de Theo e o seu jeito sincero colocavam Anabela em contato com o que ela tinha de melhor. Ele a fazia se lembrar constantemente da alegria de estar viva.

Quando Anabela deixou o corpo afundar na rede, estava mais confusa do que quando havia entrado na tenda e começado a pensar naquilo tudo.

Eu vou precisar de tempo... se é que algum de nós terá...

Quando acordou, já era noite. O interior da barraca estava perdido em uma tênue penumbra. A única luminosidade vinha dos archotes do lado de fora; a luz que produziam filtrava-se pelo tecido da tenda, deixando impressos globos desfocados de luz alaranjada.

Ainda semiadormecida, Anabela viu o vulto de um homem entrando pela fresta de tecido da entrada da tenda. Em uma fração de segundo, entendeu que era Tariq, mas, no ínfimo intervalo de tempo no qual ela ainda não o tinha reconhecido, a mente a transportou para outro lugar. Naquele átimo, viu-se no quarto escuro em Valporto com o vulto de Dino Dragoni se aproximando. Por mais que agora visse Tariq e o escutasse chamando seu nome, o estrago já estava feito.

Anabela saltou da rede. O gesto desajeitado fez com que perdesse o equilíbrio e caísse de costas no chão. O coração martelava com força no peito e a visão era turva; dominada pela mais pura reação de horror, ela abriu a boca para gritar, mas não conseguiu produzir nenhum som. Tariq correu até ela, ajoelhou-se e tomou-a nos braços. Ele começou a embalá-la para frente e para trás enquanto cantarolava em voz muito baixa alguma melodia na língua comum do Oriente.

Embalada pelo som, Anabela sentiu as lágrimas de terror cederem lugar a outras, mais comuns, de tristeza e pesar.

— Sinto muito, Ana... — disse Tariq, quando percebeu que ela se acalmava. — Desconfiei que havia acontecido algo... você tinha um olhar diferente... Eu sinto tanto por não tê-la protegido.

Levantou-se com a ajuda de Tariq e se sentou na rede. Ele acendeu todos os lampiões que encontrou e o interior da tenda criou vida. A luminosidade ajudou Anabela a voltar a si. Ela soltou um longo suspiro.

— Eu sinto muito, Tariq. Foi algo que eu... não pude controlar.

Ele ajoelhou-se outra vez diante dela.

— Não há por que se desculpar. Se algum dia quiser falar sobre isso... se achar que eu posso ajudar...

Ela o interrompeu com um sorriso triste.

— Obrigada, mas não. Esse demônio me pertence. Preciso viver com ele.

Tariq assentiu.

— Mesmo assim...

— Obrigada — repetiu ela. — Se você está aqui, é porque a reunião com os líderes terminou.

— Sim. Foi muito difícil, mas consegui convencê-los da importância de me deixarem ir a Tássia. Fiz a promessa de retornar assim que possível. — Tariq fez uma pausa. — Pretendo cumprir essa promessa, assim como quero tirá-la de Tássia o mais rapidamente possível.

— Parece uma boa ideia. Quando partimos?

— Agora. A maré está favorável para deixarmos a enseada. Um dos navios nos levará.

Anabela inspirou profundamente. Estava exausta e era noite fechada, mas tinham pressa — já haviam perdido muito tempo. Se Theo de fato rumava para uma armadilha, ela podia muito bem já ter se fechado sobre ele.

— Muito bem. Quanto antes, melhor.

Anabela seguiu Tariq em direção à praia, serpenteando pelo mar de tendas silenciosas. O acampamento jazia adormecido e os únicos sinais de vida eram algumas sentinelas de plantão. Quando chegaram à praia, Anabela sentiu o vento à beira-mar atravessar o tecido fino do vestido. Um dos homens de Tariq entregou a ela um pesado manto de lã. Ela o colocou sobre os ombros e embarcou em um pequeno bote. Tariq entrou em seguida junto com um grupo de remadores. Em instantes, a pequena embarcação avançava, oscilando sobre as ondas. Rumavam em direção à frota fundeada mais ao longe. Os cascos dos navios não passavam de vultos indistintos perdidos na escuridão. Anabela não sabia para qual deles se dirigiam, mas sabia para onde a embarcação a levaria.

Vou para Tássia... de tudo o que eu já fiz, essa é, de longe, a maior loucura de todas...

A voz abriu caminho na mente de Theo em meio à pior dor de cabeça de sua vida.

— Vejam, o rapaz não morreu.

Tentou abrir os olhos, mas descobriu que apenas um deles, o menos inchado, se abria. Theo sentiu uma onda de choque correr pelo corpo. O coração disparou e o medo sobrepujou até mesmo a dor que sentia.

Estava deitado e a figura debruçada sobre ele tinha feições delicadas, nariz pequeno, sobrancelhas quase inexistentes e lábios muito finos. Mas havia rugas ao redor dos olhos e cabelos grisalhos emoldurando tudo aquilo. Theo nunca o vira antes, mas as descrições de sua aparência eram famosas e alcançavam todos os cantos do Mar Interno.

Dino Dragoni!

A imagem do Empalador sumiu e Theo passou a apenas escutar a voz.

— Sorte a sua, Rufus. Se ele morresse, você morria também.

Theo fez um esforço e conseguiu abrir ambos os olhos. Ergueu o tronco o máximo que pôde e olhou para si mesmo: estava deitado sobre uma mesa de madeira. Punhos e tornozelos estavam presos a ela por tiras de couro. O recinto ao seu redor não era amplo e estava bem iluminado por lampiões que pendiam do teto. O local parecia ser a oficina de um marceneiro: a mesa onde estava ficava no centro e junto das paredes havia várias bancadas de trabalho. Acima delas, uma infinidade de diferentes tipos de ferramentas estava pendurada por ganchos.

Dino Dragoni o observava junto aos pés da mesa. Mais atrás havia outros cinco ou seis homens, mas a mente entorpecida misturava as silhuetas e era impossível ter certeza. Talvez fossem dez; talvez não fosse nenhum e estivesse ali sozinho com o Empalador de Tássia.

Aos poucos, a mente ia recuperando a clareza e as coisas ao seu redor ganharam nitidez. A cabeça continuava latejando e ainda era refém de um terror avassalador, mas Theo sabia que precisava fazer um esforço para entender o que se passava. Era o único modo de sobreviver.

Olhou em volta e entendeu que Dino Dragoni estava cercado por seus guardas. O homem que vinha logo atrás, porém, vestia-se de maneira diferente e seu rosto também era familiar. Theo levou um segundo para entender quem era. Quando reconheceu o banqueiro Marcus Vezzoni, seu corpo foi tomado pela mais pura onda de cólera. Contorceu-se e tentou desferir chutes e socos, mas as tiras de couro que o continham eram fortes demais. Sentia o calor incendiar o rosto e cada músculo de seu corpo se retesou. Se não estivesse amarrado, teria matado Vezzoni com as próprias mãos, não importando quantos guardas de Dino Dragoni estivessem presentes.

Vou matá-lo... vou matá-lo!

Ao escutar os grunhidos enfurecidos de Theo, Dino Dragoni inclinou a cabeça como alguém que estuda um animal exótico.

— Ele ficou idiota?

Theo fechou os olhos e se concentrou na própria respiração. Escutou um dos homens responder:

— Como assim, meu senhor?

— Pela pancada. Ele ficou idiota por causa da pancada?

— Ah... creio que não, senhor. Ele me parece apenas um pouco aborrecido.

— Sim, é claro — concordou Dragoni. — Você quer falar com ele?

A voz que respondeu era de Marcus Vezzoni.

— Olá, Theo.

Theo abriu os olhos.

— Lamento que tenhamos nos reencontrado nestas circunstâncias — disse ele, aproximando-se de modo a quase colar os lábios na orelha de Theo.

Theo contorceu-se na tentativa de acertar uma cabeçada no banqueiro, mas não conseguiu. O tórax também estava amarrado à mesa.

Vezzoni não se abalou e completou em um sussurro que apenas ele pôde escutar:

— Se serve de consolo, a segunda parte do nosso acordo está mantida. Eu a manterei em segurança.

Theo cravou os olhos no banqueiro. Havia tanto ódio naquele olhar que, por um instante, pensou que Vezzoni poderia cair morto apenas por sua causa.

— O que acontece agora? — perguntou Dragoni.

Vezzoni recuou e postou-se ao lado do Empalador.

— Mandamos outra mensagem falsa, dessa vez para o amigo do rapaz.

— O tal Jardineiro?

Vezzoni fez que sim.

— Ele corre para resgatá-lo e nos leva diretamente à criança.

— Parece fácil demais.

— E essa parte é mesmo. O difícil será o que teremos de resolver depois. Mesmo de posse das duas crianças.

Theo estava estupefato.

Duas crianças! Ele disse duas...! As duas fahir... *como é possível?*

— Providencie a mensagem agora mesmo — ordenou Dragoni.

Vezzoni esboçou uma meia mesura.

— Claro, senhor Dragoni.

O banqueiro olhou uma última vez para Theo e partiu.

Theo pensou com clareza pela primeira vez desde que acordara. Era óbvio que Vezzoni o havia enganado, assim como era evidente que estava associado aos tassianos. Theo não sabia quanto tempo ficara desacordado, mas, se o banqueiro estava ali, era porque tinha deixado Astan praticamente ao mesmo tempo que ele. Eles tinham tudo planejado desde o começo. Por outro lado, se haviam armado aquela cilada, era porque queriam as *fahir*. Se estavam atrás das crianças, aquilo poderia significar que parte da história de Vezzoni era verdadeira. Talvez uma aliança entre ele e os homens de Valmeron estivesse sendo formada para enfrentar Santo Agostino e os demônios.

Preciso sair daqui. Preciso avisar Vasco.

— O que fazemos com ele enquanto aguardamos, meu senhor?

— Qualquer coisa — respondeu Dragoni. — Apenas não o matem. Pelo menos não por enquanto.

— Se o senhor permitir... o rapaz é forte e perdemos muitos carregadores por causa da guerra...

O Empalador fez uma careta com a parte de cima do rosto e abriu um sorriso com a parte de baixo. A estranheza daquilo congelou o sangue de Theo.

— Claro. Ponham-no para trabalhar.

Theo imaginou que estava preso na residência de Dragoni, nos arredores de Tássia. Se isso era verdade e se fosse dar crédito a uma das mais obscuras lendas urbanas que corria pelo Mar Interno, tinha um bom palpite a respeito do que se tratava aquele trabalho.

Céus! Não pode ser isso!

Theo pensou em tudo que teria pela frente: teria de arranjar uma forma de sobreviver e impedir que Vasco o procurasse. Se ele havia encontrado Raíssa, não podia permitir que ela fosse sequestrada outra vez. Mesmo com tudo o que acontecera, não iria desistir.

Encarou os olhos perversos de Dino Dragoni, reuniu toda a coragem que tinha dentro de si e lançou o desafio silencioso: *Isso ainda não acabou. Isso está longe de acabar.*

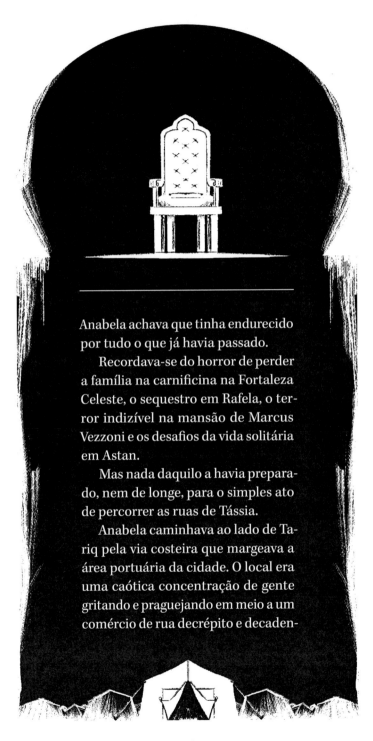

Anabela achava que tinha endurecido por tudo o que já havia passado.

Recordava-se do horror de perder a família na carnificina na Fortaleza Celeste, o sequestro em Rafela, o terror indizível na mansão de Marcus Vezzoni e os desafios da vida solitária em Astan.

Mas nada daquilo a havia preparado, nem de longe, para o simples ato de percorrer as ruas de Tássia.

Anabela caminhava ao lado de Tariq pela via costeira que margeava a área portuária da cidade. O local era uma caótica concentração de gente gritando e praguejando em meio a um comércio de rua decrépito e decadente. Havia sujeira por todo lado e o cheiro que assaltava as narinas beirava o insuportável.

Antes de pensar em conquistar o resto do mundo, Valmeron poderia ter começado arrumando a própria cidade.

Os dois usavam os melhores disfarces que tinham conseguido arranjar. Ainda a bordo do navio, Anabela recebeu uma túnica e um casaco masculino simples. Antes do desembarque, Tariq vestiu roupas semelhantes, mas — como os dois logo perceberam — aquilo não seria nem de longe o suficiente para afastar os olhares curiosos. Os rostos descobertos chamariam atenção imediata. A solução foi cobrir ambos com o longo manto cinzento dos Jardineiros. A vestimenta dos religiosos tinha um capuz, que podia ser fechado ao redor do rosto.

A galé velejara até um ponto remoto da costa, cerca de quatro dias de viagem a leste de Tássia. Foram levados num pequeno bote até a costa e de lá seguido a pé até a cidade. A viagem tinha sido cansativa e perigosa. As estradas ao redor de Tássia, como a própria cidade, não eram seguras para viajantes.

Logo perceberam que o disfarce fora bem escolhido: mesmo na Cidade de Aço, a dupla de Jardineiros silenciosos dificilmente seria importunada. Os homens de Samira retornaram ao navio e esperariam pelo retorno de ambos a bordo. Tariq havia dado ordens para que a embarcação fosse escondida em uma baía próxima. Se não retornassem em uma semana, o navio deveria voltar à costa de Astan. Sob hipótese nenhuma os homens deveriam desembarcar e procurar por eles.

Durante a travessia, Anabela e Tariq traçaram um plano de ação. A ideia era simples: se o contato da Ordem de Taoh não pudesse ser encontrado ou não possuísse a informação de que precisavam, seriam forçados a desistir. Não teriam uma segunda chance.

Enquanto percorriam a via costeira, observavam as fachadas dos estabelecimentos comerciais. A maior parte pertencia a tabernas e bordéis baratos. Tariq deteve-se por um tempo maior em frente a uma taberna. O lugar era decadente, tal como todo o resto. A madeira da fachada era maltratada por anos de exposição à maresia e à sujeira da cidade. Os vidros estavam sujos e a placa acima da porta parecia prestes a cair.

— A Serpente do Mar? — perguntou Anabela em voz muito baixa.

Tariq anuiu com um suave aceno e preparou-se para entrar. Anabela viu-se dividida: não sabia se ficaria mais calma por sair do espaço aberto, onde poderia ser descoberta a qualquer momento, ou ainda mais ansiosa, porque se o contato não tivesse a informação que buscavam, aquilo poderia significar que jamais saberiam o que acontecera com Theo.

Anabela atravessou a porta logo depois de Tariq. Ela se permitiu um pequeno suspiro de alívio ao perceber que o interior da taberna estava vazio. Como ainda era o início da manhã, a chance de enfrentarem um estabelecimento cheio de olhares curiosos era menor. Tariq avançou até o balcão nos fundos enquanto Anabela deteve-se perto da porta.

Um homem surgiu atrás do balcão. Era um senhor de idade, de corpo franzino e aspecto frágil. Anabela percebeu a postura de Tariq relaxar e ele removeu o capuz. O velho ergueu as sobrancelhas.

— Céus! São mesmo dias estranhos, esses que vivemos. Meu príncipe... não tenho palavras...

— Ahmat, você ainda está aqui. Não tenho como expressar como isso me alegra.

Os dois apertaram as mãos por cima do balcão.

— Ainda estou aqui, mas receio ser o último dos nossos em Tássia. Muitas coisas ruins aconteceram com nossos irmãos... — disse Ahmat. — Você não deveria ter vindo, Tariq. Um risco incalculável... logo você... em Tássia.

— Eu sei, meu amigo, você tem razão, mas são tempos desesperados.

— Vocês foram seguidos?

— Acreditamos que não.

Ahmat inclinou o tronco de forma a encarar Anabela, que permanecia mais atrás, ainda com o rosto oculto pelo capuz.

— Quem é o seu companheiro?

Anabela deslizou o capuz para trás. Ahmat a observou com extrema atenção, como alguém que se esforça para resgatar a identidade de um rosto que deveria ser um velho conhecido, mas que, por um lapso qualquer, foge da memória.

— Quem é você? Eu a conheço?

Uma nova voz surgiu, vinda de uma porta aberta nos fundos da taberna.

— Velho Ahmat. Ajoelhe-se perante a sua duquesa.

Vasco fechou a porta atrás de si e postou-se ao lado de Ahmat, atrás do balcão.

O velho estudava Anabela com ainda mais intensidade. A boca entreabriu-se e os olhos se arregalaram.

— É uma honra conhecê-lo, senhor Ahmat.

— Não pode ser...

— Sou Anabela Terrasini.

Ele contornou o balcão seguido de Vasco. Os dois se ajoelharam diante dela.

— Senhores! Nada disso é necessário — disse ela, estendendo uma mão para cada um deles, de modo a ajudá-los a se levantar.

— Senhora duquesa. Uma imensa honra para este velho — disse Ahmat com a voz trêmula, carregada de emoção.

Vasco tomou as mãos dela.

— Senhora Anabela. Em meio a tantas notícias sombrias, estou maravilhado em vê-la com vida... Imagino que tenha uma história e tanto para contar.

— E tenho — disse Anabela. — Mas receio que essa história tomaria um tempo que não temos.

O Jardineiro abriu um sorriso cansado. Anabela sorriu de volta, mas a imagem que tinha diante de si devastou-a por completo. O Vasco à sua frente era um mero vestígio da lembrança que tinha dele. A recordação do Jardineiro guerreiro cheio de vida tinha sido substituída por um homem com barba por fazer e o rosto trespassado por profundas rugas de preocupação. A pele perdera o brilho e as dobras de pele no queixo e nos braços denunciavam que ele perdera peso. O aspecto era o de alguém que, exposto a um terror constante, é levado ao limite do temor e da exaustão.

— Você não devia tê-la trazido, Tariq — disse Vasco, com o semblante agora tenso.

— Eu insisti — disse Anabela. — Tariq não teve escolha.

— Senhora, por favor. — Ahmat indicou com um gesto para que se sentassem em uma das mesas. — Eu ofereceria algo para vocês beberem, mas temos muito pouco tempo — disse ele, assim que estavam todos sentados. — Vou para o andar de cima, vigiar a rua. Quanto menos eu escutar, melhor...

— Aceitamos o risco de vir até aqui porque suspeitamos que Theo está prestes a cair em uma armadilha. Achamos que ele segue instruções de uma mensagem falsa — falou Tariq para Vasco, assim que Ahmat havia se afastado.

Vasco baixou o olhar e sacudiu a cabeça.

— Eu sinto muito...

— O que houve? — perguntou Tariq, a tensão transbordando da voz.

— Theo foi capturado. Ele foi emboscado por essa mensagem falsa. Eles o pegaram não muito longe daqui — respondeu Vasco.

Mesmo que ela já esperasse por isso, escutar que Theo caíra em uma armadilha era um golpe terrível.

Era tudo verdade. Era mesmo uma cilada. Maldito seja Marcus Vezzoni...

— Quem? — perguntou Tariq.

— Ele foi levado pelos homens de Dino Dragoni.

Anabela recebeu a notícia como um soco no rosto. A visão ficou turva, o ar fugiu dos pulmões e as pernas perderam a firmeza. Ela apoiou os cotovelos na mesa e cobriu o rosto com as mãos.

Por que tinha de ser Dino Dragoni? Por quê?

Vasco ergueu o olhar.

— Eu sei, eu sei. Dino Dragoni... não há como ficar pior. Eu sinto muito — disse ele. — Fiquei os últimos dias em uma tocaia, próximo da entrada da residência do Empalador. Passei dias e noites no meio do mato, dormindo ao relento, para estudar o movimento da casa.

Isso explica o seu aspecto... pobre homem. A ligação que ele tem com o Theo é poderosa. Fará qualquer coisa para salvá-lo.

— O que você descobriu? — indagou Tariq.

— Muitas coisas — respondeu Vasco. — Meu objetivo era avaliar o número de homens que Dragoni tem na casa para planejar uma operação de resgate. Mas acabei por descobrir algo inesperado.

Aquilo trouxe Anabela de volta à realidade. Ela encarou Vasco.

— O que foi?

— Vi Marcus Vezzoni entrar e, algumas horas depois, sair de lá.

Tariq esmurrou a mesa.

— Foi ele.

— Quem armou para o Theo? — perguntou Vasco.

Tariq assentiu.

— Como você sabe?

Anabela recordou-se dos acontecimentos em Astan. Era evidente que Tariq e Lyriss não haviam compartilhado toda a verdade com ela.

— Tariq, está na hora de você me contar tudo sobre a partida de Theo de Astan — disse ela com a voz calma, mas firme.

Tariq sacudiu a cabeça, desolado.

— Eu sinto muito, Ana. Mentimos para você, mas fizemos isso a pedido do Theo.

Ela sentiu o sangue ferver.

— Do que você está falando?

— Theo foi procurado por Marcus Vezzoni em Astan.

A voz de Vasco entrou cortando o ar que os cercava.

— O que você está dizendo, Tariq? Que loucura é essa?

— Vezzoni! — irrompeu Anabela. — Vocês estão completamente loucos? Como confiaram nele? *Como?*

— Eu sei, Ana. Eu sei... foi uma escolha do Theo — respondeu Tariq. — Vezzoni o procurou oferecendo um acordo e informações que soaram extraordinárias aos nossos ouvidos.

— Quais informações? — perguntou Vasco.

Tariq inspirou profundamente.

— Vezzoni afirmou que teve acesso às traduções dos mais importantes documentos a respeito da Terra Perdida. Documentos que estavam sendo trazidos por Alexander Terrasini em sua expedição.

Anabela ajeitou-se na cadeira.

— Como ele sabe da expedição do meu pai?

— Ele tinha as Folhas de Hamam sob seu comando por meio de um contrato sigiloso. E foram as Folhas, Ana, que emboscaram e assassinaram seu pai e seus companheiros.

Anabela estava estupefata. Jamais imaginara que viveria para descobrir a identidade dos assassinos do pai.

— Segundo Theo nos contou, Vezzoni teve acesso a parte desses documentos — prosseguiu Tariq. — Eles afirmam que as Sentinelas falharam ao dar o aviso. Os demônios já estavam entre nós há algum tempo. Por enquanto, estão em silêncio, atuando nos bastidores, preparando-se para o grande confronto. Vezzoni afirmou ainda que existe uma mente inteligente orquestrando tudo isso, uma coisa sobre a qual já ouvimos falar: o demônio superior.

Vasco arregalou os olhos.

— O *obake*?

Tariq assentiu.

— Sim. E ele foi além: afirmou que o *obake* apoderou-se do homem que era Santo Agostino. Isso significa que o líder dos Servos Devotos é o nosso verdadeiro inimigo.

Vasco soltou um gemido abafado.

— Meu Deus...

— Se veio de Vezzoni, deve ser tudo mentira — sentenciou Anabela.

— Não — disse Vasco com a voz firme. — Tudo faz sentido. Agora tudo se encaixa. Vezzoni pode ter armado para o Theo, mas a história que usou para ganhar a sua confiança é verdadeira.

— Como você pode saber disso, Vasco? — perguntou Tariq.

— O homem que está cuidando da *fahir* sugeriu a existência de uma ligação entre os demônios e Santo Agostino.

— Ouvimos histórias de que os Servos caçaram crianças mudas... — concordou Tariq.

— Sim. O próprio Ahmat entreouviu muitas dessas histórias de mercenários aqui na taberna — disse Vasco. — E Santo Agostino era o principal contratante das Folhas. Foi a mando dele que Isar e seus homens emboscaram Alexander Terrasini.

Tariq pousou a mão no braço de Vasco.

— Espere um pouco... você disse que tem a menina?

Vasco assentiu.

Ele a encontrou! A menina que Theo tanto procurava!

— Sim — confirmou Vasco. — A menina está em um esconderijo seguro.

— Seguro?

— Pelo menos por enquanto. É provável que eles tenham capturado Theo para me forçar a me expor e revelar onde está a *fahir*.

Aquilo fazia sentido. Anabela sentia o desespero tomar conta de si. A intrincada armadilha se fechava sobre eles. Precisavam de Theo e do Disco de Taoh, assim como também precisavam da *fahir*. Se deixassem Theo nas mãos de Dino Dragoni, cedo ou tarde ele seria morto; se tentassem resgatá-lo, era provável que fossem capturados, expondo aqueles que guardavam a menina.

— Você realmente encontrou a Raíssa? A menina que Theo tanto procurava? — perguntou Anabela.

— Sim — respondeu Vasco. — O mais incrível é quem é o homem que a salvou e vem tomando conta dela há vários meses.

— Quem é? — perguntou Anabela.

— Isso o que estou prestes a falar ainda não revelei para ninguém. Nem mesmo para Ahmat. Concordamos que quanto menos ele souber a respeito do esconderijo da *fahir*, melhor. Se ele for capturado, não poderá revelar informações que não tem — Vasco fez uma pausa, o olhar alternando entre Anabela e Tariq. Por fim, completou: — É o comandante aposentado Asil Arcan.

Anabela sentiu outra onda de choque correr pelo corpo. Ela, assim como muitos celestinos de sua geração, havia crescido ouvindo histórias de como Asil Arcan era um monstro. O guerreiro sanguinário e seu machado, ambos vindos diretamente do Inferno do Ceifador.

— Céus! E ele está...

— Cuidando da menina — interrompeu Vasco. — Sei das histórias que todos conhecem, senhora, mas acredite, o homem com quem estive é alguém que mudou por completo. Creio que foi obra de Deus. Foi Ele quem tocou Asil e fez com que salvasse a menina.

Anabela pensou por um momento.

— Mas o que Vezzoni queria com o Theo? Por que dividir tudo isso com ele?

— Vezzoni estava sendo ameaçado pelas Folhas, com quem mantinha um contrato paralelo, e também por Santo Agostino, que se revelou alguém muito mais perigoso do que ele poderia ter imaginado — respondeu Vasco.

Anabela compreendeu na mesma hora. Era típico de Marcus Vezzoni. O homem podia ser um grande negociante, alguém muito bem-sucedido, mas, no fundo, não passava de um covarde. Se tivesse de entrar numa luta, sempre recorreria a alguém para encarar a batalha no seu lugar.

— Ele queria que Theo enfrentasse Santo Agostino e resolvesse o problema para ele.

Tariq completou:

— Sim. Afinal, era o Theo quem vinha empunhando o Disco de Taoh. Ele era a escolha perfeita.

— Mas por que não me dizer nada?

— Foi exigência de Vezzoni — respondeu Tariq. — Ele disse que ajudaria Theo a encontrar Vasco o mais rápido possível, mas tinha de jurar que partiria sem se despedir de você.

Ela sacudiu a cabeça, confusa.

— Por quê?

— Vezzoni queria protegê-la. Sabia que se Theo dividisse com você tudo o que ele havia contado, você iria com ele onde quer que fosse — respondeu Tariq.

E eu iria mesmo.

Anabela sentiu o corpo afundar na cadeira. Vezzoni era um monstro; um negociante que manipulava com facilidade dinheiro, mercadorias e pessoas como se fossem a mesma coisa. Usou o amor que Theo sentia por ela para manipulá-lo e enviá-lo em uma missão sem volta.

— Mas Vezzoni não pretendia usar o Theo para enfrentar Santo Agostino — observou Tariq. — Caso contrário, não o teria entregado para Dragoni.

— Talvez os tassianos também estejam se preparando para enfrentar Santo Agostino. Isso explicaria a alteração nos planos de Valmeron. Talvez arranjem um meio de obrigar o Theo a lutar — completou Vasco.

Anabela achou que aquilo fazia algum sentido.

— Não vimos sinal das forças tassianas na cidade. Onde está a armada de Valmeron? — perguntou.

— Alguma coisa aconteceu — respondeu Vasco. — Todos esperavam a proclamação da nova república, mas ela não veio. Fosse pelas alianças que conseguiu formar ou pela intimidação, Valmeron tinha tudo de que precisava. No entanto, a Fortaleza de Aço mergulhou no mais absoluto silêncio. Tudo o que sabemos foi que Valmeron reuniu toda a frota em algum ponto no estrangeiro. O movimento é estranho. É quase como se ele se preparasse para enfrentar algum outro inimigo poderoso. A princípio, não fazia sentido, afinal a maior parte da Frota Celeste ele já derrotou e Usan Qsay permanece no oriente, longe de Tássia.

— Porém agora podemos imaginar o inimigo que ele vislumbra — disse Tariq.

Vasco assentiu.

— Há mais... Quando resgatei Asil Arcan e a *fahir*, eles eram prisioneiros das Folhas.

— Eles queriam a menina — apontou Anabela.

— Não. Isso é o mais estranho: aparentemente deixariam Asil partir com a menina, desde que ele cumprisse uma missão — disse Vasco.

Anabela inclinou-se e pousou os cotovelos sobre a mesa.

— Qual?

— Matar Vezzoni e recuperar a outra *fahir* que o banqueiro tem em sua custódia.

— Outra *fahir*! — exclamaram Anabela e Tariq em uníssono.

— Sim. De alguma forma, Vezzoni conseguiu localizar a terceira criança, aquela sobre a qual nada sabíamos — explicou Vasco.

— Então Asil foi forçado a aceitar essa missão. As Folhas também devem estar em seu encalço — disse Tariq.

Vasco sacudiu a cabeça.

— Não. O acampamento das Folhas foi arrasado pelos *siks*. Resgatei os dois na última hora, num golpe de pura sorte.

— Quer dizer que as Folhas... — Anabela não podia acreditar no que escutava.

— Estão todos mortos — pontuou Vasco.

Anabela refletiu por um longo momento.

— Vezzoni é a chave de tudo — disse, por fim. — Se ele criou a armadilha para o Theo porque se aliou aos tassianos ou se está apenas perseguindo uma agenda própria, não faz diferença para nós. O que precisamos é resgatar a outra menina.

— E quanto ao Theo? — perguntou Vasco.

— Se tivermos as duas *fahir*, recuperamos uma posição de vantagem — respondeu Anabela. — E precisamos disso para criar um plano que tenha chance de funcionar.

Tariq voltou-se para Vasco e disse:

— Anabela tem razão. Você foi criado na mansão de Dino Dragoni e conhece o lugar como ninguém. Mas isso não muda nada: nesse momento, tentar resgatar o Theo é uma missão suicida.

Vasco assentiu, relutante.

— O que você propõe? — perguntou ele para Anabela.

Ela pensou por um momento.

— Onde Vezzoni está? Por mais que esteja fazendo negócios com Dino Dragoni, duvido que esteja hospedado naquela casa. Duvido até que esteja na cidade.

Vasco concordou.

— Além do Ahmat, ainda tenho dois membros da Ordem atuantes em Tássia. Eu pedi para que seguissem a comitiva de Vezzoni quando ele deixou a residência de Dragoni. Ele está em uma galé mercantil ancorada a leste de Tássia.

Tariq estreitou os olhos.

— Assim como nós.

— Imaginei que vocês tinham feito algo assim — observou Vasco. — Onde está o seu navio?

— Cerca de quatro dias por terra a leste — respondeu Tariq. — Menos da metade desse tempo por mar.

— Vezzoni está mais distante do que isso. Uma semana por terra, mais ou menos. Quantos homens você tem a bordo?

Anabela sabia aonde Vasco queria chegar.

— Cerca de trinta guerreiros. O restante são marujos.

— Poderíamos usar seus homens para um ataque surpresa ao navio de Vezzoni — sugeriu Anabela para Tariq.

Vasco sacudiu a cabeça.

— Vocês devem ter visto com os próprios olhos: para o leste de Tássia, o litoral é todo recortado em diversas baías e enseadas. Procurar por um navio fundeado em uma delas vai demandar tempo e será uma grande exposição. O risco de sermos descobertos é grande.

— E não temos esse tempo — disse Anabela.

— Também não sabemos se a menina está com ele — emendou Tariq.

— Aposto que ela está — disse Anabela. — É um trunfo muito valioso para se deixar longe do alcance das mãos.

— Eu também acho — concordou Vasco. — Vezzoni tem ido e vindo da casa de Dino Dragoni. Não sei o que estão armando, mas, cedo ou tarde, é de se esperar que ele vá embora.

— E aí teremos perdido nossa chance. Levará muito tempo para rastreá-lo outra vez. Vezzoni tem propriedades por todo o Mar Interno e provavelmente no oriente também — apontou Anabela. — Pode se esconder em qualquer lugar.

Ela levantou-se. Precisava pensar.

— Também não podemos nos descuidar com a Raíssa. Por mais seguro que seja esse esconderijo, ainda está perto demais de Tássia.

Vasco assentiu.

— O lugar é seguro, mas você tem razão em uma coisa: precisamos decidir para onde levaremos a menina.

Ahmat surgiu apressado, descendo as escadas.

— Vocês precisam ir — disse, aproximando-se. — O movimento na rua está aumentando. O primeiro cliente deve aparecer a qualquer momento.

Anabela cobriu a cabeça com o capuz. Tariq levantou-se.

— Você deve partir, meu amigo — falou Tariq para Ahmat em voz baixa. — Já fez mais do que qualquer um de nós.

Ahmat abriu um sorriso triste.

— Este é o único lugar que me resta.

— Se a sua posição ainda não foi comprometida, logo será — completou Anabela.

— Eu posso tirá-lo da cidade — insistiu Tariq, segurando o ombro dele.

Anabela estudou Ahmat. Ela via com clareza sinais de uma exaustão extrema, acumulada por anos de medo e privações.

Uma vida como espião em Tássia... quem desejaria uma coisa dessas?

— Tariq tem razão — disse Vasco, também se levantando. — Tentaremos reunir informações por mais alguns dias e então decidiremos como resgatar o Theo e a outra *fahir*. Se tudo o mais falhar, partiremos todos com Tariq.

— Prometo pensar no assunto — disse Ahmat, relutante.

— Eu e a Anabela retornaremos ao navio — anunciou Tariq.

— E eu buscarei Asil e a Raíssa — completou Vasco.

Anabela e Tariq despediram-se dos outros dois. Anabela estava arrasada. As notícias eram piores do que o seu mais sombrio pesadelo: Theo fora levado por ninguém menos que Dino Dragoni e não havia nem o mais vago esboço de plano viável para resgatá-lo.

Ela arrastou os pés em direção à porta da taberna; Tariq seguia a seu lado. Como se não bastasse o desespero, ainda tinha de preparar-se para enfrentar as ruas de Tássia outra vez.

Quando Asil entrou no consultório de Romeu Dafrin, imaginou que talvez aquilo não fosse custar tanto assim.

Estava enganado.

Mesmo parado no vestíbulo, com a visão da sala de atendimento mais adiante quase inteiramente obstruída, Asil foi assaltado por lembranças de Mona tomada pela agonia. Lembrava-se de seu rosto, a pele pálida, o semblante torcido em uma careta de dor permanente.

Asil olhou para Júnia a seu lado. A menina desamparada que só tinha olhos para fitar o chão era a mesma que estivera ali naqueles dias. Ele tomou a mão dela e a apertou com carinho.

O custo de estar aqui outra vez não é apenas para mim...

Romeu Dafrin irrompeu dos fundos do consultório. Seu semblante estava transfigurado pela raiva.

— Senhor Asil — disse ele em voz baixa, mas carregada de irritação. — O senhor não cumpriu a sua parte no trato. Nosso contato em Altomonte disse que o senhor não esteve na cidade. Agora Dragoni retornou a Tássia e está em sua mansão, onde é impossível...

— Se quiser ver Dino Dragoni morto, fique em silêncio e escute. — O médico sobressaltou-se com o tom de voz de Asil.

Romeu Dafrin cruzou os braços, mas permaneceu em silêncio.

— Você é médico — prosseguiu Asil. — Tem acesso a substâncias químicas.

As feições rígidas de raiva aos poucos deram lugar a um semblante de dúvida.

— Sim, eu tenho um químico que...

Asil o interrompeu outra vez:

— Ele não conseguirá o que precisamos, mas é provável que conheça alguém do mercado clandestino que consiga.

Romeu descruzou os braços. Asil havia despertado a sua curiosidade.

— É um reagente conhecido como Vermelho de Harbin. Precisaremos de quatro ou cinco barris grandes cheios dele e uma carroça para transportá-los. Custará caro.

— Vermelho de Harbin? Nunca ouvi falar. Com esse nome, presumo que se trate de alguma ilegalidade.

Asil assentiu.

— A maior de todas.

O médico coçou o queixo.

— O senhor pretende me falar qual é o plano que tem em mente?

— Não.

Romeu Dafrin pensou por um momento.

— Para quando você precisa disso?

— Para o final do dia de hoje — respondeu Asil. — Mande trazer tudo para cá. Desmarque seus pacientes. Passaremos o dia aqui.

Asil percebeu que aquilo o havia surpreendido. Romeu refletiu por mais um momento.

— Farei o possível — disse ele, já se preparando para voltar ao consultório.

— Mais uma coisa.

O médico virou-se.

— O que é?

— Uma pedra para afiar — completou Asil.

Romeu assentiu, solene, e foi embora.

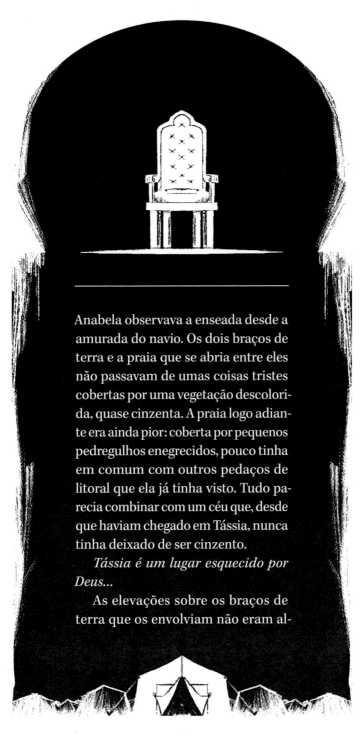

Anabela observava a enseada desde a amurada do navio. Os dois braços de terra e a praia que se abria entre eles não passavam de umas coisas tristes cobertas por uma vegetação descolorida, quase cinzenta. A praia logo adiante era ainda pior: coberta por pequenos pedregulhos enegrecidos, pouco tinha em comum com outros pedaços de litoral que ela já tinha visto. Tudo parecia combinar com um céu que, desde que haviam chegado em Tássia, nunca tinha deixado de ser cinzento.

Tássia é um lugar esquecido por Deus...

As elevações sobre os braços de terra que os envolviam não eram altas, mas erguiam-se o suficiente para ocultar a galé ancorada nas águas calmas. Apesar da proximidade com a cidade, o local tinha provado ser ermo o suficiente para servir como esconderijo. No cansativo trajeto de retorno, o ir e vir de gente na estrada logo se extinguira e Anabela viu-se percorrendo terras que não pareciam pertencer a ninguém. Mais uma vez, teve a nítida impressão de que Valmeron em nada se importava com desenvolvimento da própria cidade.

Por outro lado... o que cresce numa terra estéril assim? Seria esse um dos motivos pelos quais os tassianos amam tanto a guerra?

Anabela estava exausta. Por dentro, era atormentada por visões hediondas de Theo nas mãos de Dino Dragoni. Aquilo trouxera à tona todos os seus mais horríveis demônios; tudo aquilo que a tanto custo ela aprendera a soterrar em algum lugar inacessível agora jorrava em sua mente. Sentia-se como alguém que, ainda acordado, era constantemente obrigado a assistir a seus piores pesadelos, um após o outro. Por fora, sonhava apenas com um banho e com um chão que não oscilasse sob os pés.

Ela agradecia silenciosamente pela presença de Tariq. Apesar de tudo pelo que passavam, ele permanecia sereno e de bom humor. Estava sempre atento às suas necessidades, mas parecia ter um talento especial para reconhecer a hora de não se aproximar; parecia saber que, às vezes, ela precisava de um tempo sozinha. Os dois aguardavam com extrema tensão as notícias de Vasco. Antes de despedir-se na taberna, Tariq o instruíra com precisão quanto à localização do navio, mas, frente a sua demora, tinha optado por colocar alguns homens escondidos na estrada para guiá-lo.

Os sinais de que aquilo tinha sido uma boa ideia surgiram junto com o novo dia. No alto da colina além da praia, impressas contra o céu encoberto que começava a se iluminar, surgiram as silhuetas de seis ou sete homens a pé. Anabela observou as formas distantes superarem a elevação e iniciar a descida até a praia. Ela pediu para que um marujo chamasse Tariq.

— São seus homens? — perguntou ela, assim que ele tinha se postado na amurada ao lado dela.

Tariq estreitou os olhos.

— Sim — disse. — Enviei seis homens e vejo sete se aproximando.

— Eles estão com Vasco — disse Anabela. — Tariq, peça que nos levem à praia. Eu não...

— Eu também não consigo mais esperar — disse ele, fazendo um sinal para que os marujos preparassem um bote.

Anabela e Tariq embarcaram no bote e em questão de minutos estavam na praia, aguardando o grupo que se aproximava. Vasco caminhava em meio aos homens de Tariq; assim que ele chegou perto o suficiente, Anabela examinou o rosto do homem e seu coração acelerou. O tipo de notícia que viria estava estampado em um semblante ainda mais tenso do que ela vira na taberna.

— Tariq... Senhora — saudou Vasco antes mesmo que estivessem todos juntos.

— Vasco. É bom revê-lo, meu amigo — disse Tariq.

O rosto de Vasco era muito sério.

— Tenho más notícias — disparou ele, postando-se diante de Tariq e Anabela. Os homens do príncipe permaneceram mais atrás, vigilantes —... para você, Tariq.

Aquilo pegou Anabela de surpresa. Tariq ergueu a sobrancelha.

— O que houve?

— Comentamos que não sabíamos da armada tassiana, certo? Ela apareceu.

— Onde? — perguntou Anabela.

Vasco cruzou os braços.

— Durante a madrugada, correu pela cidade a notícia de que a frota de Tássia lançou um ataque surpresa contra o estuário de Astan.

Tariq levou as mãos à cabeça. Anabela estudou a reação dos homens mais atrás, mas eles permaneciam impassíveis. Era evidente que não compreendiam nem uma palavra do que era dito em tálico.

— Quando? — perguntou Tariq, a voz carregada de fúria.

Antes mesmo de Vasco responder, Anabela já fazia as contas.

— Se a notícia chegou agora, deve ter acontecido entre duas e três semanas atrás — respondeu Vasco.

— Poucos dias depois de partirmos — disse Anabela.

Ela refletiu sobre o movimento. Era o golpe de um estrategista brilhante e ousado. Na verdade, não havia tanta surpresa naquilo, era típico do que se esperaria de Valmeron. Acuado e colocado em uma posição de relativa fragilidade, ele, em vez de retirar-se para uma posição defensiva como todos os outros fariam, reagia com um contragolpe violento e altamente ofensivo, desferindo sua fúria no local mais improvável. As palavras do pai vieram à sua mente: *Vence aquele disposto a fazer o que o inimigo não cogita ou não está disposto a fazer. Lembre-se disso, Ana.*

Tariq cruzou os braços, os olhos fixos em Vasco.

— O que você sabe?

— As forças de Usan Qsay estavam ocupando e pacificando a cidade aos poucos. Houve alguns conflitos com radicais inconformados ligados a Ceren, mas não foram muitos. Usan já tinha inclusive se instalado no Palácio do Governo. Em meio à transição de poder, os tassianos atacaram no momento certo: a cidade ainda não tinha uma nova ordem estabelecida, muito menos um aparato de defesa. Sem uma força naval no estuário, os tassianos avançaram com facilidade e tomaram territórios, principalmente no sul de Astan. Qsay sofreu pesadas baixas e chegou a ficar sitiado no Palácio.

Anabela estava chocada, mas Tariq estava muito mais abalado. Pela primeira vez, ela percebeu que ele perdera parte da calma que sempre exibia.

— Céus... — murmurou ele, as mãos tremendo.

— Mas, logo em seguida, os tassianos se retiraram — arriscou Anabela.

Vasco fitou-a com um olhar de curiosidade.

— Como sabe disso?

— É a mesma estratégia que Valmeron usou em Sobrecéu: primeiro ele ataca com força e provoca grandes danos na infraestrutura da cidade. Mais importante do que isso, porém, é o abalo na capacidade de defesa e no ambiente político que a incursão provoca. Depois, num segundo momento, ele reúne forças suficientes e parte para a ocupação de verdade — respondeu Anabela. — Nesse momento, Valmeron não tem nem força e nem base política em Astan para arriscar uma conquista de fato. Mas acreditem: ele está apenas aguardando o momento certo de pôr o plano em prática.

Anabela voltou-se para Tariq. Ele alternava o olhar entre ela e Vasco. Depois de um longo momento de reflexão, falou:

— Eu preciso retornar o quanto antes. Sinto muito. Sei que deixo vocês no pior momento possível; se algo acontecer ao Theo, carregarei essa culpa comigo até o fim.

Anabela pousou a mão no braço de Tariq.

— Se algo acontecer ao Theo, será culpa de Dino Dragoni e de nossos inimigos — disse. — Entendo que você precise ir.

— Há mais — interveio Vasco.

Anabela suspendeu a respiração.

Que não seja o Theo... Por favor, que não seja isso...

Vasco prosseguiu, preenchendo o silêncio de Anabela e Tariq.

— Esperávamos que Vezzoni partisse com a *fahir*, mas aconteceu o contrário.

Anabela encarou o Jardineiro.

— O contrário? Você quer dizer que Vezzoni entregou a menina para Dragoni?

Vasco fez que sim.

— Os dois agentes de quem falei estavam observando o navio de Vezzoni. Viram a menina ser colocada num bote e, depois, ser embarcada em uma liteira fechada. Eles me avisaram e seguimos juntos a comitiva. Vimos eles atravessarem os portões da mansão.

Anabela sentia-se como se cedendo sob o peso dos acontecimentos e da própria inação. As palavras do pai surgiram outra vez. *Não está satisfeita com as coisas como estão agora, Ana? Um bom comandante para e reflete: o que deixei de fazer que culminou nisto? Em outras palavras: não gosta de como as peças do jogo estão? Vire o tabuleiro e ponha elas à sua maneira.*

Ela sabia o que precisava fazer. Era hora de assumir riscos.

— Tariq, você precisa partir. Nenhum de nós tem o direito de ficar entre você e o seu dever — disse ela. — Vasco, reúna seus agentes.

— O que você tem em mente, Anabela?

— Uma operação de resgate. Está na hora de virar o jogo. Entraremos na mansão de Dragoni e resgataremos o Theo e a menina.

A voz de Tariq tinha um tom de súplica.

— Vocês morrerão tentando, Ana.

— Se falharmos, ou pior, se não tentarmos, morreremos de qualquer modo. Pelas mãos de Santo Agostino e seus demônios ou por Valmeron; não fará diferença.

Tariq sacudiu a cabeça.

— Não, Ana. Venha comigo. Eu a deixarei no acampamento, no último lugar seguro que existe.

Anabela tomou as mãos de Tariq nas suas.

— Tariq, se eu retornasse e deixasse de fazer o que é certo numa hora dessas... essa não seria eu.

Ele teve de conceder o ponto perdido com um sorriso triste.

Tariq voltou-se para Vasco.

— Mantenha-a em segurança, meu amigo. Na medida do possível...

O Jardineiro assentiu e abraçou o príncipe. Quando eles se separaram, Tariq disparou uma série de comandos na língua comum do Oriente para seus homens. Os soldados sobressaltaram-se com a urgência das ordens e correram para o bote. Anabela sabia que ele tinha ordenado uma partida imediata.

Foi a vez de Tariq tomar as mãos dela nas suas.

— Anabela...

Ele nunca me chama assim...

— Eu juro que nos veremos outra vez. Quando isso acontecer, há um assunto que preciso tratar com você. Um assunto muito importante.

Ela sorriu, mas sentia com toda a intensidade o peso de mais aquela despedida.

Mais uma despedida... cada vez é mais difícil... cada vez tenho mais a perder.

Tariq abraçou-a por um longo tempo. Quando se afastou, acariciou o rosto dela com o dorso da mão. Depois, virou-se e correu para o bote e para os homens que o aguardavam.

Vasco postou-se ao seu lado enquanto ela observava a pequena embarcação se afastar. O ir e vir dos remadores tornara-se frenético; ela imaginou que Tariq os pusera a par da situação. Anabela viu-se imersa na cena. O bote encolhia à medida que se afastava; mais adiante, a forma orgulhosa da galé de guerra de Samira destoava em um mundo feito apenas de cinza. Era como uma pintura carregada de tristeza em que o artista, com exceção do próprio navio, tinha escolhido usar apenas tons de cinza. Anabela usou toda a força dentro de si para afugentar os maus presságios que a imagem trazia.

Sentiu um vento gelado correr por suas costas. Em instantes, as rajadas começaram a se intensificar e a superfície do mar encheu-se de pequenas ondas coroadas por finas cristas de espuma.

Anabela suspirou.

Ao menos ele terá o vento a seu favor...

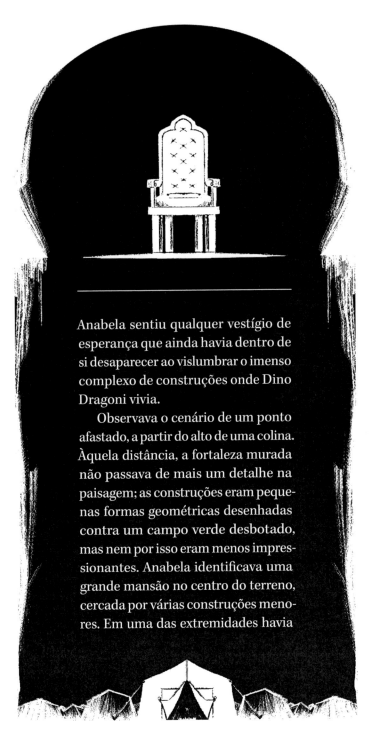

Anabela sentiu qualquer vestígio de esperança que ainda havia dentro de si desaparecer ao vislumbrar o imenso complexo de construções onde Dino Dragoni vivia.

    Observava o cenário de um ponto afastado, a partir do alto de uma colina. Àquela distância, a fortaleza murada não passava de mais um detalhe na paisagem; as construções eram pequenas formas geométricas desenhadas contra um campo verde desbotado, mas nem por isso eram menos impressionantes. Anabela identificava uma grande mansão no centro do terreno, cercada por várias construções menores. Em uma das extremidades havia uma gigantesca estrutura cuja forma a lembrava de um grande armazém em uma área portuária. No espaço entre as construções havia jardins, pequenos bosques e um lago. Tudo aquilo estava cercado por um muro cuja altura impressionava mesmo vista de tão longe.

Vasco estudava a cena ao lado dela, impassível. Ambos usavam as túnicas cinzentas de Jardineiros com os capuzes sobre as cabeças.

Depois de vencerem a longa e cansativa estrada de retorno a Tássia, Vasco a levou para um Quintal nos arredores da cidade. O lugar não passava de uma casa de madeira quase tão miserável quanto a vizinhança que a cercava. O único Jardineiro que vivia no local era um velho com problemas de visão que não parecia ter muita noção do que se passava a seu redor. Anabela logo percebeu que não se tratava de um membro da Ordem de Taoh. Era provavelmente apenas alguém que Vasco conhecia. De qualquer modo, no Quintal conseguiu uma túnica limpa e uma refeição quente. Descansaram por algumas horas e seguiram viagem para o oeste de Tássia, onde ficava a mansão de Dino Dragoni.

— O que sabe sobre a Nuvem, senhora Anabela? — perguntou Vasco, sem tirar os olhos da paisagem.

A palavra a fez se encolher.

— O mesmo que qualquer um: está em toda parte, é um dos maiores negócios que existe e há muita gente poderosa, em muitos lugares, se beneficiando de sua existência. O dinheiro da Nuvem cria a conivência das pessoas que estariam em posição de impedir seu avanço.

Vasco assentiu.

— É senso comum e está certo. A senhora sabe onde ela é produzida?

Anabela tinha ouvido muitas histórias, mas sabia que nenhuma delas era verdadeira. Ninguém sabia ao certo onde a Nuvem era produzida.

— Já ouvi de tudo, mas a maior parte das histórias diz que é feita próximo a Tássia.

— A senhora está olhando para esse lugar.

Ela conteve uma exclamação.

— Aquela grande estrutura retangular na parte oeste da propriedade abriga todas as etapas da produção da Nuvem — explicou Vasco, apontando para a edificação. — Ali estão desde os laboratórios até os galpões de armazenamento.

— Laboratórios?

— Sim. Ali trabalham químicos cuja qualificação faria inveja ao corpo docente da universidade de Astan.

Anabela estava pasma.

— Valmeron evidentemente sabe de tudo isso.

— É claro que sim. Durante todos esses anos, não foi à custa da Rota da Areia que eles aumentaram as suas fortunas pessoais.

Anabela voltou-se para Vasco.

— Como você sabe de tudo isso?

Ele levou algum tempo até tirar os olhos do horizonte e fitá-la para responder.

— Cresci nessa casa. Eu era criado e não deveria circular pela propriedade, mas a senhora sabe como as crianças são... não levei muito tempo para entender o que se passava naqueles galpões, embora não tivesse uma ideia clara do que era a Nuvem.

— Se Dragoni produz a Nuvem dentro desses muros, deve ter um exército...

— Podemos contar com isso.

— A cidade foi esvaziada pela ação militar de Valmeron no estrangeiro. Talvez o número de homens tenha diminuído...

Vasco sacudiu a cabeça.

— Não, pelo contrário. A cidade menos guarnecida deve ter tornado Dino Dragoni ainda mais paranoico.

Anabela soltou um suspiro de desgosto. Seria ainda mais difícil de entrar do que imaginara a princípio.

— Como você pretende contornar a segurança?

— A propriedade tem dois portões: um na direção da cidade, que serve a residência propriamente dita; e outro bem mais discreto, do lado oposto do complexo.

Anabela correu os olhos pela propriedade outra vez.

— Um portão discreto para tratar de negócios ligados à Nuvem.

Vasco fez que sim.

— Por ali entram insumos e materiais diversos e saem os carregamentos da Nuvem já pronta — explicou Vasco. — O tamanho da propriedade contará a nosso favor: muita gente circula por lá. Por isso, em tese, basta que anunciemos um propósito que pareça legítimo nos portões para que consigamos entrar.

— Em tese?

— Haverá um posto de segurança. Tudo pode acontecer...

— E qual portão tentaremos?

— Para entrar pelo portão leste, precisaríamos declarar algum propósito ligado à própria casa, talvez algum reparo ou algo assim. Seríamos supervisionados o tempo todo e... ficaríamos mais próximos do Empalador em pessoa...

Anabela estremeceu.

— Entraremos pelo portão oeste dizendo o quê?

— Tenho dois agentes da Ordem em Tássia — respondeu Vasco. — Eles vão conseguir uma carroça carregada com barris de carvalho. Eles estarão vazios, mas diremos que se trata de Vermelho de Harbin.

— O que é?

— Um reagente muito específico, fundamental na fabricação da Nuvem.

Anabela não conteve um sorriso.

— Céus... como você sabe disso?

Vasco respondeu com um sorriso triste.

— Um servo criado naquela casa sempre percorre um longo caminho, senhora.

A história era inacreditável. Vasco tinha sido obrigado a trabalhar nos laboratórios da Nuvem.

Pobre homem. Mal posso imaginar a que longo caminho ele se refere...

— E esse reagente não será examinado? Ele não exala um odor ou algo assim?

— Sim. Tem um cheiro muito forte — respondeu Vasco. — É um péssimo disfarce, senhora. Se tivéssemos tempo ou dinheiro para comprar a coisa de verdade no mercado clandestino, aí sim teríamos um disfarce perfeito.

— Quando iremos?

— No meio da madrugada, próximo do final do primeiro turno da guarda noturna. Teremos mais chance de encontrar guardas sonolentos e entediados.

— Não há um horário para a entrega dessas coisas? — perguntou Anabela.

— Não. O reagente é tão importante na fabricação da Nuvem que chega praticamente a toda hora e em carregamentos de vários tamanhos — respondeu Vasco. — Só teremos problemas se um dos guardas resolver cheirar ou examinar mais de perto a carga.

— O *primeiro* problema, você quer dizer.

— Claro, senhora. Depois vêm os problemas de verdade: estar dentro da fortaleza de Dino Dragoni e procurar por um prisioneiro sem ter a menor ideia de onde ele pode estar.

E fazer tudo isso tentando não ser descobertos.

Anabela sentia o espírito cada vez mais como o céu de Tássia: cinzento e sombrio.

— Vamos, senhora — disse Vasco, afastando-a dos próprios pensamentos. — Ainda temos três horas de caminhada até o ponto de encontro onde pegaremos a carroça.

Anabela assentiu. Olhou mais uma vez para a fortaleza esparramada ao longe e preparou-se para mais uma jornada. Estava exausta, mas não desistiria. Não agora.

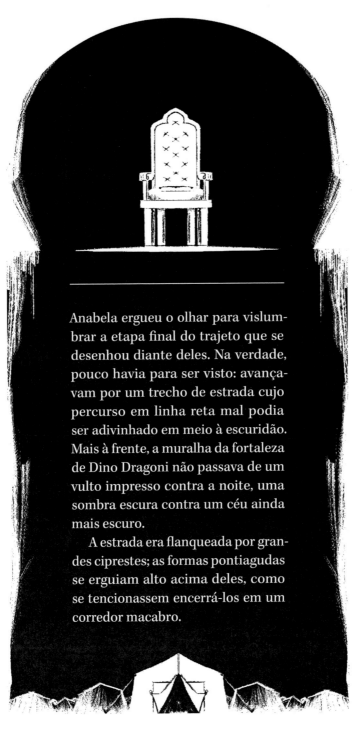

Anabela ergueu o olhar para vislumbrar a etapa final do trajeto que se desenhou diante deles. Na verdade, pouco havia para ser visto: avançavam por um trecho de estrada cujo percurso em linha reta mal podia ser adivinhado em meio à escuridão. Mais à frente, a muralha da fortaleza de Dino Dragoni não passava de um vulto impresso contra a noite, uma sombra escura contra um céu ainda mais escuro.

A estrada era flanqueada por grandes ciprestes; as formas pontiagudas se erguiam alto acima deles, como se tencionassem encerrá-los em um corredor macabro.

Anabela fazia o que podia para manter a mente sob controle. Concentrava-se no silvo que as rodas da carroça produziam em intervalos regulares e mantinha o olhar fixo em um ponto qualquer perto dos próprios pés. Evitava erguer o olhar e ser obrigada a enfrentar a escuridão; o medo que sentia era tanto que imaginava que bastaria olhar por tempo suficiente para as sombras das árvores ou para o breu do céu para evocar algum demônio. Mas, mesmo que não olhasse para os lados, os sons da noite estavam ali para atormentá-la. O farfalhar das folhas, o barulho do vento correndo entre as árvores, o pio distante de algum animal silvestre, todos soavam estranhos aos seus ouvidos, como se fossem vozes de criaturas à espreita na escuridão.

Ela e Vasco vestiam longas túnicas negras com capuzes bem fechados. O tecido, apesar de grosso, parecia nada fazer contra o vento gelado da noite tassiana. Anabela tremia de frio, mas, ao mesmo tempo, sentia as costas empapadas de suor. A noite ficava ainda mais fria e o vento parecia ganhar força a cada minuto que se passava.

Mas não era apenas isso. Além da piora do tempo, Anabela sentia a presença de algo diferente no ar. A sensação era uma inquietude diferente de tudo que já tinha experimentado. Era como se pressentisse, imbricada nos elementos, a existência de algo que não era apenas noite, vento e nuvens. Havia algo mais lá fora. De forma apenas semiconsciente, percebia a noção extraordinária de que, ocultas nas sombras, poderiam existir coisas ainda mais perigosas do que os homens de Dino Dragoni.

Anabela estremeceu.

Estou ficando louca.

A voz de Vasco surgiu mais tênue do que um sussurro. Ele estava a seu lado na parte da frente da carroça e mesmo assim ela quase não o escutou.

— Sob hipótese alguma diga qualquer coisa, senhora.

Anabela ergueu o olhar e entendeu que haviam chegado ao fim da estrada. Estavam bem no centro de um círculo de luz alaranjada que rompia o breu. A clareira luminosa era formada por archotes cravados no solo. Sob o manto daquela luz havia ao menos uma dúzia de homens armados, cada um com aspecto mais selvagem do que o outro.

À sua frente assomava o portão; as duas imensas portas de madeira maciça cravejada com rebites e placas de ferro pareciam tão seguramente fechadas que a mente tinha dificuldades em imaginá-las abertas. Anabela sentiu as primeiras gotas de chuva tocarem o rosto e baixou outra vez o olhar. Puxou o capuz para encobrir ainda mais a face. Se pudesse, de algum modo, ter recolhido todo o corpo para aquele refúgio formado pelo tecido, ela o teria feito.

Uma voz áspera rasgou a noite.

— O que querem? Digam logo!

A voz de Vasco saiu incrivelmente calma.

— Temos um carregamento do Vermelho para a fornada da madrugada.

Com a cabeça baixa, Anabela escutava apenas o rosnar do guarda — a voz gutural vinha misturada com o galope das batidas descontroladas de seu coração.

— Que merda é essa? Acabou de passar um velho aqui com cinco barris.

— O mestre pediu mais — prosseguiu Vasco. — A fornada da noite azedou. Ele está puto...

Aquilo pareceu tocar em algum ponto sensível, pois o guarda levou um segundo a mais para responder.

— Azedou, você disse?

— Uma merda. Azedou toda. Parece que ele já furou um ajudante só para acalmar os ânimos... você sabe como é quando ele...

A voz que interrompeu Vasco veio cortando o ar:

— Qual é o seu nome, seu merda?

— Hamam. Levo quatro barris do Vermelho.

Anabela escutou o ranger de um mecanismo se sobrepor a todos os outros sons.

O portão está se abrindo!

— Não fiquem aí parados! Andem, porra! — berrou o guarda.

Ela sentiu um solavanco e a carroça começou a avançar. Na mesma hora, sentiu o martelar da chuva sobre o capuz. No instante seguinte, escutou o tamborilar dos pingos no solo seco. O som do mecanismo fechando o portão soou atrás deles. Estavam dentro, tinham conseguido. Anabela permitiu-se um suspiro e sentiu as batidas do coração se acalmarem um pouco. Arriscou-se a descobrir parcialmente o rosto e erguer o olhar.

Diante deles abria-se um caminho ondulante cujos limites eram delimitados por lampiões pendurados em postes de ferro. Os campos que flanqueavam a estrada estavam perdidos na escuridão, mas, em meio à névoa provocada pela chuvarada, Anabela percebia pequenos pontos luminosos em movimento. Eram guardas; o lugar estava cheio deles.

Podemos até encontrar o Theo no meio disso tudo... mas jamais sairemos daqui com vida.

O caminho terminava na grande estrutura que Anabela vira do topo da colina. A proximidade reforçava a semelhança com um armazém portuário. A estrutura tinha um grande pé-direito, provavelmente o maior que já vira. Ela recordou-se da sensação de espaço aberto que sentia ao entrar nos armazéns da Companhia de Comércio Terrasini no porto de Sobrecéu. Mas aquilo era maior. Muito maior. Na parte da frente, onde a estrada terminava, havia um grande vão aberto. Lá de dentro vinha um brilho intenso que deixava entrever o movimento incessante de pequenas formas. Seja lá o que fosse, agitava-se em franca atividade.

— Não imaginei que encontraríamos movimento a essa hora — disse Anabela para Vasco.

— O negócio da Nuvem nunca para, senhora.

Eles cruzaram por uma carroça vazia indo na direção oposta. Assim que ela se afastou o suficiente, Anabela perguntou:

— Alguma ideia de onde eles podem estar mantendo o Theo?

— Venho pensando nisso há algum tempo — respondeu ele. — A cidade foi esvaziada de homens jovens por causa da guerra. Eles devem estar enfrentando escassez de gente para o trabalho pesado. Se eu fosse o mestre produtor, não deixaria de usar um prisioneiro se ele fosse forte como o Theo. Se tivermos sorte, ele foi posto para trabalhar. Nesse caso, estará em algum ponto da parte aberta da usina de produção. É ali que eles acomodam a Nuvem para transporte em mais de uma centena de disfarces discretos. Há arcas de roupas, barris de cerveja, caixotes com todo tipo de mercadoria e coisas que você nem imaginaria. De qualquer modo, se Theo estiver trabalhando, estará em um lugar onde teremos uma boa chance de avistá-lo.

— E se tivermos azar?

— Se tivermos azar, ele pode estar em uma masmorra qualquer. E, acredite, há muitas aqui — respondeu Vasco. — Agora, se *realmente* tivermos azar, fizeram dele um testador.

— Testador?

Vasco fez uma careta de desgosto.

— Normalmente é gente de rua, alguém que pode ser levado e nunca mais retornar sem que ninguém se importe. Essas pessoas viram testadores, gente que prova cada fornada da Nuvem para verificar se o produto está bom.

Anabela sentiu um espasmo correr pelo corpo. Recordava-se da facilidade com que a substância fizera sua mente em pedaços.

— Se Theo...

— Se for esse o caso, o Theo que conhecemos já não existe mais — completou Vasco.

Quando chegaram na ampla abertura do galpão de produção, a chuva se intensificara ainda mais. Anabela sentia as roupas ensopadas pesarem nos braços e pernas. O corpo desistira de sentir frio e o tremor tinha passado. Olhou para as próprias mãos, porém, e viu-as tingidas de um azul profundo. Não sabia mais o que sentia. Estava fragilizada por dias preenchidos com viagens demais e sono e comida de menos. Sabia que se arriscava nos limites da exaustão.

Ela abriu bem os olhos, absorvendo cada detalhe do cenário extraordinário que se descortinava diante de si. A parte interna da usina de produção era ainda maior do que ela tinha imaginado. O imenso vão que se abria para a noite conduzia a um gigantesco espaço aberto de formato quadrangular. O teto achava-se distante, erguido a uma altura que beirava o inacreditável. Dele pendiam uma miríade de lanternas amarradas com cordas que faziam com que o ato de olhar para cima se parecesse com mirar um céu estrelado. Em cada um dos cantos, havia plataformas que corriam ao longo das paredes, dando acesso a um número incontável de portas. Cada nível era ligado ao seguinte por escadas de madeira cujos degraus ressonavam com o sobe e desce apressado de gente.

No nível do solo, o amplo espaço estava preenchido por altas fileiras de caixotes e baús empilhados. O arranjo formava uma sucessão de corredores que fervilhavam em atividade. Um grande número de pessoas trabalhava em silêncio, armazenando as caixas ou retirando-as das pilhas para acomodá-las em carroças. Anabela estava pasma com a dimensão de tudo aquilo.

Vasco conduziu a carroça ao longo de um dos corredores. Anabela olhou para os lados e viu altas pilhas de baús de madeira se assomarem de cada lado. Um homem com uma prancheta de madeira na mão postou-se à frente deles.

— Carga e quantidade — disse, sem tirar os olhos da placa de madeira.

— Temos quatro barris do Vermelho — respondeu Vasco.

O homem preparou-se para molhar a pena em um pequeno tinteiro na prancheta, mas se deteve. Em uma estranha sincronia com a mão congelada, que deixou suspensa a pena no ar, Anabela sentiu a respiração paralisar.

— Não. Está errado — disse ele. — Recebemos — ele correu os olhos pelo pergaminho — vinte e nove barris. Um velho trouxe mais cinco, agora há pouco, que não estavam na minha lista. Agora vocês também não estão na minha lista.

Anabela sentia as coisas se desfazendo como um castelo de cartas soprado pelo vento. O disfarce deles pendia por um fio.

Isso tudo tem de ser organizado aos mínimos detalhes... seremos descobertos com a maior facilidade...

— Quero saber quem vocês são — disse o homem, depois de um segundo de reflexão. — Quero saber para quem trabalham e quem é o fornecedor de vocês.

Ele olhou para os lados como se procurasse por alguém.

— Ivan! Venha aqui. Examine esses barris — gritou para um funcionário franzino que estava nas proximidades. — E chame alguém da segurança. *Agora!*

Anabela sentiu o terror tomar conta dela sob a forma de sucessivas ondas de choque. Primeiro, o coração acelerou; um segundo depois, tinha uma sede por ar que não podia ser aplacada, por mais que inspirasse com força. Finalmente, na visão que se turvava, avistou dois homens corpulentos, envergando a armadura com o brasão de Dino Dragoni, emergirem de uma fresta entre as pilhas de caixotes.

A voz de Vasco soou outra vez, mais suave do que um sussurro.

— Eu sinto muito, senhora.

— Pelo menos tentamos — Anabela conseguiu completar.

A sinfonia de sirenes e cornos de batalha irrompeu súbita e furiosa. A cacofonia encheu o ar, sobressaltando a todos em igual medida. Por uma pequena fração de tempo, pareceu que a ação de todos havia sido suspensa por algum feitiço: o homem da prancheta tinha o olhar perdido no alto, a mão da pena ainda suspensa a meio caminho entre o repouso e o pergaminho; os guardas detiveram o avanço, as feições imutáveis como se presas numa rigidez cérea. Todos os outros ao redor também pararam por completo o que faziam.

A paralisia foi desfeita com a mesma rapidez, impulsionada pelo soar agora histérico dos cornos de batalha. Os sons vinham de longe, mas eram repetidos e amplificados por fontes sucessivamente mais próximas. Logo, o grito metálico de sinos uniu-se à confusão de sons. Anabela estava em uma espécie de transe, mas foi resgatada pelas sacudidas de Vasco em seus ombros.

— Senhora! É a nossa chance!

Anabela voltou a si. Como se em um passe de mágica, todos tinham perdido o interesse neles. O homem da prancheta sumira e os guardas corriam na direção oposta. Ela percebia a atmosfera de medo e, acima de tudo, de surpresa, que predominava. Imaginou que as instalações da Nuvem se acharem sob um ataque capaz de acionar um alerta geral deveria ser um evento extremamente incomum, se é que alguma vez já tinha acontecido.

Ela saltou da carroça e correu atrás de Vasco. Encontraram uma abertura entre os caixotes e se embrenharam em um estreito corredor que ia até uma das escadas fixas à parede.

— Vamos subir! — disse Vasco, sem parar de correr.

— O que há lá em cima? — perguntou Anabela, quase sem fôlego.

— Há de tudo... laboratórios, dormitórios dos funcionários, celas...

Anabela compreendeu e acelerou o passo. Começaram a subir o primeiro lance de degraus até a plataforma do primeiro nível.

— O que está acontecendo, Vasco?

O Jardineiro se deteve, recuperou o fôlego e respondeu:

— Não sei... a fortaleza de Dino Dragoni sendo atacada... é uma loucura.

Subitamente, Anabela conseguiu dar forma à inquietude que sentira na estrada. Como algo que se sente, muito mais do que se sabe, ela entendeu que tinha a resposta. Não tinha ideia de onde aquilo vinha, mas não fazia diferença. Era a solidez da resposta que importava.

— São seus demônios, Vasco — anunciou ela com a voz calma.

Anabela observou o corpo do Jardineiro paralisar numa onda de choque. Ele arregalou ou olhos.

— A senhora tem certeza...?

Anabela assentiu.

— Faz sentido — ponderou Vasco, agarrando-se ao corrimão. — Um ataque a esse lugar... só pode significar que...

— A *fahir* está aqui.

Vasco fez que sim.

— Eles a estão farejando.

— Ela está aqui — Anabela ouviu-se dizer. — Eu a sinto.

Vasco arregalou ainda mais os olhos.

— Não me pergunte como... eu apenas sei. Há algo no ar, uma luz em meio a um oceano de sombras — completou Anabela.

Ela percebia com clareza aquela luz pairando em meio à escuridão, mas o que não conseguia compreender era por que, na verdade, enxergava *duas* luzes.

Estou ficando louca. Não sei mais o que sinto ou o que vejo.

— Você consegue senti-la?

Anabela assentiu. Conseguia.

— Venha comigo — disse ela, tomando a dianteira e avançando pelos degraus.

Quando chegaram à primeira plataforma, tiveram o vislumbre da confusão que se instalara no ambiente onde antes imperava a mais completa ordem. Havia gritos nervosos e gente correndo em direções aleatórias, provavelmente sem saber o que fazer ou para onde ir.

— Não vejo muitos guardas — observou Vasco. — Devem ter ido lidar com o problema. Não têm ideia do que enfrentarão.

Anabela apoiou-se no corrimão, ofegante.

— Assim que os demônios entrarem, serão um problema para nós, também.

— Sim — concordou Vasco. — Sabemos que em alguma medida a água os desorienta, mas cedo ou tarde virão direto para a *fahir*. A senhora sabe onde ela está?

Anabela tentou limpar a mente de qualquer pensamento e, acima de tudo, do medo que sentia. Fechou os olhos e algo parecido com uma resposta surgiu.

— Não tenho certeza, mas precisamos examinar o último nível, no lado oposto ao que estamos.

Anabela olhou para cima e examinou as plataformas. O quinto nível era o último e era preciso vencer dois lances de escada para ascender de um andar para o seguinte. Ainda precisariam subir oito lances de escada e depois contornar para o lado oposto da plataforma. Era um longo percurso.

Quando chegaram ao último nível, Anabela teve que se escorar no corrimão para não cair. Completamente sem fôlego, sentiu os joelhos dobrarem e tombou no chão. Com o gesto, teve um vislumbre da parte central lá embaixo. A sensação era vertiginosa e os corredores delimitados pelos caixotes de armazenamento faziam com que a visão fosse equivalente à de observar um labirinto de um ponto de vista elevado.

Vasco ajudou-a a se levantar. Ela deu alguns passos apoiada nele e depois se soltou. As portas no lado oposto ao do corrimão estavam todas fechadas. Anabela prosseguiu aos poucos, examinando cada uma.

Subitamente, uma delas chamou sua atenção. À primeira vista, era igual a todas as outras: uma placa de madeira desbotada e envelhecida, sem nenhuma inscrição que a identificasse. Anabela aproximou-se e tocou na madeira; depois, colou o ouvido na porta. Havia vozes lá dentro, uma conversa em voz muito baixa. Ela fez um esforço para tentar discernir o que diziam, mas era impossível, falavam baixo demais. Mas o timbre das vozes ela percebia e havia, em uma delas, algo de familiar.

Theo!

Virou-se para avisar Vasco, mas entendeu na mesma hora que ele também tinha escutado. Anabela compreendeu que ele investiria contra a porta e saiu da frente bem na hora. Vasco cruzou por ela com um golpe de vento e atingiu a porta com o ombro.

A madeira cedeu e parte dela se separou do batente. As vozes lá dentro se exaltaram. Vasco tomou distância outra vez, inspirou profundamente e, com um gemido gutural, lançou-se em outro ataque. Desta vez, a porta quebrou em dois grandes pedaços, o superior soltou-se completamente e o inferior permaneceu preso ao batente. Vasco saltou sobre ele. Anabela deteve-se por um momento, em um ponto quase abaixo do marco da porta.

Vista do lado de fora, a sala não era espaçosa. Talvez tivesse concluído que se tratava de uma oficina ou algo do tipo, se tivesse tido olhos para observar algo que não fosse a mesa que estava no centro. Theo estava amarrado sobre ela com tiras de couro; tinha um aspecto de exaustão e profundas olheiras sob os olhos — mas estava vivo.

— *Vasco!* — gritou ele.

No chão, junto da entrada, estavam os cadáveres do que teriam sido os dois homens mais altos que ela já vira. Um deles tinha o crânio dividido em dois e outro trazia um ferimento horrendo na altura do tórax. Ambos jaziam em meio a uma grande poça de sangue vermelho-escuro. Um pouco mais adiante, havia outros dois corpos.

No lado oposto da peça, com as costas coladas na parede, estava Dino Dragoni. Seu semblante completamente indiferente formava um incrível contraste com o horror da cena. Anabela sentiu uma onda de náusea ao revê-lo, mas não deteve o olhar nele.

Ao lado da mesa havia um homem empunhando um gigantesco machado. Talvez fosse o homem mais forte que ela já vira — o tórax era largo e os braços que empunhavam a arma eram grossos, com músculos salientes. Apesar disso, tinha uma certa idade. A barba e o cabelo eram grisalhos e, o rosto, riscado por rugas. Ele girou a cabeça aos poucos e seus olhares se encontraram.

Anabela sentiu uma estranha sensação de reconhecimento, como se fossem velhos conhecidos. Ela baixou o olhar. Enroscada em uma das pernas dele estava uma menina de aspecto amedrontado.

Quando seu olhar cruzou com o da criança, Anabela sentiu o chão se abrir sob seus pés. Tentou gritar, mas não conseguiu.

O corpo paralisou enquanto o mundo se desfazia diante de seus olhos.

Ao longe, escutou Theo gritar:

— *Ana!*

A menina era Júnia.

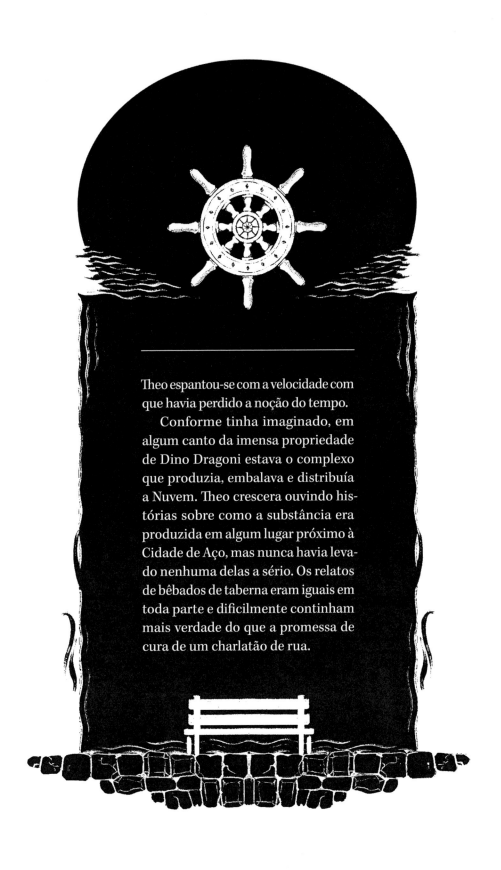

Theo espantou-se com a velocidade com que havia perdido a noção do tempo.

Conforme tinha imaginado, em algum canto da imensa propriedade de Dino Dragoni estava o complexo que produzia, embalava e distribuía a Nuvem. Theo crescera ouvindo histórias sobre como a substância era produzida em algum lugar próximo à Cidade de Aço, mas nunca havia levado nenhuma delas a sério. Os relatos de bêbados de taberna eram iguais em toda parte e dificilmente continham mais verdade do que a promessa de cura de um charlatão de rua.

Mas, nesse caso, era tudo verdade. Theo logo descobriu que estava sendo mantido no local onde a Nuvem era fabricada. Estava preso no coração da usina de produção, uma imensa estrutura que continha desde os laboratórios até um amplo espaço aberto onde a substância era preparada para o transporte.

E foi justamente na área em que a substância era preparada para ser enviada para todos os cantos do mundo conhecido que Theo foi posto para trabalhar.

Passava o dia carregando e descarregando carroças com pesadas arcas de madeira. Era acordado muito antes dos primeiros sinais da aurora e forçado a trabalhar até muito depois que a luz do dia se extinguia. Havia apenas uma breve pausa para algo que dificilmente poderia ser chamado de refeição. O resultado do dia de trabalho eram músculos que gritavam de dor e um estado de desânimo avassalador.

Nessa rotina, os dias se tornavam uma sucessão exaustiva das mesmas coisas até que, não havendo diferença entre elas, o conceito de tempo acabava por se perder. Theo imaginava se aqueles turnos implacáveis de trabalho faziam parte de alguma estratégia de seus captores. Naquele estado de exaustão física e mental, era improvável que alguém tentasse fugir.

Mas Theo pensava. E pensava o tempo todo.

Sabia que o tempo se esgotava. No dia anterior, ou talvez no outro antes daquele, Theo vira de longe Marcus Vezzoni conversar com Dino Dragoni. Se o banqueiro continuava em Tássia, era porque negociava algo importante com o Empalador. Por instinto, sabia que aquilo tinha que, de uma forma ou de outra, envolvê-lo.

As suspeitas se confirmaram no final de um turno de trabalho. O dia até ali nada tinha tido de diferente de todos os demais: passara longas horas tendo como única companhia as pesadas arcas de madeira. Como sempre fazia, Theo as havia levantado, abaixado, arrastado, empurrado e tudo mais que precisava para fazê-las chegar aonde tinham de estar. O resultado do esforço também fora idêntico: quando retornou à pequena cela onde passava as noites, mal tinha forças para se mexer.

Os guardas o arrancaram do sono aos pontapés. Apesar da violência dos golpes, Theo levou alguns instantes para reagir. Assim que conseguiu se levantar, foi conduzido aos empurrões para a plataforma do último nível. Sabia que estava sendo levado para a mesma sala onde fora amarrado na mesa de madeira. Se o destino era aquele, isso tinha de significar que Vezzoni e o Empalador haviam terminado de negociar seja lá o que fosse que estavam tratando.

Seja lá o que for, estou prestes a descobrir...

Um dos guardas abriu a porta enquanto o outro empurrou Theo para dentro. Mesmo antes de entrar identificou Dino Dragoni de braços cruzados ao lado da mesa. O Empalador tinha metade do contorno do lábio angulado para cima, como se sorrisse, e a outra metade torcida de modo indecifrável, talvez numa careta de insatisfação. A estranheza da composição, como sempre, fez um arrepio correr pela espinha de Theo. Assim que entrou, o Empalador inclinou a cabeça para um dos lados, como se ele fosse um enigma cuja solução exigisse uma profunda reflexão.

Os guardas amarraram Theo na mesa e a giraram de modo que ficasse numa posição vertical. Assim que terminaram, saíram da sala. Theo ficou na companhia de Dino Dragoni e de um outro homem que não tinha visto, pois estava em um dos cantos da peça. Era Rufus, o braço direito do Empalador.

— Me disseram que você trabalha bem — disse Dino Dragoni, o timbre da voz agudo formando um estranho contraste com o semblante perverso —, mas temos uma tarefa muito mais importante para você do que ficar carregando caixas.

Rufus contornou a mesa e entrou no campo de visão de Theo. Ele carregava o Disco de Taoh.

— Você vai nos ensinar a usar isso — completou Dragoni.

— Nossos melhores guerreiros tentaram... e não conseguiram fazer com que essa coisa deixasse de ser um peso morto nas mãos — disse Rufus, pousando o Disco em uma bancada.

Estão errados... quando Disco e mão se tornam uma coisa só... é uma arma poderosa.

— Também precisamos entender outra coisa, que diz respeito a você — prosseguiu Dino Dragoni.

Theo escutou o ranger da porta se abrindo e desviou o olhar do Empalador.

Assim que compreendeu a imagem emoldurada pelo batente da porta, sentiu uma onda de choque atingir o corpo como uma explosão. O rosto girou para o lado e o queixo caiu. A boca aberta não conseguiu emitir nenhum som que não fosse um grunhido. Cada músculo do corpo sofreu um espasmo e perdeu a força. Pela primeira vez, Theo agradeceu por estar amarrado à mesa.

A cena persistiu, como se congelada no tempo: Marcus Vezzoni olhava diretamente para ele da porta, o rosto inexpressivo. Tinha as mãos pousadas nos ombros de uma criança pequena à sua frente.

A criança era Raíssa.

Theo! Theo! Theo!

A voz soou em sua mente no mesmo instante em que ela se soltou de Vezzoni e disparou em sua direção. O banqueiro foi pego de surpresa pelo gesto, mas ainda teve tempo de reagir: estendeu um dos braços e puxou os cabelos da garota, forçando Raíssa a uma meia-volta. Ela torceu o rosto numa careta de dor.

Theo travou uma luta enfurecida contra as tiras de couro. Contorceu-se, arqueou o tronco e, por fim, tentou chutar, mas nada disso fez com que elas se soltassem. Sentindo o rosto arder de fúria, soltou um urro de cólera na direção de Vezzoni.

Theo observou Raíssa mais uma vez. Ela tinha o rosto cheio de lágrimas e um aspecto aterrorizado.

Theo... Theo! Eu encontrei você! Você esteve à minha procura?

É claro que estive, garota! Pensei em você o tempo todo. Procurei por você por toda parte. Eu nunca desisti.

Ela sorriu.

Eu sei, Theo.

Você está bem? Eles a machucaram?

Ela sacudiu a cabeça.

Não quero mais ficar com eles. Por favor...

Aguente firme mais um pouco. Eu vou dar um jeito.

O que vai acontecer?

Eu não sei...

O que eles querem da gente?

Theo pensou por um momento. A resposta era óbvia. Tentavam obter uma resposta que nem ele, e nem os outros membros da Ordem tinham: como *fahir* e protetores atuavam juntos para combater os demônios.

Querem saber qual a nossa utilidade para enfrentar...

Raíssa assentiu, solene.

Eu sei, Theo.

Sabe?

Sei. Eu os sinto.

Theo sentiu outro arrepio correr pelo corpo. Dessa vez, porém, a sensação não tinha nenhuma ligação com a sua condição de prisioneiro.

Sente?

Eles estão chegando, Theo.

Eu sei, Raíssa. Nós vamos...

Ela o interrompeu.

Não, Theo. Eles estão chegando agora. *Estão lá fora. Estão por toda a parte. São muitos.*

A mão espalmada surgiu no seu campo de visão. No segundo seguinte, ao mesmo tempo, escutou o som agudo e sentiu a dor da bofetada.

— Estão conversando — disse Dino Dragoni. — Groncho odeia ser excluído das conversas!

— Como eu disse, existe uma conexão entre eles — disse Vezzoni, aproximando-se. — O senhor fez uma escolha sensata ao pagar pela menina.

O Empalador cravou os olhos em Raíssa. A menina deu um passo atrás para se afastar, mas esbarrou em Vezzoni.

— Desde que eu descubra como posso usá-los. Se forem inúteis, Groncho vai querer ver do que são feitos. Se a menina for mesmo uma bruxa, seu sangue pode não ser vermelho. Groncho ouviu falar disso e está curioso para descobrir.

Theo sentiu o coração disparar. Não sabia o que Dragoni queria deles, mas, no momento em que descobrisse que eram inúteis ou se entediasse, seria o fim para os dois.

Vezzoni aproximou-se da mesa e ficou ao lado de Dino Dragoni.

— Você verá que eles serão muito...

Theo viu um dos braços do Empalador ir na direção do pescoço de Vezzoni e depois voltar, descrevendo um arco no ar. O gesto foi rápido e casual, quase despreocupado, e acabou em menos de um segundo. Mesmo quando um jorro de sangue vermelho-vivo cortou o ar à sua frente, Theo não compreendeu o que havia se passado. Foi apenas quando avistou o cintilar da lâmina pontiaguda escondida na mão de Dragoni que entendeu a cena. Ele devia mantê-la oculta na manga da túnica.

Vezzoni, de algum modo, manteve-se em pé por alguns segundos. Depois desabou, atingindo o chão com um baque surdo ao lado de onde Raíssa estava. A menina olhou a cena horrorizada e se afastou o máximo que pôde, até colar as costas em uma das paredes. No local onde Vezzoni caiu, uma poça de sangue expandia-se rapidamente.

O golpe fora certeiro. Se o Empalador tinha feito isso era porque preparava-se para voltar toda a sua atenção para ele e Raíssa. Theo tinha uma noção muito clara do que isso significava.

O tempo acabou. Isso é o fim.

A porta abriu mais uma vez. Entraram duas figuras que eram os homens mais altos e estranhos que Theo já vira. Eram idênticos, com a pele e os cabelos muito claros. Os gêmeos também se vestiam da mesma forma, com roupas de couro preto, próprias para a batalha, e elmos de aço debaixo dos braços. Na cintura, traziam espadas de fio serrilhado, como se fossem as fileiras de dentes de algum monstro marinho. Ambos permaneceram junto da entrada no mais absoluto silêncio.

Céus! São monstros... não deve existir ninguém capaz de enfrentar essas coisas!

O pensamento mal havia se desfeito na mente de Theo quando um estrondo metálico sacudiu a sala. Sentiu a mesa oscilar e olhou para os pés; quando ergueu o olhar, viu a cabeça de um dos gêmeos ser aberta de trás para frente numa explosão de sangue e miolos. De dentro dela emergiu a lâmina de um machado.

O outro gêmeo girou o corpo ao mesmo tempo em que sacava a espada. Mas era tarde. O machado foi recolhido e, num átimo, a lâmina reluzente surgiu outra vez. A arma atingiu em cheio o tórax do homem.

Os movimentos sucediam rápido demais, e Theo nada conseguia discernir do atacante. Escutava apenas os gemidos de esforço que antecediam cada golpe e o vulto oscilante que os desferia mais atrás. Numa rápida sucessão, a lâmina foi retirada e cravada outra vez no mesmo ponto do tórax. Theo escutou os estalidos dos ossos quebrando, emoldurados por um tênue borbulhar. O gigante deixou a espada cair, pôs as mãos nas coxas e arfou, desesperado por ar. O borbulhar se intensificou. Inerte, ele tombou para a frente e caiu ao lado do corpo de Marcus Vezzoni.

O atacante saltou sobre os cadáveres. Era um homem de certa idade, os cabelos e a barba eram grisalhos, mas era também muito forte e empunhava o imenso machado com facilidade. Rufus avançou com a espada nas mãos. O homem com o machado adiantou-se para enfrentá-lo. A arma descreveu outra sucessão de voltas e giros, todos rápidos demais para que a mente os registrasse. Escutou apenas um grunhido e, com o canto dos olhos, viu a cabeça de Rufus ser arrancada. O corpo tombou sobre Dino Dragoni, que o empurrou para longe com um gesto desajeitado. O Empalador recuou até os fundos da sala, num ponto onde Theo não podia mais vê-lo.

O atacante olhou em volta, buscando por mais inimigos, mas restara apenas uma pilha de cadáveres. Ele relaxou e olhou para a porta. Theo seguiu o olhar e foi assaltado por uma onda de choque: na porta estava uma menina de porte muito semelhante ao da Raíssa, mas de cabelos claros e lisos e pele mais clara. Deteve-se na fisionomia. Não importava para qual detalhe olhasse do pequeno rosto, sempre encontrava alguma coisa familiar.

Eu a conheço... tenho de conhecer...

— Asil Arcan... — Theo não podia vê-lo, mas imaginava com perfeição a expressão de ódio de Dino Dragoni enquanto ele soltava aquelas palavras por entre os dentes. — Eu disse que devíamos ter matado você. Groncho avisou que havia alguma coisa errada com a sua cabeça.

— Solte a adaga que tem sob a manga.

Theo apenas escutou o som metálico da arma atingindo o chão.

— E fique em silêncio, Dragoni — completou o estranho com uma voz de comando.

Para a surpresa de Theo, o Empalador se calou. O estranho foi até a entrada, fechou a porta e tomou a menina no colo. Assim que passou sobre os cadáveres, ele a colocou no chão outra vez. Ela se enroscou em uma de suas pernas. Theo podia sentir o terror que a cena despertava nela.

— Você deve ser o Theo. Sou Asil Arcan.

Theo estava estupefato.

Asil Arcan? O Asil Arcan?

— Sou Theo... A menina... quem é?

— Esta é Júnia Terrasini. Creio que a outra menina deva ser a Raíssa.

Theo não conseguia acreditar no que ouvia.

Júnia Terrasini! Anabela precisa saber disso! A irmã dela está viva!

Theo voltou a si com o soar distante de cornos de batalha. A confusão de sons multiplicou-se e logo não tinha como ser ignorada.

— Isso é estranho — disse Asil, olhando em volta. — Eles não têm como ter descoberto o que houve aqui. É muito cedo para um alarme.

Theo sabia o que era. Girou o corpo e viu Júnia e Raíssa de mãos dadas em um canto.

— Eles estão vindo — disse Theo para Asil. — Estão atrás das meninas.

Uma sombra encobriu o rosto de Asil.

— Céus... aquelas coisas...

— Sim. Você precisa me soltar.

Asil foi até a mesa e começou a procurar pelas fivelas que soltavam as tiras de couro.

— Como você sabia a meu respeito? — perguntou Theo.

— Estivemos com Vasco. Ele nos falou de você.

— Vasco! Onde ele está?

Asil sacudiu a cabeça.

— Não faço ideia. Apenas sei que ele pretendia tentar resgatá-lo. Mas ouvimos que Vezzoni havia entregado a outra menina para o Empalador e decidimos que precisávamos salvá-la.

— Decidiram?

— Sim. Foi a Júnia quem localizou vocês...

Asil foi interrompido pelo estrondo da porta se abrindo. Numa fração de segundo, o machado estava de volta às suas mãos. Um homem saltou para dentro da peça. Theo soltou um grito.

— *Vasco!*

Um grito soou mais para trás.

— Theo!

A voz não era de Vasco. Theo inclinou o corpo e não acreditou no que viu.

— *Ana!*

Anabela estava prestes a cruzar pela porta quando algo aconteceu. Ela sofreu um espasmo que paralisou todo o seu corpo. Por um momento, a perna e o braço oposto se mantiveram suspensos no ar como se tivessem sido congelados durante o ato de dar um passo. O rosto dela se contorceu e a boca entreabriu-se. A sensação de imobilidade era tão intensa que, por uma fração de segundo, Theo imaginou que ela nunca mais recuperaria a capacidade de se movimentar.

Aos poucos, porém, ela pousou o pé no chão, completando o passo e levou ambas as mãos à cabeça. O som saiu como um grito rouco:

— *Júnia!*

A resposta soou na mente de Theo.

Ana! Ana! Ana!

Finalmente livre do feitiço imposto pelo choque, Anabela correu até a irmã. Ela se ajoelhou na frente de Júnia e a abraçou com força. Theo fechou os olhos e deixou a estranha energia que emanava daquele reencontro permear seu corpo.

Que a vida nunca nos separe outra vez...

Quando Theo abriu os olhos, Asil soltara as tiras de couro: estava livre. Antes que pudesse dar o primeiro passo, Vasco o abraçou.

— Rapaz... — disse ele. — Nunca imaginei que o veria de novo...

Vasco se separou do abraço e voltou-se para Asil.

— Meu amigo — disse ele, apertando a mão de Asil. — Isso é inacreditável! O que estão fazendo aqui?

Asil tinha os olhos fixos em Anabela e Júnia, que ainda se abraçavam como se o mundo tivesse deixado de existir. De tempos em tempos, porém, cravava os olhos em Dino Dragoni, que permanecia impassível em um canto. O Empalador também olhava para as duas irmãs.

— Nem pense nisso. Não se mova. Nem *respire* — falou Asil para Dragoni numa voz baixa, mas que saiu cortando o ar como a lâmina do seu machado teria feito. — Eu só preciso de uma desculpa.

O Empalador compreendeu o recado e desviou o olhar.

Theo foi até Raíssa e a pegou no colo. Ele sentiu a menina soltar o peso do corpo no abraço em meio a um suspiro de alívio.

Agora você está comigo.

Asil voltou-se para Vasco e enfim respondeu:

— Júnia me guiou até aqui. Precisávamos fazer alguma coisa a respeito da outra menina.

Anabela levantou-se com a irmã no colo e foi até Theo. Ele passou Raíssa para um dos braços e, com o outro, envolveu Anabela e a irmã. Assim que se separaram, Anabela afastou os cabelos encaracolados do rosto de Raíssa e sussurrou:

— Olá, Raíssa.

A menina sorriu.

— Obrigada, Theo.

— Não fui eu, Ana.

Anabela voltou-se para Vasco e Asil.

— O senhor é Asil... Asil Arcan?

Asil fez uma mesura.

— Sim, senhora. Eu não imaginava que a senhora estava viva. Uma grata surpresa.

— Uma noite de surpresas — disse Vasco. — O que fazemos com ele? — perguntou, apontando para Dino Dragoni.

— Tanto faz — disse Theo. — Precisamos sair daqui. Esses cornos de batalha... os *siks* estão cercando o lugar.

Dino Dragoni reencontrou a voz.

— *Siks*? Demônios?

Vasco aproximou-se do Empalador, que permanecia com as costas coladas na parede.

— Sim, senhor Dragoni. E eles vão entrar aqui e fazer em pedaços cada coisa viva que existe nessa propriedade. — Vasco aproximou-se ainda mais e, com o rosto quase colado em Dragoni, completou: — O senhor não se lembra de mim, não é mesmo?

Dino Dragoni não respondeu.

Theo pousou uma mão no ombro do Jardineiro. Os sons dos cornos de batalha haviam cessado por completo. Um péssimo sinal.

— Vamos, Vasco. Já perdemos tempo demais.

O Jardineiro apanhou uma espada no chão e a apontou para o Empalador.

— Vamos com muita calma, senhor Dragoni.

Asil saiu da sala para examinar o corredor. Do lado de fora, acenou para que o seguissem. Vasco foi primeiro, conduzindo Dragoni à sua frente com a ponta da espada. Anabela fez menção de segui-los, mas se deteve quando identificou o corpo de Marcus Vezzoni no chão.

— Precisamos ir, Ana.

Ela não respondeu e prosseguiu. Colou o rosto de Júnia em seu peito para que ela não precisasse olhar mais uma vez para os corpos. Theo fez o mesmo com Raíssa. Antes de sair, porém, apanhou o Disco de Taoh de cima da bancada.

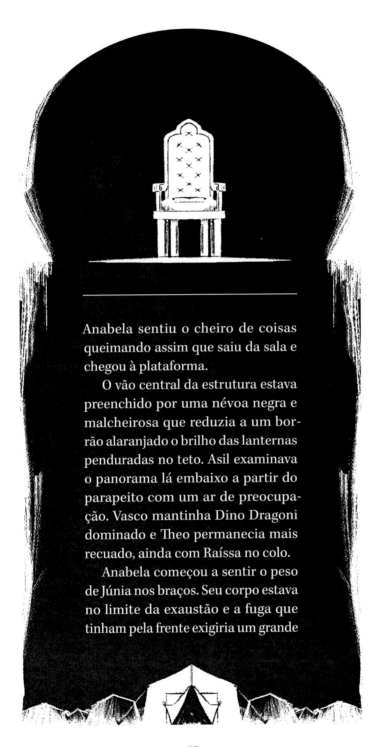

Anabela sentiu o cheiro de coisas queimando assim que saiu da sala e chegou à plataforma.

O vão central da estrutura estava preenchido por uma névoa negra e malcheirosa que reduzia a um borrão alaranjado o brilho das lanternas penduradas no teto. Asil examinava o panorama lá embaixo a partir do parapeito com um ar de preocupação. Vasco mantinha Dino Dragoni dominado e Theo permanecia mais recuado, ainda com Raíssa no colo.

Anabela começou a sentir o peso de Júnia nos braços. Seu corpo estava no limite da exaustão e a fuga que tinham pela frente exigiria um grande sacrifício, mas não podia colocá-la no chão. Sentia que havia algo além daquele fogo; percebia uma presença insinuando-se no ar.

Os demônios de que Theo tanto fala... estão lá embaixo.

Asil sacou o machado e sinalizou para que o seguissem. Enquanto desciam as escadas, Anabela teve o primeiro vislumbre do caos mais abaixo. Várias das fileiras de caixas e baús ardiam em chamas. As grossas nuvens de fumaça escura que se erguiam do incêndio preenchiam todo o amplo espaço, turvando o ar e limitando a visão. Era impossível discernir com clareza o que se passava lá embaixo.

Anabela percebia apenas os sons. Em meio ao próprio arfar, escutava o estalar da madeira queimando, numa sucessão de cliques cuja intensidade sobrepunha-se a todos os outros sons. E havia muitos outros. Misturados à cacofonia da combustão e tendo como fundo a melodia da chuva torrencial, identificava gritos de batalha: o brado de desafio, o berro de algum oficial disparando ordens e o urrar agonizante dos feridos. Anabela já presenciara batalhas antes, mas aqueles sons pareciam carregados com um tom incomum de desespero.

Não é um inimigo comum que enfrentam...

Asil gesticulou para que se apressassem e Anabela logo compreendeu o porquê. Ainda precisavam descer vários lances de degraus e a qualquer momento as escadas de madeira poderiam sucumbir ao fogo. Se aquilo acontecesse, ficariam encurralados em uma das plataformas. Ela apertou Júnia com ainda mais força contra o peito e acelerou o passo.

A atmosfera que encontraram quando chegaram ao solo estava preenchida por uma névoa espessa que tornava o simples ato de respirar uma provação. O ar entrava queimando pelas narinas e fazia com que o tórax ardesse de dentro para fora, como se também estivesse em chamas. Os redemoinhos de fumaça vinham retroiluminados pelo clarão das chamas e não era possível enxergar nada além de alguns passos de distância em qualquer direção. A forma corpulenta de Asil logo adiante não passava de uma sombra indistinta impressa contra o fundo esfumaçado.

Estamos presos!

Exausta e desesperada por ar, Anabela caiu de joelhos no chão. Junto ao solo, a fumaça era menos espessa e ela pôde ver mais adiante. À sua frente abria-se uma sequência de pares de pernas: as de Theo bem à sua frente, seguidas pelas de Vasco e Dino Dragoni e, um pouco mais longe, as duas grossas toras que pertenciam a Asil Arcan. Mas logo adiante havia muitas outras. Como linhas borradas desenhadas a óleo em uma pintura, enfileirava-se uma sucessão de formas verticais.

Isso não são pernas normais... são muito finas. O que é isso?

Anabela foi tomada pelo pavor quando compreendeu que, por estar abaixada, conseguia enxergar mais longe.

Asil ainda não os enxergou!

— Asil! — ela gritou. — *Asil!*

Ele se deteve, mas Anabela viu que ele não tinha conseguido localizá-la como origem do chamado. Ela se pôs em pé.

— Theo! — chamou ela.

— O que foi, Ana? — respondeu ele, voltando-se para ela.

Anabela apenas apontou para a frente. Ele entendeu na mesma hora.

— Asil! Vasco! Eles estão aqui!

Theo colocou Raíssa no chão e correu na direção dos outros. Enquanto ele se afastava, antes da névoa engoli-lo por completo, Anabela ainda conseguiu vê-lo sacar o Disco de Taoh.

— Asil! Logo à frente! Logo à frente!

Os gritos foram se atenuando, como se a fumaça pudesse obliterar não apenas as imagens, mas também os sons. Anabela passou a sustentar Júnia com um dos braços e usou o outro para aninhar Raíssa contra a sua perna. Ambas as crianças tremiam de pavor.

Os sons da batalha explodiram súbitos e terríveis. Eram gemidos de esforço entremeados pelo som terrível de coisas sendo quebradas e estilhaçadas.

Anabela agachou-se outra vez para enxergar melhor. A confusão de formas era completa. A princípio, discernia as pernas de Theo,

Vasco e Asil formando uma linha coesa num primeiro plano e uma miríade de membros perfilados mais ao fundo. O ir e vir das pernas seguia uma lógica: os três se movimentavam para atacar os *siks* mais próximos e depois retornavam à posição original, de forma a manter intacta uma linha de defesa imaginária. À medida que o número de formas aumentava, porém, a cadência da dança se acentuou e logo a sua lógica deu lugar ao caos. Embalada por gritos cada vez mais desesperados, a dança perdeu o ritmo e foi transformada em um embaralhado sem sentido de pernas. Ela desesperou-se ao perceber que não identificava mais os três companheiros.

Anabela foi tomada por uma onda súbita de pavor.

Dino Dragoni! Onde ele está?

Quando olhou para cima, o Empalador a observava de cima para baixo, o rosto transbordando de fúria. Ele parecia um gigante, erguendo-se a uma altura impossível. Ela apertou as meninas com força contra o corpo, as palmas das mãos úmidas como esponjas.

Dino Dragoni sacou ainda outra adaga de uma das mangas.

De onde ele tirou isso?

O coração de Anabela explodiu em um galope e cada músculo do corpo se retesou.

Isso não acaba assim...

Ela se preparava para pôr-se em pé quando um urro de dor arrebentou mais adiante. Anabela olhou para a frente e teve tempo de divisar uma forma tombar no chão.

Alguém foi abatido! Não! Não! Não!

Ergueu-se impulsionada pelo mais puro ódio. Usou a inércia do corpo e deu um encontrão em Dragoni. O Empalador, pego no contrapé, foi forçado a dar dois ou três passos para trás para não cair. Ele conseguiu, mas apenas em parte, e embora se mantivesse em pé, ainda não tinha recuperado por completo o equilíbrio. Anabela cravou as mãos em cada um dos flancos dele e começou a empurrá-lo na direção da batalha.

Ela fincou os pés no chão e usou toda a força das pernas para avançar um... dois... três passos. Dragoni golpeou suas costas com um cotovelo; um relâmpago de dor espalhou-se pelo dorso, seguido pela sensação de que a pele queimava.

Ele me cortou!

Anabela soterrou os pés no solo na busca desesperada por uma alavanca e reuniu as últimas forças que tinha para mais um passo. Ela achou que Dragoni pudesse ter recuperado o ponto de apoio e não cederia, mas estava enganada: em meio aos gemidos de esforço dela, avançaram mais um pouco. Subitamente, algo prendeu seus pés e as mãos se soltaram de Dragoni.

Tinha esbarrado em alguma coisa no chão.

Antes que pudesse entender o que havia acontecido, estava caindo. Ambos o faziam: ela de frente e Dragoni de costas, mas os dois em direção às formas desfocadas dos demônios. Ela sentiu os pés deixarem o chão enquanto se precipitava para o vazio. Com o rosto virado para baixo, viu a forma de Asil Arcan no chão. Tinha sido nele que tropeçara.

Diante deles havia uma fileira de demônios. Ela sentiu o tempo congelar quando divisou os rostos carregados de ódio, alinhando-se para alcançá-la.

Um puxão vigoroso no seu tornozelo interrompeu a queda. Ela atingiu o chão de lado e foi puxada outra vez. Virou o rosto e viu Asil, ainda caído, puxando-a pela perna. Theo materializou-se em meio à névoa e a ajudou a ficar em pé. Enquanto corriam na direção das crianças, passaram por Vasco, que estendia os braços para ajudar Asil a se levantar. Em instantes, estavam todos reunidos.

Anabela abraçou as meninas e foi então que começou a escutar os gritos. Dino Dragoni caíra bem no meio dos *siks* e agora estava cercado por um enxame das criaturas. O Empalador emitia urros de dor intercalados com palavras de desespero.

— *Groncho!* Groncho! *Groncho!*

Anabela viu o braço de um demônio se erguer trazendo consigo um membro de Dragoni. Um balido visceral de dor sacudiu o ar.

A voz do Empalador se extinguia, reduzida a um sussurro rouco.

— Mãe! Mamãe... *mamãe...*

Vasco interrompeu o transe imposto pela carnificina com um grito de comando:

— Vamos! É a nossa chance!

Anabela preparava-se para pegar Júnia, mas sentiu a mão de Asil no seu ombro.

— Eu a levo, senhora. Precisaremos correr.

Anabela assentiu e Asil colocou Júnia no colo usando apenas um dos braços, como se ela não pesasse nada. Em seguida, Theo pegou Raíssa e começaram a correr. Usando o som da chuva lá fora como guia, dispararam em direção ao que imaginavam ser a saída.

Ela olhou de relance por sobre o ombro e identificou a aglomeração de *siks* que cercava Dino Dragoni. O que parecia ser uma cabeça emergiu da confusão e foi atirada para longe. Anabela desviou o olhar e correu ainda mais rápido.

A torrente de chuva gelada se derramou sobre ela e entendeu que haviam conseguido sair. O grupo deteve-se. Grossas labaredas encimadas por nuvens de fumaça negra brotavam da abertura da usina. Ao norte, ainda dentro da propriedade, era possível identificar grupos separados travando batalhas em campo aberto. As formas estavam quase perdidas na escuridão e era impossível saber para qual lado pendia a luta.

— Na parte sul da usina há estábulos! — gritou Vasco.

Asil mais uma vez liderou o grupo enquanto contornavam a estrutura em chamas. Os estábulos estavam guardados por apenas dois soldados. Asil os abateu com golpes rápidos do machado muito antes que eles pudessem compreender o que se passava. Boa parte das montarias fora levada pelos homens que lutavam, mas tiveram sorte de encontrar quatro cavalos que pareciam relativamente descansados. Anabela montou com Júnia, e Theo levou Raíssa. Vasco e Asil montaram nos dois animais restantes.

— Os *siks* devem ter rompido as muralhas ao norte do complexo — disse Vasco, lutando para controlar o cavalo.

A montaria de Anabela também estava inquieta. Era evidente que os animais sentiam algo de errado no ar.

Asil tinha o melhor controle sobre a montaria. Ele se aproximou de Vasco e disse:

— Ou seguimos até encontrar uma das brechas e arriscamos um confronto com as criaturas, ou vamos até o portão e enfrentamos os homens de Dragoni que ainda estejam por lá.

Vasco fez que sim.

— É possível que o contingente esteja reduzido. Os guardas devem ter sido convocados para lutar.

Asil levou uma das mãos ao ombro em meio a uma careta de dor. Foi apenas nesse momento que Anabela viu o ferimento horrendo que havia rasgado em igual medida a roupa de couro e a carne abaixo. Tratava-se de um grande corte com margens irregulares e cruentas que descia do ombro esquerdo até o abdome.

— Não é garantido — argumentou ele com a voz rouca.

Anabela aproximou-se.

— Asil, você está ferido!

— Não se preocupe, senhora. Não é nada de mais.

Theo não conseguia controlar o seu cavalo e gritou de mais longe:

— Vocês estão loucos! Vamos para o portão. Já vi *siks* demais por uma noite. Prefiro os homens de Dragoni.

Não havia argumento contra aquilo e os quatro instaram as montarias para avançar. Os animais dispararam com vigor em direção à estrada que levava ao portão. A velocidade do galope era tanta que Anabela sentia como se o corpo rasgasse uma cortina sólida de água. Era evidente que os cavalos também preferiam fugir para bem longe dali.

Asil e Vasco posicionaram-se na frente enquanto Anabela e Theo cavalgavam logo atrás, quase colados um no outro. Em meio à má visibilidade, o portão surgiu como um vulto que se assomou subitamente diante deles. Anabela permitiu-se um suspiro de alívio: estava aberto. Ela percebeu os outros forçando as montarias ao extremo e fez o mesmo. Abaixou-se junto com Júnia para ganhar ainda mais velocidade.

Passaram como um relâmpago pelo portão e pelos homens de guarda. Anabela gravou apenas uma impressão fugaz dos rostos com um semblante de surpresa, mas aquilo passou mais rápido do que uma batida do seu coração. No segundo seguinte, foram engolidos pela escuridão da estrada. Não havia nada diante deles, apenas o breu da noite fechada e a cortina da chuva que parecia nunca amainar.

Tinham pego os homens de Dragoni de surpresa e conseguido escapar. Mas Anabela não se enganava: sabia que estavam longe de qualquer noção de segurança. Em pouco tempo, tassianos, demônios, ou ambos, estariam em seu encalço.

E não podiam esquecer que isso era Tássia: para qualquer direção que fossem, encontrariam apenas território hostil.

O cavalo que Asil montava foi o primeiro a morrer.

Pela luminosidade que se filtrava pelo céu encoberto, calculou que devia ser meio-dia, ou algo muito próximo disso. Se estava certo, tinham submetido as montarias a dez ou doze horas de esforço ininterrupto. No desespero para deixar para trás o horror que se desdobrava na mansão de Dino Dragoni, tinham levado os animais além do limite.

Asil estava sentado no chão diante do cavalo agonizante. A disparada lhes dera uma boa dianteira e seus perseguidores, seja lá quem fossem, teriam trabalho para compensar a desvantagem.

Mas Asil sabia que, em meio ao caos e ao desespero, haviam escolhido o rumo errado.

Desde que deixaram a mansão, tinham seguido quase que em linha reta em direção a oeste. A leste de Tássia, o terreno era todo recortado por colinas, riscado por vales repletos de cavernas e outros esconderijos; ao norte da cidade, havia as densas florestas desabitadas que atravessara na sua viagem até o abrigo de Vasco. Mas, para o lado ocidental da Cidade de Aço, havia apenas campos abertos que se espalhavam até onde a vista alcançava. Se um viajante seguisse o ondular suave daquele relevo, cedo ou tarde, chegaria a Altomonte.

Para piorar, a trilha corria quase junto do mar. Asil podia sentir o cheiro da maresia e sabia que bastava uma ou duas horas de viagem rumo ao sul para avistarem o oceano. A costa ali era recortada por sucessivas pontas e enseadas, mas nada disso adiantaria se não tivessem uma embarcação para fugir. Rumar para a orla era garantia de ficarem encurralados. Seria uma cilada perfeita e anularia toda a vantagem que pudessem ter obtido até ali.

Asil observou o animal estirado. Além do arfar agonizante da respiração, não havia nenhum outro movimento. Enquanto via a vida esvair-se do cavalo, a respiração cada vez mais superficial, repassou tudo o que acontecera até então. Parecia que as últimas horas tinham valido por toda a sua vida; parecia que àquele intervalo de tempo havia sido concedida alguma qualidade sobrenatural. Aquelas horas tinham dado significado a tudo.

Entraram com relativa facilidade na residência de Dragoni. Romeu conseguira barris repletos com o verdadeiro Vermelho de Harbin e mesmo que os guardas tivessem inspecionado a carga — coisa que não fizeram —, teria sido improvável o disfarce ser descoberto. Depois, Júnia o guiara de modo certeiro até a sala onde Theo e Raíssa estavam. Haviam chegado no momento certo: Asil não queria pensar no que Dragoni teria feito aos dois se tivesse tido tempo.

Depois, veio a surpresa mais estarrecedora de todas: Vasco, na companhia da senhora Anabela Terrasini. Asil sentiu uma profunda reverência em relação a ela. Conhecera seu pai, um grande homem, sem dúvida, mas a filha tinha algo a mais. Havia nela uma assombrosa grandiosidade de espírito que superava em muito as qualidades do pai. O encontro também o enchera de uma esperança luminosa: se pudesse manter Anabela em segurança, o bem-estar de Júnia também estaria assegurado.

Mas a fuga revelara que Asil, pela primeira vez em sua longa vida como guerreiro, não tinha a mínima ideia do inimigo que estava enfrentando. No ar infernal, impregnado pela fumaça dos incêndios, encontrara em primeira mão os demônios. Não houve semelhança alguma entre aquela batalha e o encontro com o *sik* solitário no acampamento das Folhas. Daquela vez, os demônios tinham avançado em grande número, carregados com um ódio que transcendia tudo o que ele já vira.

Asil matou vinte, trinta ou talvez quarenta daquelas coisas e, ainda assim, elas continuaram vindo. Em determinado ponto, foi cercado pelas criaturas e uma delas aproximou-se o suficiente para golpeá-lo com violência no tórax. Naquele momento, sentiu o ar fugir do peito e a sua força vacilou. Desabou no chão, fulminado por uma dor lancinante. Se não fossem pelo garoto de um lado e Vasco do outro, os *siks* teriam se derramado sobre ele e terminado o serviço.

Mas ele agora compreendia que havia um desígnio escondido em seu ferimento.

Se não estivesse estirado no chão, Anabela e Dino Dragoni não teriam no que tropeçar. Em instantes, Dragoni teria recuperado o controle da situação e a mataria. E não havia sido apenas aquilo: na posição em que estava, deitado no chão, tivera apenas de estender o braço para agarrar o tornozelo de Anabela e impedir que ela tombasse na direção dos demônios que acabariam por estraçalhar o Empalador.

Asil examinou o ferimento. O corte era um grande rasgo que corria do ombro até a metade do abdome. Era amplo e profundo, expondo uma grande quantidade de tecidos, agora encimados por uma crosta de sangue seco. Já vira homens morrer por cortes menores do que aquele e tendo perdido menos sangue. Sentia-se cada vez mais fraco e a respiração parecia que acelerava a cada momento que se passava. Além disso, sua testa fervia. Sabia que a febre não era um bom sinal. Imaginou a expressão que o médico Romeu Dafrin faria ao inspecionar aquele corte.

Mas Asil não se enganava. Não precisava ler sinais escritos no rosto de um médico para saber que sofrera um ferimento mortal. Tinha passado a vida vendo homens feridos e sabia muito bem o que podia ser consertado e o que não podia.

Ergueu o olhar e observou o grupo. O panorama era desolador. Estavam sob o abrigo de um salgueiro no alto de uma pequena elevação. A árvore era a única que existia, uma silhueta solitária em meio a campos cobertos apenas por uma grama verde que se espalhava em todas as direções, até onde a vista alcançava. Os três cavalos restantes, embora ainda em pé, cambaleavam em meio a um respirar ofegante. Era evidente que não durariam muito tempo e, naquele estado, certamente não levariam ninguém a parte alguma.

O aspecto de seus companheiros não era muito melhor. Exaustos, sem beber ou comer há muitas horas, cada um exibia o esgotamento do seu jeito. Anabela sofrera um ferimento provocado por alguma arma que Dragoni mantivera escondida. Ela repousava em uma posição desconfortável, deitada de lado, com o flanco escorado no grosso tronco da árvore. O corte fora superficial, mas era evidente que a incomodava. As duas meninas dormiam aninhadas junto de Anabela. Vasco estava sentado um pouco mais longe, o olhar perdido no vazio e o semblante estampando um profundo esgotamento. Apenas Theo parecia manter alguma energia: estava em pé, com os braços cruzados, examinando o horizonte. Asil sabia no que ele pensava: o local onde estavam não podia ser pior. Em campo aberto, seriam avistados com facilidade e a uma grande distância. O único consolo era que ao menos veriam seus perseguidores com bastante antecedência.

Consolo nenhum... estamos todos exaustos e não temos mais para onde fugir...

Asil sobressaltou-se ao perceber Júnia ao seu lado. Ela pousou uma mão no seu ombro bom e depois olhou para o ferimento. Seus olhos se encheram de lágrimas e ela o abraçou.

Ela sabe...

Por mais que soubesse o que o esperava, foi surpreendido pelo modo como as coisas estavam acelerando. Primeiro, percebeu a roupa de couro e a túnica mais abaixo úmidas nas costas e na perna esquerda. Asil colocou a mão por baixo da roupa; quando a retirou, ela voltou ensopada de sangue. Sem o cuidado adequado e depois da longa cavalgada, o ferimento havia voltado a sangrar. Passou a sentir fincadas intensas por todo o abdome. Lembrava de feridos no campo de batalha que, ao serem atingidos na barriga, sentiam dores semelhantes que representavam o sangramento que ocorria internamente.

Aquela noção plantou de forma definitiva a certeza da morte em sua mente. Foi assaltado por uma sede avassaladora. Perdeu as forças e deitou-se no chão.

A respiração acelerava, tanto em cadência quanto em profundidade. O hálito vinha carregado de um odor ácido, como o de alguém que não se alimenta há muito tempo.

Com o canto dos olhos, viu o desespero de Júnia enquanto ela corria para alertar a irmã. Asil fechou os olhos.

Desejava que a última coisa que veria naquele mundo fosse Júnia e guardaria todas as forças que ainda tinha para aquilo.

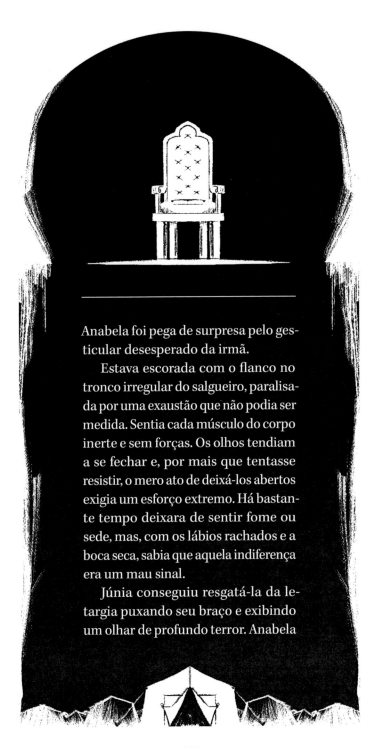

Anabela foi pega de surpresa pelo gesticular desesperado da irmã.

Estava escorada com o flanco no tronco irregular do salgueiro, paralisada por uma exaustão que não podia ser medida. Sentia cada músculo do corpo inerte e sem forças. Os olhos tendiam a se fechar e, por mais que tentasse resistir, o mero ato de deixá-los abertos exigia um esforço extremo. Há bastante tempo deixara de sentir fome ou sede, mas, com os lábios rachados e a boca seca, sabia que aquela indiferença era um mau sinal.

Júnia conseguiu resgatá-la da letargia puxando seu braço e exibindo um olhar de profundo terror. Anabela olhou em volta: um pouco mais adiante, Asil Arcan estava deitado, o corpo estirado ao lado do cavalo morto. Por debaixo do seu corpo expandia-se uma mancha negra que tingia a grama. Ele arfava, faminto por ar.

Anabela levantou-se e correu até ele.

— Theo! Vasco!

Em instantes, todos haviam se aproximado e cercavam o corpo agonizante. Raíssa se postou junto de Júnia. Vasco ajoelhou-se ao lado de Asil e começou a cortar a roupa de couro com uma adaga. Theo observava tudo com um olhar preocupado.

O Jardineiro levou algum tempo para terminar de abrir a roupa. Quando conseguiu, e o ferimento estava todo exposto, um pesado silêncio desabou sobre o grupo. O corte era muito mais extenso e profundo do que tinham imaginado. Anabela ficou horrorizada com a violência do golpe.

Nenhum homem seria capaz de rasgar pele e tecidos dessa forma...

Asil sinalizou para que Vasco se aproximasse e sussurrou alguma coisa em seu ouvido. O Jardineiro sacudiu a cabeça, desolado.

— Ele pediu água... não temos...

Anabela pegou Júnia pela mão e, juntas, sentaram-se no chão ao lado de Asil. Ela começou a acariciar o seu cabelo. Ele sorriu.

A respiração dele foi tornando-se mais lenta e superficial. Ele lutava para manter os olhos abertos, mas, aos poucos, eles iam se fechando. A voz de Vasco encheu o ar, suave e reconfortante.

— Sou Vasco Valvassori, Jardineiro ordenado pela congregação dos Literasi. Estou aqui neste mundo como representante de Deus, o Primeiro-Jardineiro. Eu reconheço a sua jornada, Asil Arcan. Eu vejo o bem que existe em seu coração. Pelos seus feitos, eu lhe dou redenção. Eu o absolvo de seus pecados. Você deixou a sua marca de bondade nesse mundo e, por ela, eu lhe concedo a paz.

Vasco fez uma pausa. Tinha os olhos cheios de lágrimas.

— Vá para o Jardim da Criação e encontre aqueles que o estão esperando.

Vasco tirou a corrente com a folha do pescoço e tocou com ela na testa de Asil.

— Vá, meu amigo, ponha o seu machado para repousar e vá.

Asil abriu os olhos e viu apenas Júnia.

A imagem dos cabelos despenteados emoldurando o rosto angelical cheio de lágrimas enchia o mundo como se não houvesse mais nada para ser visto.

E não havia. Júnia era tudo o que existia. Sua bênção, sua redenção, seu propósito.

As palavras de Vasco encheram o ar e Asil sentiu cada uma delas permearem seu corpo, enchendo tudo de paz e serenidade.

No último minuto em que viveu, Asil esteve em paz. Uma paz silenciosa, completa e inteira. Para alguém que passou a vida inteira tendo como verdadeira companhia apenas a morte, aquele minuto foi um presente, uma bênção.

Asil fechou os olhos e deixou-se levar.

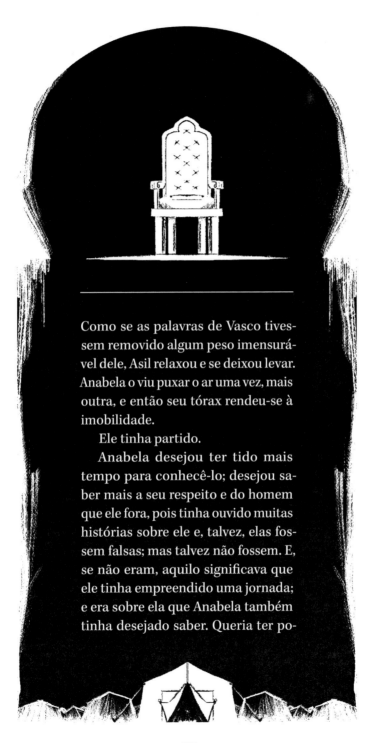

Como se as palavras de Vasco tivessem removido algum peso imensurável dele, Asil relaxou e se deixou levar. Anabela o viu puxar o ar uma vez, mais outra, e então seu tórax rendeu-se à imobilidade.

Ele tinha partido.

Anabela desejou ter tido mais tempo para conhecê-lo; desejou saber mais a seu respeito e do homem que ele fora, pois tinha ouvido muitas histórias sobre ele e, talvez, elas fossem falsas; mas talvez não fossem. E, se não eram, aquilo significava que ele tinha empreendido uma jornada; e era sobre ela que Anabela também tinha desejado saber. Queria ter podido entender a transformação que ele sofrera, porque se alguém como ele percorrera um caminho como aquele, então muitos outros também poderiam. E se aquilo era verdade, então, sonhar com um mundo melhor não poderia ser um absurdo.

Júnia aproximou-se. Anabela se ajoelhou diante dela e tentou abraçá-la, mas a irmã agitava os braços de modo febril. Tentou fazê-la parar, segurando os braços e tentando puxá-la para perto. A menina agarrou com força a manga da túnica e começou a torcê-la, o gesto carregado de desespero. Anabela soltou os pequenos dedos, um a um, e enfim conseguiu abraçá-la. Júnia cedeu ao abraço, sem forças. Anabela escutava em sua mente um ganido de dor como o de um animal ferido: era o soluçar da irmã.

Indiferente à passagem do tempo, permaneceu agarrada à irmã. Sentiu Júnia ceder à dor e à exaustão. Com o rosto ensopado de lágrimas, ela desabou em seus braços e adormeceu.

— *Vasco!*

O chamado carregado de tensão arrancou Anabela do mar de pesar no qual havia mergulhado com Júnia. Assustada, enrijeceu o corpo e olhou para os lados.

Theo apontava para o horizonte ao norte. Vasco correu até ele e olhou por alguns instantes na direção que ele indicava. Os dois voltaram-se para ela. Foi Vasco quem fez o anúncio:

— Eles nos encontraram.

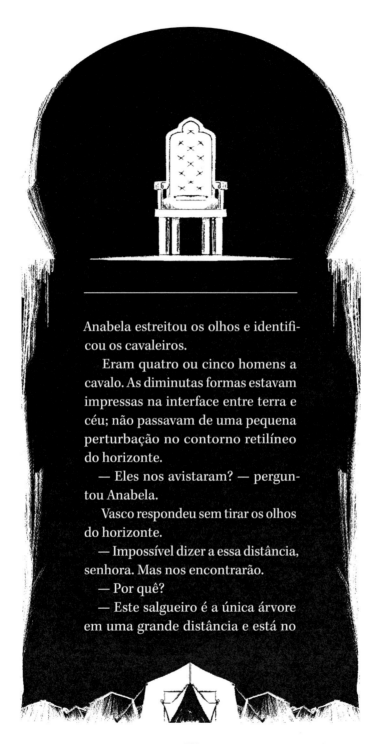

Anabela estreitou os olhos e identificou os cavaleiros.

Eram quatro ou cinco homens a cavalo. As diminutas formas estavam impressas na interface entre terra e céu; não passavam de uma pequena perturbação no contorno retilíneo do horizonte.

— Eles nos avistaram? — perguntou Anabela.

Vasco respondeu sem tirar os olhos do horizonte.

— Impossível dizer a essa distância, senhora. Mas nos encontrarão.

— Por quê?

— Este salgueiro é a única árvore em uma grande distância e está no alto de uma elevação. Mesmo que ainda não tenham nos avistado, virão até aqui em busca de abrigo e de um ponto de observação privilegiado — explicou Vasco. — E, quando vierem, encontrarão os cavalos e... — ele voltou-se para o corpo de Asil.

Theo tirou os olhos da paisagem e voltou-se para Vasco.

— O que faremos? Os cavalos não levarão ninguém a parte alguma.

Vasco aproximou-se de Theo. Pelo semblante dele, Anabela antecipou boa parte do que ele diria.

— São apenas quatro ou cinco, Theo. É um grupo de batedores.

Theo sacudiu a cabeça de modo febril, como uma criança contrariada.

— Não. Não, Vasco. Você não vai fazer isso. Fugiremos todos juntos.

— Para onde, Theo?

Theo desviou o olhar.

— Temos duas crianças pequenas exaustas... nossos cavalos em breve estarão mortos. Você viu o Asil lutando. Ele valia por dez homens, no mínimo. Se ele ainda estivesse conosco, talvez tivéssemos uma chance... mas ele se foi.

Anabela aproximou-se.

— O que você pretende, Vasco?

— Se os batedores avistarem Asil e nossos cavalos, cavalgarão de volta para soar o alarme. Em menos de um dia esse lugar vai estar cheio de soldados tassianos. Ficarei para enfrentar a patrulha.

— São quatro ou cinco homens! — disparou Theo, a voz rouca por doses iguais de cansaço e desespero.

Vasco colocou as mãos sobre os ombros de Theo e sorriu.

— Já tive casos muito piores.

Theo deixou o olhar cair.

— Você sabe que estou certo, Theo.

O Jardineiro aproximou-se ainda mais e também baixou a cabeça de modo que os dois ficassem com as testas coladas.

— Não podemos arriscar as meninas. Leve-as até o litoral. Eu encontrarei vocês lá assim que tiver tratado dos batedores.

Anabela sentiu o desespero de Theo.

Mesmo que os pegue de surpresa... são quatro ou cinco, e estão montados...

Vasco pousou um beijo na testa de Theo e afastou-se lentamente. O Jardineiro olhou para ela; Anabela compreendeu que ele precisava de sua ajuda. Ela abraçou Theo. Assim que o soltou, puxou-o por um dos braços.

— Vamos, Theo. As meninas...

Theo olhou para Vasco.

— Trate de voltar. Estaremos esperando.

Vasco assentiu.

— Eu encontrarei vocês. Eu prometo.

Anabela olhou outra vez para o horizonte. As figuras estavam um pouco menos distantes. Eram mesmo quatro cavaleiros e agora não havia dúvidas de que cavalgavam na direção deles.

Ela tornou a puxar o braço de Theo, mas dessa vez com mais força. Theo voltou a si e assentiu. Ele correu até os cavalos e os examinou. Assim que determinou qual era o menos exausto, puxou-o pelas rédeas até onde as meninas estavam, junto do corpo de Asil.

Ele colocou Raíssa sobre o cavalo. Anabela aproximou-se da irmã e tentou fazer o mesmo, mas ela enroscou as mãos na túnica de Asil de forma que ela não conseguiu erguê-la. Anabela sussurrou em seu ouvido:

— Precisamos ir...

Júnia suspirou e fitou-a com o rosto vermelho e inchado. Por fim, assentiu e soltou as mãos de Asil.

Assim que as duas meninas estavam montadas no cavalo, Theo tomou as rédeas e conduziu o animal pela mão. Anabela foi à frente, meio caminhando, meio cambaleando pelo declive suave. Logo adiante havia uma extensão plana de terra e, mais ao longe, outra elevação. Ela sentia o cheiro da maresia e escutava o suave rolar das ondas. O mar não podia estar longe.

Anabela virou-se e viu Vasco olhando na direção oposta. Disse uma prece silenciosa, pedindo para que ele ficasse em segurança. Não resistiria perdê-lo também e sabia que, se algo acontecesse a ele, Theo ficaria devastado.

Ela se concentrou no caminho à sua frente. Estava no limite das suas forças. Os pés afundavam no solo com a grama úmida, fazendo com que cada passo exigisse um sacrifício extremo. A mente entorpecida pelo esgotamento perdeu a noção de distância e da passagem do tempo. Instantes depois, não sabia se estava caminhando há muitas horas e tinha percorrido uma grande distância ou se havia acabado de se despedir de Vasco e o salgueiro estava logo atrás. Ela se forçou a seguir em frente; um passo, depois outro, depois outro...

Vou caminhar até que o mundo acabe... nunca vou parar de caminhar.

A mente voltou a si com uma rajada de vento que soprou intensa, acariciando o rosto e agitando seus cabelos. Anabela olhou para a frente e foi pega de surpresa pelo que viu. Sob seus pés a grama rareava, dando lugar a uma areia branca e fina. Estavam no topo de uma duna cuja encosta íngreme descia até uma praia. Ela olhou para longe e examinou os dois braços de terra que delimitavam uma enseada. Tanto nas elevações quanto na praia abaixo, não havia sinal de vida.

Theo retirou as meninas do cavalo. Ele deu as mãos para Júnia e Raíssa e sinalizou para que se apressassem. Desceram de modo desajeitado a encosta, os pés afundando na areia. As pernas sem forças nada conseguiam fazer para evitar que o corpo caísse para a frente. Depois de tombar e se levantar várias vezes, Anabela rendeu-se e se sentou, deslizando para baixo. Theo e as meninas fizeram o mesmo.

Na praia, Anabela deitou-se no chão, completamente sem forças. Virou-se para o lado para verificar se os outros também haviam completado a descida em segurança. Assim que viu Theo e as garotas estirados na areia ao lado dela, deixou-se levar pelo cansaço e adormeceu.

Anabela foi acordada por sacudidas intensas e urgentes. Mesmo assim, levou vários segundos para despertar e ainda muitos outros para conseguir abrir os olhos. Ela ergueu o corpo e olhou em volta. Agachado a seu lado, Theo sinalizava para que ela permanecesse em silêncio. Ele tinha o rosto muito sério e olhava para os lados como se tivesse perdido alguma coisa. Júnia e Raíssa dormiam profundamente, ambas cobertas por uma fina camada da areia branca.

A luminosidade havia se alterado e Anabela percebeu que tinha dormido por muitas horas. Embora ainda fosse dia, a claridade que se filtrava pelo céu encoberto era menos intensa e parecia se concentrar junto da ponta oeste da enseada. O mar também tinha mudado de cor e parecia ainda mais cinzento do que antes.

— O que foi, Theo? — sussurrou ela.

Theo sinalizou para que ela escutasse. Anabela tentou se concentrar nos sons que não fossem o quebrar das ondas e o assobio do vento.

Quando enfim conseguiu identificar o que Theo ouvia, o coração bateu fora de ritmo por alguns momentos.

Eram vozes. Dezenas delas.

Com uma rapidez assombrosa, os sons iam ganhando intensidade e clareza. Ela não precisava mais de nenhum esforço para reconhecer as vozes, tampouco tinha dificuldades para identificar a quem pertenciam. Mesmo à distância, o pesado sotaque tassiano era impossível de ser confundido.

— Estamos no pior lugar possível, Ana — sussurrou Theo. — Assim que chegarem mais perto, terão uma visão desimpedida de toda a praia.

Anabela levantou-se e olhou em volta. No leste da praia, a faixa de areia era separada do terreno mais elevado dos campos por dunas de areia mais altas e numerosas do que no ponto onde estavam. Sobre alguns dos montes de areia havia uma vegetação baixa que poderia servir de cobertura, pelo menos para alguém que observasse a distância. Theo olhou na mesma direção.

— Isso mesmo. Vamos para lá.

Não tinham tempo de acordar as meninas; as vozes tornavam-se mais claras a cada minuto que se passava. E eram muitas. O grupo que se aproximava não era pequeno. Vasco estava enganado: não eram batedores. Os homens que tinham avistado eram a vanguarda de um grupo de batalha.

Se isso for verdade... o que aconteceu com Vasco?

Anabela pegou Júnia no colo e Theo fez o mesmo com Raíssa. Correram o mais rápido que puderam até as dunas na parte leste da praia. As vozes pareciam se multiplicar e enchiam o ar atrás deles. Movida por um sentimento de urgência cada vez maior, ela tentou acelerar o passo, mas suas pernas não respondiam. Não havia dentro de si nem o mais vago vestígio de força. Mesmo que não estivesse com Júnia no colo, ainda assim, não conseguiria vencer o trajeto na areia macia.

Quase na metade da subida da duna, as pernas cederam. Inerte como uma boneca de pano, Anabela precipitou-se para a frente. Caiu de modo desajeitado, o rosto batendo com força contra a areia, mas, mesmo assim, conseguiu proteger Júnia do impacto com os braços. Theo, alguns passos à frente, virou-se num gesto súbito.

— Ana! Vamos! Temos de subir...

Ela irrompeu num soluço incontrolável. Cobriu o rosto com as mãos e sentiu a pele seca; nem lágrimas tinha mais para oferecer a si mesma.

— Eu não consigo mais... não consigo...

Theo colocou Raíssa no chão e ajoelhou-se ao lado dela.

— Acabou, Theo. Não consigo mais — insistiu, em meio ao soluçar de desamparo.

Theo sentou-se ao lado dela, o rosto tomado de incredulidade.

— Ana, ainda podemos...

— Eu sinto muito, Theo. Não temos mais para onde ir. Como eu queria que as coisas tivessem sido diferentes...

Ele tomou a mão dela.

Anabela abraçou Júnia com força e recostou a cabeça no ombro de Theo. Fechou os olhos para deixar a mente aceitar o que viria. Guardava como consolo que tinham tentado de tudo; haviam travado uma boa luta. Resgataram as meninas e morreriam todos juntos. Considerou que, no fundo, sempre soube que aquele era um jogo que acabaria perdendo. Revisitou a sensação que tivera em Astan. De algum modo, havia compreendido que ou ela, ou Theo não sobreviveriam àquilo tudo.

Estava enganada. Nenhum dos dois o faria.

— Valeu a pena, Theo. Tudo o que passei... eu não me arrependo.

Ele suspirou.

— Eu também, Ana. Ter conhecido você...

Pela primeira vez, as vozes ecoaram pela praia. No alto da duna por onde haviam chegado à praia surgiu uma fileira de homens. Eram trinta, talvez quarenta, e era óbvio que havia ainda mais atrás deles, mas nada disso importava. Era mais do que o suficiente. Ainda estavam distantes, mas em breve identificariam os passos na areia e os avistariam.

— Ter conhecido você mudou tudo — ele conseguiu terminar.

Ela sorriu e apertou a mão dele com força.

— Estou com medo.

— Eu também, Ana.

Não há como ensinar alguém a passar por isso... não existe nada mais difícil...

Anabela sentiu o coração disparar sem controle. Sentia um medo e uma tristeza de uma intensidade espantosa, acima de qualquer coisa que já experimentara.

Eu queria ter feito mais...

Anabela olhou para a praia. Os tassianos estavam na areia, examinando as marcas deixadas quando haviam deslizado pela encosta da duna. Um grito áspero sobrepujou as outras vozes. Uma exclamação, talvez uma ordem. Tinham sido descobertos.

Theo sacudiu Anabela e apontou na direção oposta. Havia outro grupo de homens naquele lado. Os montes de areia eram maiores e mais numerosos ali e o grupo recém-chegado surgia entre eles como um enxame de abelhas.

— Mais tassianos... — sussurrou Theo.

Anabela mirou o mar que se abria à sua frente. Uma fileira de mastros despontava, contornando a elevação que fechava o lado oriental da enseada. Com o vento soprando naquela direção, as galés logo já tinham ganhado as águas calmas da baía. Viu-se confusa com o sentimento de reconhecimento que se apoderou dela. Conhecia a forma daquelas embarcações.

Ela olhou outra vez para a praia. O grupo recém-chegado havia tomado a faixa de areia a leste da encosta onde eles estavam. Os homens formavam sucessivas fileiras, milimetricamente organizadas e simétricas.

Soldados disciplinados...

Diante de si, traziam escudos retangulares desbotados. As espadas tinham sido sacadas e no punho de cada homem havia um clarão de luz. O aço refletia a luz do sol do fim da tarde que enfim conseguira encontrar uma fresta entre as nuvens. Ela examinou os rostos... ao redor de cada testa havia uma tira de tecido amarrada à moda celestina.

Seu coração parou.

Os escudos traziam o emblema da âncora entrecruzada com a espada, o símbolo da cidade-estado de Sobrecéu. Na frente das fileiras, um homem corpulento, vestindo armadura completa, apontou a espada na direção deles. O grito, trazido pelo vento, ecoou pela praia.

— Protejam a duquesa!

Um grupo menor de soldados correu na direção deles, formando uma fileira entre a base da duna e os tassianos. Os demais berraram em uníssono.

— *Sobrecéu! Sobrecéu! Sobrecéu!*

Os celestinos avançaram contra os tassianos. A ofensiva era furiosa, mas meticulosa e planejada: os atacantes seguiram como um único bloco, fileira após fileira. Anabela observou o inimigo. Era evidente que tinham sido pegos de surpresa por uma força daquele tamanho em seu próprio território. Mas eram homens de Tássia e dizia-se que os tassianos nasciam com uma espada na mão. Em instantes, tinham se organizado e uma parede fechada de escudos aguardava o avanço celestino.

As duas forças se entrechocaram quase diante deles. Os sons de aço contra aço, permeados pelos gritos de guerra reverberaram pelo ar e sacudiram o solo. Uma luta sangrenta parecia prestes a se desenrolar. Mas, com a maior proximidade, Anabela podia ver o relâmpago gravado no peito dos celestinos.

É a Guarda Celeste!

A Guarda era disciplinada e eficiente, e não cederia terreno. Sem que as fileiras fossem rompidas ou desfeitas, os homens na vanguarda celestina golpeavam, ceifavam e decapitavam. O avanço era metódico e lento, mas inexorável. Os tassianos lutavam com ferocidade, mas logo o inevitável ocorreu: as linhas foram rompidas e os homens ficaram dispersos.

Nesse momento, a luta tornou-se um massacre. A força tassiana transformou-se em bandos desorganizados de homens espalhados pela praia. Os celestinos lançaram-se contra os grupos com toda a fúria.

No meio do inimigo, Anabela viu um guerreiro com apenas um dos braços. Seus movimentos alternados de rotação do tronco em ambos os sentidos geravam a força e o equilíbrio de que precisava para combater.

Transbordando de espanto e admiração, ela se levantou para assistir Rafael de Trevi provocar o caos nas forças tassianas. Nesse ponto, a Guarda Celeste tinha o trabalho quase terminado. Um grupo desordenado de tassianos correu em direção ao local onde estavam apenas para ser dizimado pela fileira de celestinos que se postara para defendê-la.

Assim que a luta terminou, o homem corpulento que comandara o ataque correu até onde estavam. Anabela não reconheceu o rosto sério, de barba grisalha e pele queimada pelo sol. O comandante embainhou a espada e fez uma longa mesura.

— Senhora duquesa. Sou Tibério Tovar, comandante da Guarda Celeste. Peço perdão pela demora em encontrá-la.

Anabela apertou a mão que ele lhe estendera.

— Senhor Tovar... desculpas não caberiam numa hora como essa — disse ela, descobrindo que as palavras saíam com dificuldade.

— Vocês estão feridos?

— Não, comandante. Graças a vocês, estamos bem — respondeu Anabela. — Estou perplexa como...

Rafael de Trevi começou a subir a duna acompanhado de um homem idoso que ela reconheceu como Ahmat, da taberna em Tássia.

Ela correu ao encontro dele e o abraçou. Rafael de Trevi soltou uma gargalhada cuja simplicidade e leveza faziam um incrível contraste com toda a situação.

— Eu sabia que iria encontrá-la, senhora! — exclamou ele assim que se soltaram do abraço. — A senhora emagreceu muito... está ferida? Está tudo bem?

Se ainda tivesse lágrimas, aquele seria o momento em que as teria derramado em profusão.

— Não tenho como expressar a minha alegria... achei que nunca mais o veria. Por favor, me diga que o senhor Carissimi está bem?

Rafael assentiu, solene.

— Muito bem, senhora. Agora que a encontramos, temos muito o que conversar.

Anabela olhou em volta.

— Isso tudo é inacreditável... como...

— Encontramos vocês?

Anabela olhou para Ahmat e sorriu.

— Creio que eu deva perguntar isso primeiro para o senhor.

Ahmat sorriu.

— Sim, senhora. Pensei no que vocês disseram e... de fato, duas décadas em Tássia são mais do que suficientes para qualquer um.

— Fico muito feliz em escutar isso, senhor Ahmat.

Ela voltou-se para Rafael de Trevi.

— Mesmo que Ahmat tenha guiado vocês desde Tássia, como sabiam que eu estava aqui?

Rafael tirou uma pequena caixa de madeira de um dos bolsos.

— A mensagem da Ordem! — exclamou Anabela. — Mas... não faz sentido: a minha mensagem não teria tido tempo de chegar até Rafela e depois vocês...

Ele sacudiu a cabeça.

— Não, senhora. A galé que levava a mensagem parou primeiro em Tahir, muito mais próximo de Astan. A mensagem era endereçada a Eduardo Carissimi, mas os mensageiros da Ordem sabiam que eu estava na cidade e conheciam minha ligação com ele. Eles também sabiam tudo a seu respeito e sobre o rapaz chamado Theo. Por isso, decidiram entregar a mensagem para mim, achando que essa seria a forma de ajudá-la mais rapidamente.

Anabela não podia acreditar no que escutava.

— Fomos para Astan e nos desencontramos da senhora por apenas um dia — completou Rafael.

Anabela seguia perplexa com a história.

— E quanto ao comandante Tovar? Vocês atracaram com essas galés de guerra em Astan?

— Não, senhora, de forma alguma. Tovar e seus homens aguardaram em alto-mar enquanto eu e os meus rapazes desembarcamos na cidade e fomos à sua procura.

— E não me encontraram...

— Acho que a senhora pode imaginar o nosso desespero quando Lyriss falou sobre a sua ida para Tássia — disse Rafael. — O resto da história não será difícil de imaginar: seguimos para Tássia, onde desembarquei disfarçado. Depois, procurei Ahmat, que eu sabia ser a nossa Formiga na Cidade de Aço. Ele me falou sobre toda a situação com Dino Dragoni e do plano para resgatar o rapaz da mansão. Então veio a notícia de que um incidente havia ocorrido na propriedade de Dragoni durante a madrugada. Naquela hora, o conhecimento de Ahmat a respeito de Tássia foi fundamental.

— Eu conheço bem esses campos, senhora — explicou Ahmat. — Eu sabia que se vocês saíssem com vida da propriedade do Empalador, fugiriam para o oeste para evitar Tássia. Além disso, a disposição do relevo tende a empurrar um viajante para junto da costa.

— Pelo tempo que havia se passado, calculamos o quanto vocês provavelmente tinham se afastado. Assim que Ahmat apontou alguns locais possíveis na costa, corremos de volta para o porto, pegamos nosso barco e nos reencontramos com a flotilha de Tovar em alto-mar — completou Rafael.

Anabela sentiu a reação de terror retornar ao corpo.

Foi por muito pouco...

Rafael de Trevi soltou um suspiro.

— A senhora pode ter ficado surpresa em nos ver, mas, acredite, nós ficamos muito mais... toda essa história envolvendo o Empalador e uma missão de resgate dentro da sua propriedade... quando Ahmat me falou a respeito, achei que a tínhamos perdido para sempre.

Anabela preferia não pensar em tudo o que vira na mansão de Dragoni.

— Foi mesmo por muito pouco...

Rafael aproximou-se um passo e baixou a voz.

— Ouvimos falar de outras coisas também, senhora. Algumas pessoas estão contando histórias estranhas em Tássia. Falavam coisas sem sentido sobre...

— Não devemos falar sobre isso. Pelo menos, não por enquanto.

Anabela percebeu que a resposta tinha surpreendido Rafael. Ele provavelmente tinha imaginado que ela consideraria a história uma bobagem, mas a resposta vaga levantou a sombra da dúvida sobre o assunto.

— Imagino que Tovar e seus homens façam parte do contingente da Frota Celeste que não seguiu Máximo Armento de volta para Sobrecéu — disse Anabela.

Rafael assentiu.

— Isso mesmo, senhora. O comandante Tovar recusou-se a seguir Carlos Carolei. Ele sempre permaneceu leal aos Terrasini.

Tibério Tovar aproximou-se acompanhado por Theo.

— O rapaz afirma que um de vocês ficou para trás e quer ir buscá-lo — disse o comandante para Anabela. — Não posso autorizar uma coisa dessas, senhora. Estamos em território tassiano e seria muito arriscado...

— Ana! É o Vasco — disse Theo, a voz carregada de desespero.

— Comandante Tovar, eu entendo os riscos, mas o homem que ficou para trás o fez para nos dar uma chance de escapar. Ele nos salvou — disse Anabela. — Não é muito longe daqui. Seus homens podem resgatá-lo e retornar em menos de duas horas.

— Sim, senhora — concordou Tovar.

— Eu mostro o caminho — disse Theo.

Tovar assentiu e os dois avançaram na direção dos soldados. Anabela foi até Júnia e Raíssa. As meninas estavam sentadas lado a lado na areia e observavam a movimentação com um olhar mais de curiosidade do que de medo. Entendiam que, pelo menos naquele instante, o perigo havia passado.

— Senhor Rafael, essa é Júnia, minha irmã — disse Anabela, agachando-se junto delas. — E essa é a Raíssa.

As crianças examinaram o guerreiro de um braço só com um olhar de espanto e curiosidade.

— A senhora disse... — Rafael arregalou os olhos e levou a mão à cabeça.

— Sim. Minha irmã — disse Anabela, contemplando Júnia como se ainda não tivesse aceitado por completo o fato de que elas haviam mesmo se reencontrado.

— Não consigo descrever a minha alegria, senhora. Tudo o que ouvimos era falso — disse Rafael sorrindo. — Creio que não somos nós que temos a história mais fantástica para contar.

— O senhor tem razão. É por isso que Theo precisa encontrar o nosso companheiro que ficou para trás. Ele, e outro que morreu nos defendendo, faz parte dessa história.

— Eu espero que eles não demorem — disse Rafael, vendo o grupo de resgate partindo. — Tássia está pouco guarnecida pela incursão de Valmeron no estrangeiro, mas, mesmo assim, corremos um grande risco aqui. Precisamos partir.

Anabela assentiu.

— Senhor Rafael, por favor, as meninas precisam de água imediatamente.

— Sim, senhora, agora mesmo. Enquanto eu providencio isso, vamos até a praia. Precisamos embarcar vocês o quanto antes.

Anabela olhou para a praia e viu uma fileira de botes aguardando na areia. Os homens estavam prontos para partir.

— Aguardaremos Theo e o grupo que foi com ele já a bordo das galés — disse Rafael. — É mais seguro assim. Se precisarmos partir...

Anabela sentiu um aperto no peito. Olhou para trás e viu a duna de areia assomando atrás dela. Não deixaria Theo para trás, não depois de tudo o que tinham passado juntos.

Ela deu as mãos para as meninas e começou a caminhar em direção ao mar. Enquanto percorria o declive, seus pés afundavam na areia e o vento agitava os cabelos, mas ela não sentia nada daquilo. A mente ainda estava convencida da morte certa. A aparição daqueles homens que lutaram para salvá-la e o reencontro com Rafael de Trevi ainda soavam surreais, um desdobramento com ares oníricos que parecia caber melhor em um sonho.

A mente precisaria de um tempo para aceitar que tudo aquilo fora real e que ela seguia viva.

Theo foi o primeiro a ver o outro corpo ao lado do de Asil.

Ainda estavam distantes e a pequena elevação com o salgueiro não passava de mais um detalhe que compunha a paisagem.

Apertou o passo o máximo que pôde — o que não era muito —, e sentiu o fôlego sumir. À medida que se aproximava, a falta de ar se tornou um aperto na garganta e, finalmente, uma vontade de gritar. Mas nem para isso tinha mais energia; o mero ato de acelerar o passo já custava todas as suas forças.

Os celestinos que o escoltavam tinham o aspecto de soldados experientes e pareciam descansados. Todos eles evidentemente seguravam o ritmo para acompanhar o seu andar cambaleante. Os homens vasculhavam o horizonte com cautela: estavam certos de que haveria problemas e não escondiam o descontentamento de avançar por terreno tassiano daquela forma.

Só quando começaram a subir o aclive em direção ao salgueiro Theo conseguiu identificar os outros corpos. Assim que os celestinos os viram, as espadas foram sacadas e os olhares tornaram-se ainda mais vigilantes. Mas, assim que chegou ao topo da elevação, ficou claro que não havia mais ninguém com quem lutar.

O corpo de Vasco estava estirado ao lado do de Asil. Ao redor deles, havia outros quatro corpos. Todos eram tassianos e traziam no peito emblemas que ele não conhecia. Theo levou as mãos à cabeça e abriu caminho em meio à carnificina. Aproximou-se de Vasco e caiu de joelhos ao seu lado. O mundo ao seu redor perdia cores e formas, tornando-se um borrão indistinto em que só cabia um sentimento de perda imensurável. O momento transportou-o para outro local e outro tempo; foi forçado a reviver tudo que passara na casa de Próximo. Sentiu outra vez a dor insuportável. O resto era apenas o vazio.

O tórax e o abdome de Vasco eram uma confusão de cortes. As margens de um ferimento perdiam-se no seguinte em um mosaico caótico tinto de sangue. Todos os cortes se pareciam, exceto um deles. Havia um talho mais profundo do que os demais, correndo verticalmente do ombro esquerdo até a metade do abdome. O aspecto e a localização eram idênticos aos do ferimento de Asil.

Sobressaltou-se quando Vasco gemeu e oscilou o corpo por um momento. Viu o tórax dele se erguer em uma inspiração mais profunda. De algum modo, ele ainda estava vivo.

Theo estendeu as mãos em direção à testa de Vasco. Ambas tremiam, vacilantes, antecipando o contato com a pele como se o mero toque pudesse feri-lo ainda mais. Tocou a testa empapada de sangue. Vasco abriu os olhos e olhou para ele.

— Olá, Theo...

A voz não passava de um sussurro rouco.

— Você saiu vivo disso. E as meninas?

— Estão bem...

— Você tem água?

Theo sinalizou para um dos soldados, que trouxe um cantil.

Vasco arregalou os olhos quando viu os soldados.

— Céus! Celestinos? Como?

Theo verteu uma pequena quantidade de água na boca de Vasco e deixou que o resto apenas molhasse os lábios secos.

— Eles apareceram do nada e nos salvaram.

Vasco tossiu.

— Anabela e as meninas estão mesmo bem?

Theo fez que sim.

— Acho que essa história ficará para outra vida, Theo. O que importa é que eles apareceram e vocês estão a salvo...

— O que aconteceu, Vasco? Você matou os quatro tassianos...

Vasco tossiu outra vez.

— Não fez diferença... vi um grupo maior passando ao longe. E não eram quatro... eram cinco... — Ele fez uma pausa e inspirou profundamente duas ou três vezes e prosseguiu: — chegue mais perto, Theo.

Theo inclinou-se para a frente, deixando o ouvido quase colado na boca de Vasco. As palavras chegaram titubeantes, como se de cada uma delas faltasse um pedaço importante; não passavam de golpes de vento, coisas débeis, no limite da compreensão.

— Enquanto eu enfrentava os quatro, percebi que havia um quinto homem. Ele ficou mais para trás, apenas observando com aqueles olhos...

Não, isso não...

— Os quatro que vieram para cima de mim eram garotos inexperientes... não deram muito trabalho. Mas o que ficou assistindo era outra história. Quando terminei com os outros e pude olhar para ele com mais calma... tive certeza.

Theo olhou em volta e entendeu o tamanho do problema.

— Onde ele está?

Vasco fechou os olhos com força. Theo percebia a luta que ele travava contra a própria dor. Ele tornou a abrir os olhos e disse:

— Ele me golpeou e derrubou com facilidade... poderia ter acabado comigo, mas apenas correu em direção à praia...

— Estava com pressa — disse Theo para si mesmo.

— Sim... deve ter farejado as meninas... — Vasco gemeu. — Você precisa...

Ele se interrompeu e fez uma careta de dor. O olhar desviou e se perdeu em direção ao alto, mirando parte nenhuma. O tempo dele se esgotava.

— Você precisa descobrir para onde ele foi... — balbuciou, por fim.

Theo preparava-se para responder quando Vasco expeliu uma golfada de sangue. Sem forças, ele não conseguiu virar o rosto a tempo e Theo escutou o gorgolejar de uma grande quantidade de sangue sendo aspirada.

O Jardineiro voltou a encará-lo. O olhar era cada vez mais distante e embaçado.

— Aquilo... — Vasco interrompeu-se para recuperar o fôlego. — Aquilo não era um *sik* comum...

Theo não conseguia mais falar; não tinha mais forças para assistir a tanta agonia.

— Você precisa usar tudo o que aprendeu para identificá-lo... mas... não conte nada para Anabela...

Theo ergueu as sobrancelhas.

— Sim, Theo... não conte. Se ela souber, ficará desconfiada de tudo e o demônio redobrará a cautela... você precisa identificá-lo antes que ele possa atacar...

Theo nunca havia encontrado um demônio superior. Os *siks* eram estúpidos e previsíveis, mas, se Vasco estava certo, aquilo era completamente novo — e um problema muito maior.

Vasco permaneceu em silêncio por um longo tempo. A respiração dele se tornava cada vez mais superficial e os olhos se fecharam.

Theo mergulhou na própria tristeza e sentiu o mundo fechar-se ao seu redor.

Não era para isso ter acontecido. Por que tinha que ser assim? Por quê?

Vasco abriu os olhos de repente e, por um breve momento, encarou Theo com o olhar vivo e intenso.

— Tenho orgulho de você, Theo. Tenho orgulho do que você se tornou.

Ele fechou os olhos e não os abriu mais.

Theo pensou em tudo o que sabia a seu respeito e tentou imaginar o resto. Celebrou a vida de aventuras dedicada a muitas causas, mas, acima de tudo, à que mais importava. Agradeceu por tudo que aprendera com ele e pelas ocasiões em que ele salvara a sua vida. Finalmente, agradeceu pelo seu perdão e por ter sido, além de Anabela, a única pessoa que nunca, nem pelo menor momento que fosse, tinha deixado de acreditar nele.

Despediu-se de Vasco Valvassori, Jardineiro ordenado pelos Literasi, o mais hábil dos guerreiros, espião a serviço de Sobrecéu, caçador de demônios e ainda muitas outras coisas que agora nunca viria a saber. Pela segunda vez na vida, desejou poder dizer uma prece.

Mas dessa vez, conseguiu.

Levantou-se e, em voz baixa, começou a recitar a Prece do Reconciliar, a última oração de um Jardineiro. Quando terminou, os soldados celestinos o observavam com profundo respeito e reverência.

— Este era Vasco Valvassori. Ele serviu por muitos anos a Cidade Celeste como guerreiro e espião de confiança do duque Alexander Terrasini — disse Theo. — Ao lado dele está Asil Arcan, o lendário comandante tassiano. Juntos, eles salvaram Anabela e Júnia Terrasini. Vocês me ajudariam a enterrá-los?

O grupo de celestinos começou a trabalhar. Com as ferramentas que tinham — espadas, machados e as próprias mãos —, cavaram duas sepulturas. Assim que Vasco e Asil estavam enterrados, o oficial que comandava o grupo insistiu para que se apressassem.

Theo concordou e olhou uma última vez para o local de descanso de Vasco e Asil sob o abrigo do salgueiro. Também tinha pressa, mas não eram os contingentes de tassianos que podiam irromper do horizonte a qualquer instante que o preocupavam. Sua atenção estava toda concentrada em um único homem e ele tinha ido na direção oposta, para a praia onde tinha deixado tudo aquilo que restava e que importava na sua vida.

Mas, se Vasco estava certo — e Theo sabia que ele estava —, aquele que procurava não era um homem e também nada tinha de humano. Por isso, ainda mais do que os celestinos, tinha pressa.

Muita pressa.

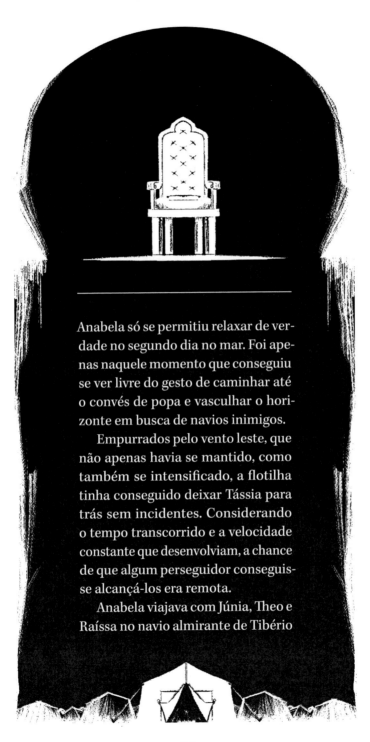

Anabela só se permitiu relaxar de verdade no segundo dia no mar. Foi apenas naquele momento que conseguiu se ver livre do gesto de caminhar até o convés de popa e vasculhar o horizonte em busca de navios inimigos.

Empurrados pelo vento leste, que não apenas havia se mantido, como também se intensificado, a flotilha tinha conseguido deixar Tássia para trás sem incidentes. Considerando o tempo transcorrido e a velocidade constante que desenvolviam, a chance de que algum perseguidor conseguisse alcançá-los era remota.

Anabela viajava com Júnia, Theo e Raíssa no navio almirante de Tibério

Tovar, a *Sizígia*. Tratava-se de uma galé de guerra com dois mastros e amuradas muito altas e guarnecidas. Era um vaso de guerra novo cuja imponência já fora símbolo do poderio da Frota Celeste.

Anabela dividia com as crianças uma cabine confortável; Theo foi acomodado com os marujos, mas ela soube que ele estava bem instalado. Não que isso fizesse alguma diferença: a resposta dele de que estava bem no alojamento tinha sido o máximo que Anabela conseguira tirar dele.

A perda de Vasco fizera mais do que devastá-lo e ela assistia, impotente, a um mergulho profundo num pesar espesso e impenetrável. Os dois passavam longas horas juntos no convés ou no refeitório, mas, em todas elas, viam-se envoltos por um silêncio que parecia inquebrável. Em todos os momentos, Anabela o estudava e via a mesma coisa: onde quer que ele estivesse de verdade, não era ali.

Mas ela compreendia o que ele passava; já estivera lá antes. Havia um ponto em que as perdas eram tantas e tão intensas que não existia um modo de colocá-las sob a forma de palavras. Passavam a ser apenas uma dor permanente, gravada na essência do que se era. Anabela carregava aquela marca. Por outro lado, algo dentro de si renascera ao reencontrar Júnia.

A irmã também expressava uma dor intensa. A marca da perda de Asil era visível a qualquer hora e a qualquer momento. Anabela pouco sabia do vínculo que tinha existido entre os dois, mas era evidente que uma poderosa ligação havia sido forjada.

O único consolo que tinha era ver a irmã com Raíssa: a menina se tornou a companhia da mesma idade que Júnia nunca tivera. As duas passavam longas horas observando o mar, o céu ou apenas o trabalho dos marujos no convés. Anabela as observava de longe e tentava encontrar um nome para o fascínio que sentia. Não conseguia, mas, cada vez mais, compreendia o quanto elas eram especiais.

Naquele curto intervalo de tempo, todos os quatro tiveram a oportunidade de recuperar as forças. Tinham bebido toda a água de que precisavam e foram bem servidos nas refeições a bordo. Além disso,

Anabela dormira por longas horas seguidas e agora sentia a mente mais clara e afiada. Nesse estado, as perguntas começaram a surgir.

Ela observou que as despensas do navio estavam muito bem provisionadas. Desde as primeiras horas a bordo ganharam refeições quentes e frutas frescas. Os homens pareciam bem nutridos e motivados. As baixas na praia tassiana tinham sido mínimas e ela sabia que algo assim só seria possível com homens descansados e bem preparados.

Tibério Tovar tem uma base de apoio em algum lugar. Não há outra explicação.

Anabela combinara de se reunir com o comandante Tovar e Rafael de Trevi assim que se sentisse mais disposta. O momento havia chegado e, com a certeza de que Tássia havia ficado para trás e se afastava mais ainda a cada instante, ela achou que era hora de buscar as respostas para as suas perguntas.

Convocou a reunião para aquela mesma manhã. Reuniram-se na cabine de comando, uma peça espaçosa sob o convés de popa. As janelas retangulares que ficavam no lado oposto da porta, junto ao espelho de popa, enchiam o ambiente com iluminação natural. Apesar disso, lampiões repousavam sobre a mesa de centro, prendendo cada um dos quatro cantos de uma carta náutica aberta.

Sentada à mesa, Anabela examinou o mapa: tratava-se de um detalhe da costa compreendida entre Navona e Tássia.

— Onde fica a sua base, comandante?

— A senhora já ouviu falar de Messina? — perguntou Tibério Tovar.

Anabela pensou por um momento.

— Não.

— Messina é uma pequena vila nas margens de um estuário. Em tese, está sob a administração de Altomonte. Na prática, está distante demais e é demasiado desinteressante para que a Cidade Antiga se preocupe com eles — completou Tovar.

Rafael de Trevi serviu duas taças de vinho.

— Senhora? — ofereceu ele.

— Não, obrigada.

Rafael entregou a outra taça para Tovar.

— Ainda mais importante do que ser pequena e, como o comandante disse, desinteressante, é a característica da sua população — disse ele.

— Como assim? — perguntou Anabela, debruçando-se sobre a mesa para vasculhar a carta mais de perto. Ainda não tinha conseguido localizar Messina no mapa.

— Nos tempos da guerra que terminou com a república de Thalia, Messina era o porto logístico mais importante de Sobrecéu. A guerra acabou, muitas gerações passaram, mas a população atual ainda é, em sua vasta maioria, descendente de celestinos — respondeu Tovar.

— A senhora se surpreenderia com alguns sobrenomes conhecidos que encontramos por lá — emendou Rafael.

Anabela ainda tinha os olhos colados na carta náutica. O olhar foi caminhando, pedaço por pedaço, até localizar a vila em um ponto na base da península de Thalia, onde a costa começava a se curvar para o sul.

— Eles deram abrigo e cobertura aos nossos homens — disse Anabela, erguendo o olhar e encarando os dois.

Tovar assentiu.

— Levou algum tempo e fomos muito discretos na aproximação, mas, em determinado momento, entendemos que era a nossa melhor aposta para sobreviver — respondeu Tovar.

— Como vocês sobreviveram à batalha com a frota de Tássia? — perguntou Anabela.

— Sobrevivemos porque nunca estivemos nela, senhora — respondeu Tovar.

— O senhor discordou de Máximo Armento e não obedeceu ao comando para retornar para Sobrecéu.

Tovar franziu o cenho, enrugando ainda mais a pele maltratada pelo sol que cobria a sua testa.

— Exato. Foi uma das decisões mais difíceis que já tomei.

— O que aconteceu em Tahir?

Tovar recostou-se na cadeira por um momento como se reunisse forças para o relato. Depois, inclinou-se para a frente e uniu as mãos, entrelaçando os dedos.

— Seguindo as ordens da duquesa Elena Terrasini, rumávamos para Astan. O plano era lançar uma ofensiva a partir do estuário e dominar a infraestrutura da cidade. Para levar adiante esse plano, era necessária uma grande dose de planejamento. Por isso, Máximo Armento reuniu a Frota em Tahir.

— Então, as notícias de Sobrecéu começaram a chegar — imaginou Anabela.

Tovar anuiu.

— Sim, mas as informações eram desencontradas e levavam muito tempo para chegar até nós. Primeiro, ouvimos uma sucessão de absurdos: Eduardo Carissimi tinha atacado a cidade; um bando com mais de mil corsários tinha sequestrado a duquesa e agora exigia um resgate; a filha da duquesa tinha tramado um golpe contra a própria mãe e outras sandices do tipo. Levamos muito tempo para compreender o que de fato tinha acontecido.

Anabela estava estupefata. De onde tinham surgido todas aquelas histórias?

— Eu lamento, senhora, mas esses não são tempos para meias palavras. Foi nesse momento de confusão que Máximo Armento vacilou e perdeu a capacidade de liderar — sentenciou Tovar.

— Por quê?

— Ele queria retornar a Sobrecéu a qualquer custo. Estava cego com aquela ideia.

— Mas...

— Mas era evidente que uma cilada estava se armando contra nós. À medida que um número maior de viajantes chegava a Tahir, começamos a compreender com maior exatidão o que estava acontecendo. Juntando as peças, não era preciso ser brilhante para entender que Valmeron colocava em movimento um grande plano e que nós, a Frota Celeste, éramos a próxima etapa desse estratagema.

— E o que o senhor fez?

— Coloquei homens disfarçados para circular nas tabernas e bordéis do porto de Tahir. Não foi difícil descobrir que até o mais modesto dos capitães sabia que havia uma movimentação estranha de embarcações no norte do Mar Interno. Em determinado momento, nenhum navio deixava a Cidade de Areia em uma direção que não fosse a leste, rumo a Astan ou a outros portos do Oriente.

— Era óbvio que Valmeron se posicionava — observou Anabela. — E o que Máximo Armento fez?

— Ignorou esses sinais e os meus apelos — respondeu Tovar, sacudindo a cabeça. — Temendo que Máximo pudesse fazer celestinos se voltarem contra celestinos, reuni os meus homens e parti durante a madrugada. Na manhã seguinte, ele zarparia com a maior parte da Frota rumo a Sobrecéu.

— Aonde ele nunca chegaria — completou Rafael. — A cilada de Valmeron fechou-se em um ponto um pouco a leste da península de Thalia. Dizem que seus navios estavam estacionados em Navona e, portanto, precisaram navegar apenas uma pequena distância para travar a batalha.

— Estavam abastecidos e descansados — ponderou Anabela.

— E os nossos, exaustos e desmotivados depois da longa travessia — completou Tovar.

— O que o senhor fez depois de saber que a Frota tinha sido derrotada? Onde esteve esse tempo todo?

— Em primeiro lugar, precisávamos tratar de sobreviver — respondeu Tovar. — Com a hegemonia de Valmeron se consolidando, nenhum porto nos receberia. Eu precisava de um lugar onde ao mesmo tempo pudéssemos nos abastecer e esconder. Enquanto eu não encontrava esse lugar, vivemos como corsários, predando navios tassianos que cruzassem o nosso caminho.

— Corsários?

— Sim. Atacávamos grupos de tassianos que não fossem muito grandes. Tirávamos o suficiente para a nossa sobrevivência e seguíamos adiante. Uma dessas incursões nos levou próximo a Messina. Desembarquei disfarçado com um grupo pequeno de homens e comprei alguns mantimentos. Fomos bem recebidos desde o princípio. As pessoas de lá nos reconheceram como celestinos. Retornamos em intervalos regulares nas semanas seguintes até que, aos poucos, criamos uma relação de confiança com os administradores da vila. Em determinado ponto, revelei a minha identidade e pedi abertamente por ajuda.

— E eles os abrigaram.

— Sim, senhora. Trouxemos os navios para o estuário. Fizemos os reparos que precisavam ser feitos e os homens descansaram em terra firme e voltaram a se motivar.

— A flotilha que nos resgatou na praia tinha sete navios. Qual o tamanho da força que o senhor comanda em Messina? — perguntou Anabela.

— São quinze galés de guerra e quase oitocentos homens, senhora — respondeu Tovar.

Um número impressionante para incursões, mas irrisório para uma luta aberta contra Valmeron e a frota tassiana...

— O senhor Eduardo trará mais trinta navios de Rafela. Seremos, no total, quarenta e cinco galés e perto de dois mil e quinhentos homens.

Anabela voltou-se para Rafael e perguntou:

— Como assim? Por que o senhor Eduardo viria com suas forças até aqui?

Foi Tovar quem respondeu:

— Mesmo antes de termos localizado a senhora, já tínhamos concordado que a única oportunidade de fazer frente a Valmeron seria antes da proclamação da nova república de Thalia. Depois que o senhor de Tássia tiver a sua nação, poderá convocar, por bem ou por mal, aliados em todo o Mar Interno.

Anabela recostou-se na cadeira.

— Como o senhor tem mantido contato com Eduardo Carissimi?

— Ele ficou sabendo da minha situação e de como eu havia preservado os meus homens. Um espião em Sobrecéu nos colocou em contato. Seu nome era Próximo e, pelo seu silêncio, presumo que tenha perecido na rebelião de Antônio Silvestri ou na invasão tassiana.

Anabela sentiu o espírito afundar.

Será que algum dia eu, ou quem quer que seja, será capaz de honrar todo o serviço que esse rapaz prestou a Sobrecéu?

— Eu o conheço. Ele está morto — disse ela.

Tovar não escondeu a sua decepção.

— É uma pena, senhora. Eu ainda tinha esperanças de conhecê-lo — disse ele. — Próximo intermediou as nossas comunicações. Eduardo Carissimi ficou sabendo dos nossos feitos e nós dos dele. Estivemos alinhados o tempo todo quanto ao que achávamos certo fazer.

— E qual é o plano de vocês? — perguntou Anabela.

— Nenhum de nós quer viver num mundo dominado por Valmeron. Tampouco Messina poderá nos abrigar ou proteger para sempre — respondeu Tovar. — A hora de atacar se aproxima. O que virá depois... veremos.

— Quarenta e cinco navios é muito pouco para enfrentar a frota de Tássia.

— Não há dúvidas quanto a isso, senhora — concordou Tovar. — Mas Máximo Armento e os rapazes que foram massacrados por Valmeron nos deixaram um legado: eles fizeram com que a vitória custasse muito caro a Tássia.

— A armada tassiana perdeu homens experientes e comandantes de batalha tarimbados no confronto. Além disso, muitos navios sofreram danos substanciais — disse Rafael.

Enquanto procurava pela taberna de Ahmat com Tariq na orla de Tássia, Anabela recordou-se de ter visto ao longe as galés danificadas na baía ou atracadas nos cais.

Anabela deixou o olhar vagar pela cabine. Em uma das paredes, ao lado de uma estante de livros, havia uma gravura que retratava o rosto do pai.

— Ainda assim, é muito pouco... — disse, tornando a olhar para Tovar e Rafael.

— É a única chance que temos — disse Tovar.

— E há outra coisa — observou Rafael. — Não sabemos ao certo do que se trata, mas temos indícios de que Valmeron tem enfrentado algum outro inimigo.

— Esse ataque à mansão de Dragoni — prosseguiu Tovar. — Foi uma operação em larga escala, obra de alguma força poderosa.

Rafael inclinou-se sobre a mesa de modo a aproximar-se dela e a observou com olhos atentos.

— A senhora sabe alguma coisa sobre isso, não sabe? Tem a ver com essa organização que parece estar presente em toda parte?

Rafael fez uma pausa e então completou:

— Eram eles que levavam a sua mensagem.

Anabela pensou por um momento. A ideia da Ordem de Taoh e das coisas que ela combatia ainda eram fantásticas demais na sua mente. Por outro lado, não podia negar as coisas que tinha visto: o que haviam feito com Dino Dragoni, o ferimento de Asil... tudo aquilo estava muito distante do ordinário ou do aceitável.

— Sim, eram eles — confirmou Anabela. — Não sei se estou pronta para falar sobre essas coisas, mas uma coisa posso afirmar: o inimigo que tem atrasado os planos de Valmeron é real.

Tovar a estudava com um olhar intenso e carregado de tensão.

— E é nosso inimigo também.

— Sim, comandante. É nosso inimigo, também. Talvez o maior de todos.

— E o que podemos fazer a respeito dele? — indagou Tovar, ainda muito sério.

Anabela suspirou.

— Muito pouco. Por enquanto, o que devemos fazer é manter Theo e as meninas em segurança.

Rafael franziu a testa, pensativo.

— Aquele disco de metal que o rapaz carrega... é uma arma contra esse inimigo?

Anabela fez que sim.

— Era isso que Dragoni queria? Essa arma? — perguntou Rafael.

— Sim, mas ele também precisava das crianças.

Tovar cerrou os punhos.

— Mas são crianças pequenas.

— Mas, de algum modo, elas têm um papel nisso tudo — respondeu Anabela. — Um papel importante.

Rafael coçou o queixo.

— Valmeron virá atrás de nós com tudo. Muito mais do que querer nos destruir, ele precisa do Disco e das meninas.

Anabela assentiu outra vez.

— Os homens que enfrentamos na praia tinham o emblema dos Martone — observou Tovar. — Isso significa que a frota tassiana está retornando depois da incursão a Astan.

Anabela sabia o que aquilo significava.

— Temos menos tempo do que imaginávamos.

Um pesado silêncio envolveu a cabine. Anabela estudou os dois homens. Ambos tinham em comum o semblante determinado, mas carregado de tensão.

São homens leais e corajosos, mas estão travando essa guerra há tempo demais... estão cansados de lutar e fugir para sobreviver...

— Quanto tempo até chegarmos em Messina, comandante?

— Mais dois dias, senhora. Nossos dois barcos mais rápidos partiram na frente, para avisar Eduardo Carissimi do seu resgate.

Rafael tinha os olhos postos nela.

— O que a senhora sugere?

Anabela pensou por um momento.

— Reunirmos toda a força que tivermos em Messina e partirmos imediatamente para uma ofensiva contra Tássia.

Outro silêncio se seguiu, mas, dessa vez, era como se um pesado manto invisível tivesse caído sobre a cabine. Ambos a observavam com um intenso olhar de incredulidade.

— Uma ofensiva contra Tássia? — perguntou Rafael, as palavras saindo lentas, uma de cada vez, como se o que tinha sido dito merecesse toda a reverência possível.

— Não temos força suficiente para isso, senhora — argumentou Tovar.

Anabela suspirou.

— Nem para isso, nem para mais nada. É a única coisa que podemos fazer. E também é o fim da linha.

— Mas, senhora...

— Valmeron virá com tudo contra nós — disse Anabela, resoluta. — Não se enganem: os tassianos já sabem, ou em breve saberão, a respeito de Messina. Esse foi o preço do meu resgate.

Tovar correu o olhar pelo mapa.

— Messina é um péssimo lugar para se travar uma batalha: um estuário de fácil acesso, cercado por planícies dos dois lados.

Anabela compreendia o que ele queria dizer. A única chance de contrabalançar a superioridade numérica dos tassianos seria travar a batalha em um terreno acidentado onde Valmeron não pudesse, ou ao menos tivesse muita dificuldade, de manobrar suas galés e desembarcar todo o seu contingente. O estuário de Messina e as planícies que o cercavam dariam a ele exatamente essa chance: posicionar os navios e colocar em terra todo o seu exército sem nenhuma dificuldade.

O rosto de Rafael era sombrio.

— Estamos perdidos, de qualquer maneira.

Tovar encarou Rafael e disse, resoluto:

— Entendo o que a senhora Anabela propõe. Seremos esmagados em Messina, em Tássia ou em qualquer outro lugar.

Anabela pousou a mão sobre o braço de Rafael.

— Mas no terreno acidentado que cerca Tássia daremos muito mais trabalho.

Rafael endireitou-se e disse:

— Tenho a impressão de que o senhor Eduardo concordará com o seu plano... ele também está cansado desse jogo de esconde. Não creio que recusará uma oportunidade de finalmente enfrentar os tassianos.

— Muito bem — disse Anabela. — Assim que desembarcarmos, discutiremos os detalhes com o senhor Eduardo. Comandante Tovar, o senhor pode tratar dos preparativos?

— Sim, senhora. Assim que chegarmos, mobilizarei os homens. Estamos sempre de prontidão, então deverá ser rápido.

Anabela assentiu e, depois, afundou na cadeira.

Pronto... agora que planejei algo que levará centenas, incluindo a mim mesma, para a morte certa, preciso pensar em um modo de salvar o Theo e as meninas de tudo isso...

Os instantes que se seguiam ao nascer do sol eram os momentos favoritos de Theo no mar. Gostava de se sentar em uma amurada qualquer e assistir aos tons mais escuros da aurora darem lugar à confusão de laranjas e vermelhos que transformavam o firmamento e o oceano em um mosaico de cores tão grande que a distinção entre um e outro acabava por se perder. Mais ainda do que a beleza exterior, Theo apreciava o momento silencioso, que sempre convidava a uma reflexão.

Navegando em direção a oeste, ele e Anabela sentaram-se na amurada de popa para assistir ao espetáculo. Os dois tinham os pés pendendo para o lado de fora da amurada, pairando sobre o rastro do navio muito abaixo. A posição tinha um quê de imprudência e arrancou olhares de reprovação do oficial de convés. Theo imaginou o que ele estava pensando: depois de tudo o que tinham passado, perder a duquesa de Sobrecéu porque ela havia caído no mar seria uma ironia infeliz, para se dizer o mínimo.

— Você continua taciturno.

Theo lembrou-se da palavra. Nos dias a bordo, calculou que ela já havia usado a expressão três, ou talvez, quatro vezes.

— Estou preocupado — justificou-se ele.

A resposta nada tinha de falsa, era apenas incompleta. Theo sentia a dor pela perda de Vasco a cada instante que se passava. Em um primeiro momento, recusou-se a acreditar que era verdade.

É o Vasco de quem estamos falando. Ele sempre dá um jeito nas coisas. Cedo ou tarde, vai aparecer com mais uma história para contar...

Mas, aos poucos, a mente foi ligando-se à realidade de que ele realmente partira e não retornaria.

Nunca mais.

Então, houve apenas a dor. Mas não era tudo: Theo viu-se assombrado pelas últimas palavras do amigo. A coisa que provocara o seu ferimento mortal não era um demônio comum.

Tentava imaginar o que poderia ter acontecido, quais os possíveis destinos do demônio em meio a tudo o que acontecera, mas não conseguia. As possibilidades eram muitas e percorrer cada uma delas fazia com que a mente desse voltas sem fim. A entidade poderia ter se misturado aos tassianos e, naquele caso, teria sido aniquilada pelos celestinos. Ou, talvez, estivesse escondida e, terminada a batalha, tivesse se disfarçado entre os homens de Tovar. Aquela era a hipótese mais aterradora. A coisa que matara Vasco poderia estar entre eles, aguardando a hora de agir.

Acima de tudo, Theo sentia-se angustiado por não poder compartilhar o que sabia com Anabela. Sentia como se a estivesse traindo, mas também entendia que Vasco tinha razão: se ela soubesse, externaria sua desconfiança e isso poderia fazer com que o demônio atacasse antes que Theo tivesse a chance de identificá-lo.

Durante todos aqueles dias no mar, Theo manteve vigilância constante em Anabela e nas meninas. Além disso, jamais se separava do Disco de Taoh. Não importa onde estivesse, sempre o tinha consigo. Tratava-se do único vestígio de consolo que encontrava: a frieza do metal contra a pele e a sensação de correr os dedos sobre o relevo dos ideogramas gravados na superfície da arma.

Assistir ao nascer do sol ao lado de Anabela, porém, fez a tensão diminuir pelo menos um pouco. O navio era grande, mas não tanto assim. Passaram dias confinados nele e Theo examinara o comportamento de cada membro da tripulação — alguns mais de uma vez — e não tinha encontrado nada de suspeito. Além disso, se a entidade estivesse entre eles, certamente já teria tentado agir contra Anabela ou as meninas. Aquilo fazia com que Theo considerasse duas possibilidades: ou o demônio tinha mesmo sido aniquilado com os tassianos na praia, ou tinha embarcado em outro navio da flotilha.

— Você conhece esse lugar para onde vamos, Messina? — perguntou Anabela, quebrando um longo silêncio.

A bordo do *Tsunami*, Theo percorrera um número maior de cidades do que podia contar. Apesar disso, por menor que fosse, guardava ao menos alguma recordação de cada uma delas. Ainda assim, o nome Messina e a localização eram estranhas a ele.

— Não. Também não me lembro de ter navegado para o norte da Costa de Deus. Não há muita coisa por lá.

— Essa é a ideia.

— Tovar e seus homens conseguiram fazer desse lugar a sua base de apoio?

Anabela fez que sim. Ela tinha os cabelos presos em um rabo de cavalo. Theo gostava de como ela ficava: os cabelos presos mostravam mais dos traços do rosto e do pescoço dela. Mas a imagem também o enchia de maus pressentimentos. Sabia que aquela era a Anabela ainda mais resoluta do que o normal. Ela tinha tomado uma decisão e abraçava as consequências com todas as suas forças.

— O que foi? — perguntou Theo.

Anabela olhou para longe. O céu resplandecia com uma mistura de laranja a leste e azul-escuro a oeste. O sol surgiria a qualquer instante.

— Tomei uma decisão junto com Tovar e Rafael de Trevi — disse ela ainda olhando para longe.

Theo esperou em silêncio; tinha certeza de que não iria gostar do que viria a seguir. Anabela tornou a olhar para ele. Sob a luz do crepúsculo, seus olhos pareciam muito mais escuros do que eram de verdade.

— Nosso resgate teve um preço, Theo. Valmeron juntará as peças e, num piscar de olhos, seguirá o nosso rastro.

— A armada tassiana não está no Oriente? Ouvi dizer que atacaram Astan.

Anabela sacudiu a cabeça.

— Há indícios de que estão voltando para Tássia. Os homens que foram mortos na praia usavam o emblema de Nero Martone. Os Martone estão entre a elite das forças de Valmeron. Eles certamente foram convocados para participar de uma ação importante, como a incursão a Astan. Se estavam naquela praia, é porque estão retornando. E, se os Martone estão de volta, então todo o resto também deve estar prestes a retornar.

— Se é que já não voltaram.

— Sim. Muito em breve, Valmeron terá suas forças outra vez reunidas em Tássia. Além disso, de uma forma ou de outra, ele saberá ao meu respeito.

Àquela altura, Theo conhecia Anabela bem demais. Sabia o que ela diria a seguir.

— O que você ganha condenando a si e a todos esses homens à morte certa em Tássia?

Anabela sorriu. Theo deu de ombros; não conseguiu reunir ânimo suficiente para sorrir de volta.

— Theo, pense bem... os tassianos nos encontrarão em Messina. O lugar é cercado por planícies, Valmeron ficaria à vontade para posicionar o seu exército muito mais numeroso. Seria um massacre, algo que terminaria em questão de horas. Além disso, levaríamos junto os habitantes inocentes da vila. São descendentes de celestinos que vêm correndo um risco enorme para dar abrigo a Tovar e seus homens — disse Anabela. — Se levarmos a luta para Tássia, usaremos o terreno acidentado que cerca a cidade e a surpresa do movimento a nosso favor.

Theo sentia o espírito afundar cada vez mais.

— Não fará diferença.

Ela segurou a sua mão. O toque era firme e decidido.

— Não há mais nada a fazer.

— Fujam. Reúnam a força que está em Messina e velejem para bem longe.

— De que isso adiantaria, Theo? Valmeron está prestes a formalizar a sua hegemonia política e militar em todo o Mar Interno. Nenhum porto ou cidade dará abrigo para navios de guerra celestinos, por mais que não sejam muitos. Morreremos de fome ou de sede. Seremos caçados até o Mar Externo. Valmeron fará qualquer coisa. Ele não pode se dar ao luxo de ter navios com as cores de Sobrecéu navegando por aí com a última Terrasini a bordo.

Theo sofria por antecipação porque sabia que Anabela conseguiria convencê-lo de que estava certa.

— Eu irei também.

Ela sacudiu a cabeça, decidida.

— Não. Se eu vou para a morte certa, quero que o meu legado seja a sua sobrevivência e a das meninas.

Theo soltou a mão dela.

— Você não pode ser tão cabeça dura!

Anabela o encarou por um longo tempo, o olhar cheio de ternura.

— Você conversava muito com o Vasco — disse ela, por fim. — Há algo que eu nunca entendi: o que ele dizia sobre a possibilidade de os demônios dominarem o nosso mundo?

Theo suspirou. Sabia para onde ela o levaria.

Para o dever... cada um de nós tem o seu. Somos o que somos; nossas vidas não tomarão o rumo que desejávamos. Talvez em outra vida possamos sonhar com algo diferente...

— Vasco me explicou que se o *obake*, o demônio superior, conseguisse consolidar seu domínio sobre este mundo, nenhum de nós jamais saberia.

Anabela ergueu uma sobrancelha.

— Como assim?

— O que as entidades fazem não é exatamente possuir a pessoa. Não é bem o conceito de possessão que muitas religiões têm — explicou Theo. — Uma vez que um *sik* ou uma entidade superior se apodera de alguém, demônio e hospedeiro passam a viver num estado que Vasco descreveu como simbiose.

— Como se vivessem juntos?

— Sim. Mas a presença do demônio enche a mente da pessoa com ideias de raiva e rancor e a afasta do caminho do afeto e da compaixão. Sob o domínio dessas coisas, viveríamos em um mundo repleto de individualismo, guerra, ódio e desesperança. E o pior de tudo é que nunca entenderíamos de onde tudo isso viria, e os poucos não tomados pelas entidades assistiriam a tudo perplexos e impotentes. Simplesmente não saberiam o que fazer.

Theo observou Anabela absorver o conceito com a mesma reação de choque e terror com que ele tinha escutado a história de Vasco.

— Meu Deus...

— Sim. Por isso a Ordem de Taoh deve prevalecer.

— Você é o que sobrou da Ordem, Theo. Ou, pelo menos, o que restou em posição de lutar. É por isso que você não pode ir comigo para Tássia. — Anabela fez uma pausa. — A minha parte é a mais fácil. Irei a Tássia apenas para ganhar tempo. Cabe a você enfrentar o *obake* e, ainda, no final, tentar salvar as meninas.

Theo sentiu uma tristeza ainda maior avançar sobre ele. Ela tinha razão. Aquilo era o fim da linha. Depois que atracassem em Messina, restaria apenas cumprir o que o destino de cada um havia reservado. Desejou que Messina fosse o lugar mais distante do mundo; que levassem meses e mais meses para chegar lá.

Fechou os olhos, desolado. A seguir, foi envolvido pelos braços de Anabela, puxando-o para perto. Mas não se tratava de um abraço comum. Ela aproximou-se e ele sentiu o calor do corpo dela colado ao seu. Quando abriu os olhos, seus rostos estavam colados.

Eles se aproximaram ainda mais. Theo ainda estava com os olhos abertos quando os lábios se tocaram, mas os fechou logo em seguida.

O toque começou suave, como se os lábios procurassem saber se um conhecia o outro. Mas logo descobriram que, apesar de nunca terem se tocado, eram velhos conhecidos e o beijo tornou-se febril, quase desesperado. Theo sentia todo o peso da despedida, mas não havia arrependimento nenhum ali. Valera a pena sobreviver a tudo que passara para viver aquilo.

Desejou que o momento durasse para sempre, mas foi interrompido pelos gritos que irromperam da proa.

— *Messina! Messina! Messina!*

Eles se separaram. Anabela ainda tinha os olhos fechados. Theo sentiu como se a vida esvaísse por entre seus dedos. Tinham chegado e, depois de Messina, não havia nada que não fosse aceitar o que o destino reservava para cada um.

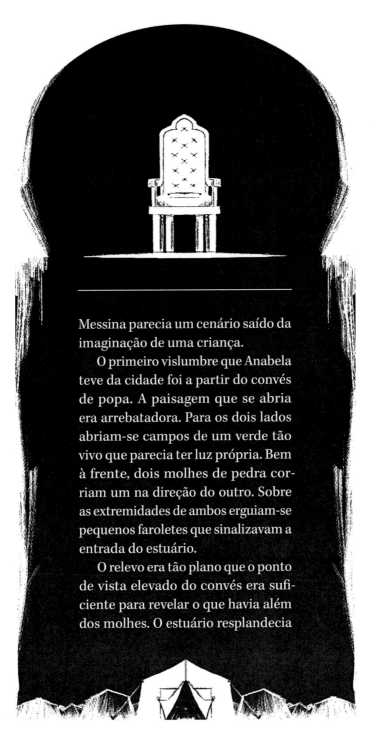

Messina parecia um cenário saído da imaginação de uma criança.

O primeiro vislumbre que Anabela teve da cidade foi a partir do convés de popa. A paisagem que se abria era arrebatadora. Para os dois lados abriam-se campos de um verde tão vivo que parecia ter luz própria. Bem à frente, dois molhes de pedra corriam um na direção do outro. Sobre as extremidades de ambos erguiam-se pequenos faroletes que sinalizavam a entrada do estuário.

O relevo era tão plano que o ponto de vista elevado do convés era suficiente para revelar o que havia além dos molhes. O estuário resplandecia sob o sol da manhã com um azul-escuro de profunda beleza. Tinha um formato ovalado, mas, no lado oposto ao do mar, aos poucos, ia se estreitando até se transformar em um rio cujo ondular se perdia ao longe na bruma da manhã. Tudo aquilo estava emoldurado por um céu anil pontuado por pequenas nuvens brancas que pairavam preguiçosas sobre a paisagem.

Messina era uma pequena coleção de casas e chalés que se enfileiravam diante de uma via costeira à beira do estuário. As residências tinham telhados pontiagudos encimados por pequenas chaminés das quais se erguiam finas espirais de fumaça.

Anabela sentiu o coração torcer no peito. A vila a lembrava demais de Myrna; era como se a cidade de montanha tivesse sido transportada para aquele local.

Diante da vila, espalhadas nas águas calmas como um espelho, repousavam quase quatro dezenas de galés de guerra. As formas silenciosas dos navios jaziam imóveis, como se fizessem parte da paisagem. No topo dos mastros ou nos cordames tremulavam sob a brisa suave as cores da Frota Celeste ou dos Carissimi.

Eduardo está aqui. Apesar de todo o perigo, seus homens não escondem suas cores... eles têm orgulho de tudo o que elas representam.

Além da vila, destoando da paisagem, o verde da planície estava pontuado por uma miríade de pequenas formas brancas angulosas. A primeira impressão que Anabela teve do acampamento celestino era muito semelhante ao vislumbre inicial do exército de Samira: fileiras bem-organizadas e simétricas de tendas brancas.

O *Sizígia* e os demais navios da flotilha cruzaram pela abertura entre os molhes e entraram no estuário. As velas foram baixadas e, os remos, postos no mar. Anabela desejava ver a vila de perto, mas percebeu que passariam dela e fundeariam bem diante do acampamento. Quando o navio foi finalmente ancorado, ela, Theo e as meninas foram colocados em um bote e levados até a terra firme.

Anabela encontrou o acampamento ebulindo em franca atividade. Homens, sozinhos ou em grupos, corriam apressados como se cada um tivesse recebido uma tarefa mais urgente do que o outro. Carroças carregadas manobravam entre pilhas de arcas e baús de madeira enfileirados junto do atracadouro improvisado.

Os homens se preparam. Mal chegamos e Tibério Tovar já disparou suas ordens. Não há retorno, agora...

Assim que pisou no acampamento, Anabela percebeu os olhares postos nela. Soldados ou oficiais, todos a observavam com um misto de espanto e reverência. Quando ela se aproximava, os homens interrompiam o que estavam fazendo e a cumprimentavam com um aceno respeitoso da cabeça.

Cada um deve ter escutado pelo menos uma centena de versões para a minha morte. Mas agora estou caminhando em seu acampamento... deve ser o mesmo que ver um fantasma...

Júnia e Raíssa, radiantes com tanto espaço aberto depois do confinamento a bordo, dispararam para longe, desaparecendo entre os homens. Theo adiantou-se, nervoso, como se pretendesse correr atrás delas; seu braço direito foi para trás da cabeça, como se tencionasse sacar o Disco que guardava pendurado nas costas como se fosse um machado.

— Theo! — chamou ela.

Ele se deteve, como se o chamado o tivesse trazido de volta à realidade.

— Deixe que elas corram — disse Anabela, sorrindo. — Há dois mil homens ao nosso redor. Elas não têm como ficar mais seguras do que isso.

Ele assentiu, mas o gesto não combinava com o rosto sério e a testa franzida. Era como se o que ela havia acabado de falar não fosse tão óbvio quanto parecia.

— Vou atrás delas.

Antes que ela pudesse responder, ele saiu correndo e desapareceu na multidão.

Tibério Tovar apareceu em meio à confusão e afirmou que os preparativos estavam em pleno andamento. Ele pediu licença e destacou um homem para levá-la até Eduardo Carissimi.

Ela foi conduzida até o centro do acampamento, onde havia uma grande tenda com as cores dos Carissimi. Afastou a aba de tecido que fazia as vezes de uma porta e entrou. Eduardo estava sozinho, sentado junto a uma mesa de campanha. Estudava em silêncio mapas abertos diante de si. Anabela o examinou, cheia de compaixão. Eduardo tinha envelhecido além do que parecia ser possível naquele intervalo de tempo. Além disso, pelo cair da túnica sobre os ombros, era fácil perceber que perdera peso.

Eduardo desviou o olhar dos mapas e a enxergou pela primeira vez. Abriu um sorriso verdadeiro, levantou-se e foi até ela. Ele a abraçou como um pai abraçaria a filha; o gesto carregado de afeto e de alegria por vê-la a salvo.

Anabela suspirou, imersa no abraço. Independentemente do que ocorreria a partir dali, estava muito feliz por encontrá-lo outra vez.

— Anabela...

Eles se separaram. Eduardo a conduziu até a cabeceira da mesa.

— É difícil de acreditar... — disse ela, sentando-se.

Eduardo também se sentou. Ele apertou a mão dela suavemente antes de largá-la.

— Em meio a todo esse pesadelo que se transformou a vida de todos nós... vê-la inteira é... — Ele abriu um sorriso. — Inacreditável!

— Eu digo o mesmo, senhor Eduardo.

Anabela sentia o peso de cada palavra. Depois de tudo o que tinha passado, estar ali, diante de Eduardo Carissimi, era mesmo inacreditável.

— E Júnia! A pequena Júnia! — ele ampliou ainda mais o sorriso. Anabela perguntou-se quando teria sido a última vez que ele se permitira um sorriso daqueles.

Ela descreveu em detalhes a história de como Asil Arcan resgatara Júnia da Fortaleza Celeste e do modo como ele havia tomado conta dela depois. Em seguida, fez um relato resumido de tudo o que havia acontecido desde o seu sequestro em Rafela, dando ênfase aos acontecimentos recentes em Tássia. Deixou de fora os eventos em

Valporto, porque eram dolorosos demais para serem recordados, e também os assuntos relativos à Ordem de Taoh, pois simplesmente não sabia como abordá-los.

— E quanto ao senhor? Eu soube da vitória em Rafela e nada mais. Muitas coisas devem ter acontecido durante esse tempo.

O sorriso de Eduardo se desfez na mesma hora.

— Sim... muitas coisas.

— O senhor tem notícias de Sobrecéu? Soube que houve um levante organizado por Antônio Silvestri que foi esmagado por Carolei. Depois, a cidade foi ocupada pelos tassianos.

Eduardo fez que sim.

— Não sabemos se foi Carolei ou a própria invasão tassiana que acabou com a rebelião. Por um golpe do destino, as duas coisas aconteceram ao mesmo tempo. De qualquer modo, não fez diferença: Antônio e muitos celestinos inocentes morreram naquela noite.

— O que aconteceu depois?

— Diferentemente da outra vez, Sobrecéu foi ocupada por uma força de longa permanência. Os tassianos foram com a intenção de ficar. Foi nomeado um interventor militar que assumiu o controle administrativo da cidade.

— E quanto a Carolei?

Eduardo fez uma careta de desprezo.

— Ele morreu sendo o mesmo idiota que foi a vida toda — respondeu ele. — As informações que temos dizem que nem naquela hora Carolei entendeu que o jogo tinha virado contra ele. Dizem que ele estava na Fortaleza Celeste e que recebeu o interventor militar com braços abertos e um sorriso estúpido. Quando foi abraçá-lo, o tassiano cravou uma adaga em seu peito. Carolei caiu morto no chão com o mesmo sorriso estúpido estampado no rosto.

— E quanto a Una e Fiona Carolei?

— Não tenho notícias delas.

— E a cidade?

Eduardo sacudiu a cabeça, arrasado.

— A situação é terrível, Anabela. Não há meias palavras para isso.

— Conte-me — pediu ela, reunindo coragem.

— O interventor tassiano instituiu um reinado de terror em Sobrecéu. Os direitos civis foram revogados. Há prisões e torturas arbitrárias e temos relatos de estupros coletivos ocorrendo por toda a cidade. O patrimônio de muitas famílias foi confiscado e o comércio está paralisado. As pessoas, além de aterrorizadas, estão passando fome.

Anabela levantou-se. Não sabia apontar qual sentimento ebulia mais violento dentro de si: o choque ou a raiva.

— Esse foi um dos motivos pelos quais decidi trazer minhas forças para este lugar. Precisamos fazer alguma coisa — prosseguiu Eduardo. — Durante todo esse tempo, eu sempre soube que o refúgio em Rafela não duraria para sempre. Sei que os tassianos sabiam da minha força estacionada na Cidade Branca. Era apenas uma questão de tempo até que Valmeron resolvesse as suas outras questões e partisse para tratar de nós. Alguma coisa atrasou seus planos. Alguns dizem que a armada tassiana ficou debilitada após o confronto contra a Frota Celeste. Acredito que isso seja verdade, mas não explica tudo. Há algo mais acontecendo... De qualquer modo, quando soube que Tovar tinha sobrevivido com um número razoável de homens, entendi que era a hora de unir forças.

Anabela ainda sentia o sangue ferver, mas voltou a se sentar.

— E quanto a Rafela?

— Fortificamos a Cidade Branca tanto quanto pudemos, mas é um fato que a cidade ficou desguarnecida com a minha saída — respondeu Eduardo. — Tovar teve tempo de me falar sobre o seu plano.

Anabela abriu as mãos espalmadas em um gesto de impotência.

— Não se trata realmente de uma decisão. Não há outras alternativas a considerar. Se ficarmos aqui sentados, Valmeron virá até nós. Será o nosso fim e ainda levaremos junto essa gente inocente que nos deu abrigo.

— E quanto a Júnia?

— Theo cuidará dela. Dela e da outra menina.

Eduardo pensou por um longo momento.

— Tovar mantém sentinelas nos molhes dia e noite. Há cerca de dois dias, um navio foi avistado ao longe.

Anabela sentiu a mente ser posta em alerta.

— Que navio?

— Não conseguimos descobrir, estava muito distante. O comportamento da embarcação, no entanto, foi considerado estranho. Eles estão acostumados a avistar embarcações ao longe. Normalmente, rumam para Navona ou estão voltando de lá. De qualquer modo, apenas passam de viagem.

— Esse navio se deteve?

Eduardo fez que sim.

— Deteve-se por um longo tempo. Ficou tanto tempo imóvel que os homens chegaram a soar um alarme. Galés dos homens de Tovar estavam partindo para persegui-lo, mas então ele desapareceu — disse ele. — Você viu o relevo que cerca Messina e a frota de Tovar não é pequena. Os navios de guerra chamam atenção. Não há como ter certeza, mas, se aquela era uma embarcação espiã, é bem possível que , muito em breve, Valmeron saiba a nosso respeito.

Se Valmeron estiver vindo para cá com a sua armada, preciso convencer Theo a sumir daqui com as meninas!

— Precisamos acelerar a nossa partida.

— Estamos tratando disso. Creio que conseguiremos partir depois de amanhã. É o melhor que podemos fazer.

Eduardo esfregou o rosto com as mãos. Anabela tocou seu braço e ele tornou a olhar para ela.

— Como você está? — perguntou ela.

— Não sei o que dizer... eu me sinto um pouco como um morto-vivo.

— Como assim?

— Eu traço planos, cuido de uma armada, resolvo problemas do amanhecer ao anoitecer, se é que não faço isso durante as madrugadas também. Mas é tudo o que faço e é tudo o que eu sou. Tirando isso, não restou mais nada. Às vezes, me perco na fantasia maluca de, por algum motivo extraordinário, vencermos Valmeron. O que eu seria sem esse desejo de vingança?

— Você mesmo — disse Anabela. — Algumas vezes, eu penso algo parecido: se não precisasse mais fugir, que tipo de pessoa eu me tornaria? Que vida levaria?

Eduardo a encarou, o olhar transbordando de exaustão.

— E que resposta você tem?

— Se porventura viéssemos a ver um mundo sem Valmeron, acho que eu dedicaria a minha vida a consertar o que ele quebrou, a desfazer todo o mal que ele causou. Ao longo desse caminho, acho que encontraria coisas que me ensinariam a voltar a ser feliz.

Eduardo olhou para ela e abriu o mais triste dos sorrisos.

— Há muita sabedoria nessas palavras, senhora Anabela.

Ele serviu duas taças de vinho com uma jarra que estava sobre a mesa. Assim que Anabela pegou uma delas, ele ergueu a sua e disse:

— A um mundo sem Valmeron!

Anabela ergueu a sua taça e ecoou:

— A um mundo sem Valmeron!

— Vamos tratar disso — disse ele com entusiasmo.

Anabela tomou um longo gole. O gosto era quase tão amargo quanto o pensamento que pairava na sua mente.

Tentaremos tratar de Valmeron, que tem, no mínimo, o triplo de homens e navios do que nós. Ainda assim, temos sorte: o inimigo que Theo enfrentará é ainda pior... Que esperança pode haver nisso tudo?

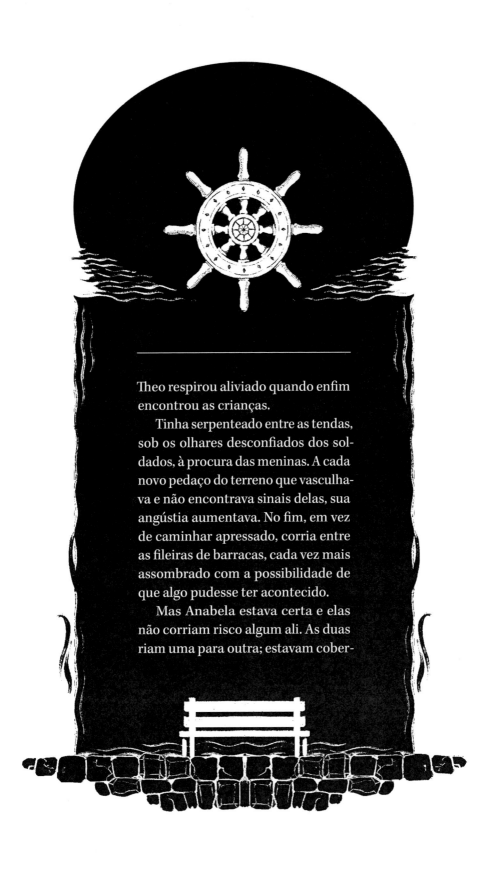

Theo respirou aliviado quando enfim encontrou as crianças.

Tinha serpenteado entre as tendas, sob os olhares desconfiados dos soldados, à procura das meninas. A cada novo pedaço do terreno que vasculhava e não encontrava sinais delas, sua angústia aumentava. No fim, em vez de caminhar apressado, corria entre as fileiras de barracas, cada vez mais assombrado com a possibilidade de que algo pudesse ter acontecido.

Mas Anabela estava certa e elas não corriam risco algum ali. As duas riam uma para outra; estavam cobertas de lama dos pés à cabeça. A sujeira era tanta que, em um primeiro momento, chegou a ter dificuldade em dizer quem era quem.

Theo!, soou Raíssa em sua mente.

Encontramos um lago depois da vila!, completou Júnia, entusiasmada.

Theo franziu a testa.

— Encontraram ou caíram nele?

As duas entreolharam-se, às gargalhadas.

Tropeçamos, explicaram em uníssono.

Theo não sabia o que fazer. Não podia deixá-las naquele estado. Olhou em volta e percebeu que tinham saído do acampamento e estavam no pequeno intervalo de terreno que separava a última fileira de barracas das casas localizadas mais ao norte da vila.

Vista mais de perto, Messina era ainda mais acolhedora. Entre a via costeira que corria paralela às águas calmas do estuário e as últimas casas não havia mais do que seis ou sete quadras. Os chalés com os telhados pontiagudos lembravam um pouco as residências em Terra, na área portuária de Sobrecéu, mas aqui eram muito mais simpáticos. Entre as residências corriam ruas estreitas, calçadas com pedras retangulares, ao longo das quais se enfileiravam pequenos postes com lampiões pendurados. Entre cada poste corriam fios enfeitados com pequenas bandeiras coloridas.

Theo percebeu que uma moça os observava desde o limite da vila. Ela sorriu e começou a se aproximar. Era jovem e vestia-se de modo simples, com um vestido branco liso sobre o qual estava amarrado um avental azul. Os cabelos muito claros estavam presos com uma rede. Imaginou que se tratasse de uma cozinheira ou ajudante de cozinha.

— Olá, bom dia — disse ela, em um tálico com sotaque típico de Sobrecéu. — Sou Cristiana.

— Bom dia. Meu nome é Theo.

Os dois apertaram as mãos. A moça examinou as meninas com olhos bem abertos.

— De onde vieram essas duas?

— É uma longa história.

Cristiana agachou-se diante de Júnia e Raíssa.

— Como vocês se chamam?

Theo aproximou-se.

— Elas são mudas.

Cristiana levantou-se com o semblante transformado. O sorriso que trazia e o olhar despreocupado de um segundo atrás tinham desaparecido por completo.

— A suja é a Júnia e a mais suja ainda é a Raíssa — disse Theo, apontando para cada uma delas. Raíssa mostrou a língua e ele fez o mesmo em resposta.

— Bem, Júnia e Raíssa, vocês precisam de um banho — declarou Cristiana.

Theo não tinha como argumentar contra aquilo. Também não via risco nenhum em entrar na vila. Havia dois mil homens ao lado deles, trazia o Disco nas costas e, ainda mais importante, se as meninas estavam relaxadas daquele modo, era sinal de que não havia nenhum demônio nas proximidades.

— Você pode me ajudar com isso?

Cristiana sorriu.

— Claro. Trabalho na padaria, mas estou no meu horário de intervalo. Minha casa é logo ali e o poço com água limpa fica na mesma rua. Se você me ajudar, enchemos a banheira, esquentamos a água e em menos de uma hora essas duas estarão novas em folha.

Cristiana os conduziu até a vila. Tinham percorrido menos de uma quadra entre os chalés quando ela apontou para uma das casas. A residência tinha a fachada branca recém-pintada e pequenas janelas enfeitadas com floreiras. Deixaram Júnia e Raíssa sentadas junto à porta e entraram. No interior, ela alcançou dois baldes de madeira para Theo e apanhou outros dois para si.

Saíram para buscar a água no poço que ficava no final da rua. Depois de três ou quatro viagens, tinham enchido de água uma grande panela de ferro. Cristiana começou a aquecê-la no forno a lenha.

Theo sentou-se à mesa da cozinha e examinou o lugar. O interior do chalé era tão bem cuidado quanto todo o resto da vila. Os móveis de madeira eram simples, mas muito bem-feitos. O térreo era uma peça única que continha a cozinha e a mesa para refeições. Em um dos cantos, uma escada levava ao andar de cima.

Cristiana apontou para a escada.

— A água está boa. A banheira fica junto ao quarto, no andar de cima.

— Eu ajudo você.

Ela assentiu e mergulhou um dos baldes na água morna.

— Depois, tenho leite e pão fresco para as meninas.

Theo apanhou o balde.

— Vocês têm de tudo aqui?

Ela assentiu enquanto enchia outro balde.

— Sim. Os campos que cercam Messina são férteis. Crescemos de tudo neles.

Com o balde cheio nas mãos, acenou com a cabeça para que Theo a seguisse para a escada.

— Um pequeno paraíso vocês têm aqui — disse Theo.

Ela sorriu.

— Sim. Mas isso não impede que entendamos o que se passa no mundo lá fora.

— Por isso abrigam esses homens — disse Theo, lutando para subir os degraus sem derramar a água.

— Sim. De nada adianta sermos livres, vivendo em paz e tranquilidade, se as pessoas que nos cercam não têm nada dessas coisas — disse ela, assim que terminaram de subir. — Alguém pode tentar viver como um peixinho-dourado, protegido em um aquário, mas essa fantasia não dura. Cedo ou tarde, a realidade encontra um jeito de aparecer.

Estavam em uma água-furtada. Diante deles, contida em um quadrado de luz desenhado pela luminosidade que entrava por uma janela, havia uma banheira repousando sobre o piso. Os dois verteram os baldes na banheira e depois repetiram a operação até que ela estivesse cheia. Theo chamou as meninas e aguardou junto da porta de entrada enquanto Cristiana dava banho nas duas.

Quando terminaram e as três desceram as escadas, as meninas estavam irreconhecíveis. Vestiam roupas brancas de linho e tinham os cabelos lavados e escovados. Cristiana serviu pão, geleia e leite na mesa. Júnia e Raíssa sentaram-se e começaram a comer avidamente.

— Você tinha roupas para elas?

Cristiana aproximou-se dele, mas ainda tinha os olhos fixos nas meninas.

— Tenho uma sobrinha da idade delas. Ela fica comigo com frequência enquanto os pais trabalham.

Theo a observou com cuidado pela primeira vez. Cristiana era jovem, talvez da mesma idade de Anabela. Do rosto bonito, desenhado com traços perfeitos e delicados, sobressaíam-se olhos de um azul muito claro. O aspecto dela o lembrava de muitas moças que vira em Sobrecéu, mas o cabelo claro como palha era ainda mais claro do que o da maior parte das celestinas.

— Você vive aqui sozinha?

Ela desviou o olhar das crianças e o fitou do fundo dos grandes olhos azuis.

— Vivo aqui com minha avó — respondeu ela. — Meus pais morreram no surto de Febre Manchada quando eu era bebê. Fui criada pelas minhas irmãs mais velhas e pela minha avó.

Theo estranhou que alguém como ela não tivesse despertado o interesse de alguém na vila. Ela pareceu adivinhar o que ele pensava.

— Você está pensando por que eu ainda não me casei?

— Sim... quero dizer, não — respondeu ele sem pensar.

Theo riu.

— Bem, sim — admitiu ele, por fim. — Era nisso que eu estava pensando.

— Vou contar uma história. Tem a ver com o motivo de eu ter trazido você aqui.

Theo ergueu uma sobrancelha. Cristiana corou.

— Não é isso que você está pensando — disse ela, sorrindo, as bochechas ainda vermelhas. — Quero que você conheça a minha avó.

Theo não entendia aonde ela queria chegar.

— Por quê?

Ela ficou em silêncio por um instante, olhou para as crianças e voltou a encará-lo.

— Quando a minha avó era pequena, teve uma doença parecida com a Febre Manchada. Ela ficou muito doente e esteve entre a vida e a morte por vários dias. Acabou sobrevivendo, mas a doença levou embora a sua visão.

— Ela ficou cega?

— Sim, Theo. Mas cega apenas do modo como entendemos a cegueira.

Theo sacudiu a cabeça.

— Como assim?

— Depois de sobreviver à doença e perder a visão, minha avó passou a enxergar outras coisas. Coisas que nós não vemos.

Theo encolheu-se contra a porta. Não sabia se gostava de para onde aquela conversa ia.

— Algo parecido aconteceu comigo — prosseguiu Cristiana. — Não foram apenas meus pais que adoeceram. Eu também fiquei muito doente e escapei por pouco. Embora eu não tenha perdido a visão como a minha avó, também passei a ver... coisas.

— Que tipo de coisas?

Ela desviou o olhar e deu uma resposta vaga:

— Muitas coisas.

Theo olhava intensamente para ela. Parecia enxergar a dor e o sofrimento que aquilo provocava nela. Seja lá o que fosse aquele dom, soava mais como uma maldição do que uma bênção. Agora entendia por que ela estava sozinha. As pessoas da vila sabiam que ela era diferente e aquilo as afastava. Lembrou-se dos seus dias em Valporto e de como as outras pessoas que viviam nas ruas tendiam a evitar Raíssa.

— Algumas dessas coisas têm a ver com as meninas?

Ela assentiu.

— E com você.

— Comigo?

— Você precisa ver a minha avó.

Theo pensou por um momento.

— Você sabe o que elas são?

— Não — respondeu ela.

Frente ao silêncio de Theo, ela prosseguiu:

— Faz algum tempo que começou. A princípio, eram sonhos vagos e difíceis de entender... então vieram as visões.

— Visões?

— Imagens de duas crianças especiais e do seu guardião.

Theo afundou na confusão dos seus próprios pensamentos. Asil tivera visões semelhantes; visões que o levaram até Júnia. Tudo aquilo tinha de ter um significado; nada era por acaso.

— Essas coisas são muito mais intensas e profundas na minha avó. É por isso que você deve vê-la.

— Onde ela está?

— Nesse horário, ela gosta de ficar em um banco à beira do estuário, escutando os sons da água e do vento, junto com o ir e vir das pessoas.

— Eu vou até lá. Me diga onde é.

Ela sacudiu a cabeça.

— Acho melhor vocês conversarem aqui. Eu vou buscá-la. Enquanto isso, coma alguma coisa.

Cristiana saiu e deixou Theo com as meninas. Ele se sentou à mesa entre Júnia e Raíssa. Antes de afastar-se para conversar havia um grande pedaço de pão sobre a mesa, mas agora restavam apenas duas fatias pequenas. As duas tinham comido mais do que parecia possível para o seu tamanho.

— Vocês estavam com fome.

Raíssa olhou para ele e bocejou.

— E agora encheram a barriga e descobriram que estão com sono.

Júnia concordou com um aceno decidido da cabeça. Raíssa olhou para ele e deu de ombros.

Por que você está tão nervoso, Theo? Não há nada de errado aqui.

Theo perdeu o olhar no interior da casa. Também estava cansado, mas a conversa com Cristiana o tinha inquietado.

Cristiana retornou com a avó depois de algum tempo. Ela pediu a permissão de Theo para levar as meninas para brincar na frente da casa e ele anuiu. Cristiana acomodou a avó em uma cadeira junto à cabeceira da mesa, depois pegou as meninas pelas mãos e saiu.

Theo observou a senhora. Ela tinha a cabeça coberta por um lenço branco frouxo, escondendo boa parte das feições. Pelo pouco que podia ver, porém, entendeu que se tratava de alguém de muita idade.

— Por favor, me dê as suas mãos.

Ele estendeu as mãos na direção dela. Ela tateou pela mesa e tomou as mãos dele nas suas.

Theo sentiu os pelos dos antebraços se arrepiarem. Ela inspirou profundamente e encolheu os ombros como alguém que toma conhecimento de uma notícia ruim.

— Você já perdeu muito, meu filho. Eu sinto muito.

Sentiu o peso do corpo acentuar-se sobre o assento da cadeira à medida que relaxava. A mente, porém, acendia-se viva e afiada como se a voz rouca da velha fosse um fio condutor que tinha o poder de levá-lo para outro local.

— A primeira delas, você nem ao menos se lembra.

A espinha endireitou-se numa onda de choque.

Ela está falando da minha família?

— E a mais recente é ainda tão fresca que nem criou raízes em você.

Vasco...

— Sonhei com você muitas vezes, filho. Muitos sonhos e mais tantos. Mais histórias do que posso contar ou lembrar — prosseguiu ela, sem nunca soltar a mão dele. — Por isso, não foi fácil entender como eu deveria ajudá-lo.

— Me ajudar?

Ela fez que sim.

— Eu nunca tinha compreendido por que a minha visão havia sido tirada de mim. Mas agora entendo que sempre foi o meu papel poder ver essas coisas e estar aqui para encontrar você. A minha missão é transformar todos esses sonhos e visões em uma narrativa que dê algum sentido à sua busca.

— Eu não compreendo.

Ela fez uma pausa.

— Algo terrível aconteceu aqui perto, em Navona. O que aconteceu tem íntima ligação com a sua busca. Você em breve ouvirá notícias a respeito... mas precisa estar preparado.

Navona... ela poderia estar falando de Santo Agostino?

— O que aconteceu em Navona? Como você sabe dessas coisas?

Os lábios dela se movimentaram por alguns instantes, mas sem produzir nenhum som. Então, subitamente, ela respondeu:

— O universo é o tecido de *Maha¸* e ela o dobrou em muitas e muitas voltas. Pessoas comuns são capazes de enxergar e compreender apenas o que veem na dobra onde vivem. Há outros como eu, abençoados ou amaldiçoados, como você preferir, que têm uma consciência das muitas dobraduras e do aspecto de cada uma delas. O tempo é uma dessas dobras... estou diante de você agora, mas também o vejo como o garoto órfão... — ela fechou os olhos com força. — Há tanta dor... nenhum sofrimento é mais abjeto do que o de uma criança abandonada... desamparada. Essa coisa que você persegue... ela é um rasgo nesse tecido... e você precisa saber que ela também o persegue. Sente a sua presença.

Theo sentiu uma súbita onda de frio envolver o corpo.

Santo Agostino sente a minha presença?

— Como faço para enfrentá-lo?

— Você não enfrenta — respondeu ela. — Se for até lá com a sua arma para travar uma luta, como vem fazendo até agora, apenas morrerá. E tudo terá sido em vão.

Theo estava cada vez mais confuso.

— Então...

— O que você precisa fazer é consertar o tecido do universo, aquele que a entidade rasgou — interrompeu ela. — Para isso, precisa estar em paz e aceitar o universo dentro de si. Você tem como aliadas duas expressões físicas de outras dobras...

Raíssa e Júnia!

— Una-se a elas e, juntos, restaurem a ordem fundamental.

— Mas... como?

Ela sacudiu a cabeça.

— Eu não sei... não tenho respostas. Sou apenas um instrumento que você deve usar para enxergar mais longe.

Theo mergulhou em um oceano de dúvidas. Todos ligados à Ordem sempre souberam que as *fahir* eram importantes, mas ninguém nunca compreendeu como. Caberia a ele entender aquilo, assim como era dele a responsabilidade de enfrentar o *obake*.

— Você precisa estar pronto, Theo.

Ela sabe o meu nome...

— A hora está chegando... — prosseguiu ela. — Você precisa estar pronto para aceitar o seu desafio e todo o sofrimento que virá com ele.

— O que virá com ele? — perguntou com a voz vacilante.

— Mais perdas, meu filho.

Theo sentiu o coração disparar. Os olhos se encheram de lágrimas.

Anabela... não, ela não... por favor...

As lágrimas começaram a rolar pelo rosto.

— Ela não! Diga que levem a mim... podem me levar! Diga isso a eles!

Ela sacudiu a cabeça, decidida.

— Não funciona assim, Theo. Não escolhemos a ordem das coisas... a ordem do universo é que nos envolve. O que muitos chamam de destino nada mais é do que o ir e vir sobre as dobraduras do tecido de *Maha*, e ele não é aleatório: está lá nos aguardando. Você precisa estar em paz com todas as suas perdas. Esse será o seu desafio maior: viver uma vida plena apesar de tudo o que já foi e ainda será tirado de você.

Theo desvencilhou as mãos das dela. Encolheu-se na cadeira e começou a tremer como uma criança desamparada. Acreditava em tudo o que a velha havia dito, porque, na verdade, agora percebia que via aquelas mesmas coisas. Na verdade, sempre as tinha visto.

Ele se levantou, o gesto pesado, como se fosse um sacrifício imensurável.

— Há mais uma coisa, filho.

Theo encarou a velha mais uma vez.

— Uma dessas coisas está entre nós.

Ele sentiu o corpo enrijecer.

— Não é possível. Você está errada. As meninas teriam...

Ela o interrompeu, erguendo a mão com um dedo em riste.

— Não esse. Esse que está aqui é um mestre do disfarce. Nesse momento, ele está varrendo o acampamento em busca de você, da outra moça e das meninas.

Ela está enganada... sobre isso e sobre todo o resto...

Theo partiu para à porta da frente. Não tinha mais forças para escutar nada daquilo. Girou a maçaneta e um tapete de luz se desenhou no piso do chalé. Olhou de volta para a mesa e viu a velha de cabeça baixa: estava soluçando. Colocou as mãos no rosto e descobriu que também chorava.

Theo deixou o chalé atormentado por um profundo desconforto. Era como se tivesse esquecido algo importante lá; alguma coisa que jamais poderia ser deixada para trás sem causar grande sofrimento. Mas não fazia ideia do que era, tampouco sabia se acreditava nas palavras da cega, cujo nome nem chegou a perguntar.

Depois de tudo que havia passado, considerava ter um conhecimento sólido a respeito dos demônios. Provavelmente, poucos entre os membros da Ordem possuíam a mesma experiência prática que ele no combate às entidades. Por isso, não acreditava seriamente na possibilidade de que houvesse uma daquelas coisas no acampamento. A hipótese de o demônio que tinha atacado Vasco ter sido destruído na batalha da praia era a mais plausível.

Acompanhou Júnia e Raíssa de volta ao acampamento e as entregou para Anabela, com quem ficariam durante a noite. Theo achou Anabela com um aspecto sombrio e esgotado. Ela tinha olheiras profundas e a testa riscada por rugas de tensão.

Ela foi econômica nas palavras, mas insistiu para que ele ficasse para o jantar que seria servido na tenda de Eduardo Carissimi. Theo recusou. A cabeça dava voltas sem fim e ele sabia que seria incapaz de se conectar com qualquer coisa. Poderia ficar para o jantar, mas seria mais como um morto-vivo à mesa. Sem saber o que fazer, despediu-se de Anabela e das meninas e decidiu apenas caminhar sem rumo.

Prosseguiu até os limites do acampamento e continuou avançando pelo campo aberto em direção à vila. A noite se instalava com rapidez e as primeiras estrelas já despontavam no firmamento. À medida que escurecia, ganhava vida a iluminação de Messina logo adiante. Theo viu-se fascinado pelas formas melancólicas das casas, suas silhuetas impressas contra a noite pela claridade amarelada dos lampiões. Antes que fosse engolido pelo breu que parecia apagar o terreno que o cercava, decidiu rumar até lá.

Foi direto para a via que corria ao longo da orla. Tratava-se de uma rua calçada com pedras escuras, iluminada por lampiões pendurados em postes como o restante da cidade. Do lado oposto ao estuário, havia uma fileira de pequenas casas, enquanto do outro a calçada se prolongava formando um pequeno atracadouro que dava abrigo a uma dúzia de pequenas embarcações.

O trajeto da via estava pontuado por pequenos bancos de madeira envelhecida. Theo escolheu um deles e se sentou. Mesmo ainda sendo cedo, não havia movimento e a orla estava entregue a um profundo silêncio, entrecortado aqui e ali, apenas pelo suave requebrar das pequenas ondas.

Olhou para o céu agora cravejado de estrelas. Não conseguia lembrar-se da última vez em que vira tantas espalhadas diante de si. Eram tão numerosas e brilhavam tão intensas que seu reflexo nas águas calmas do estuário criava a ilusão de que uma parte do firmamento havia se derramado bem na sua frente.

— Eu sabia que o encontraria aqui.

A voz veio das suas costas, suave como se fosse apenas mais um sopro da brisa que corria à beira do estuário. Theo virou-se para ver Cristiana. Sabia que era ela.

— Olá.

Ela se sentou ao lado dele, os olhos bem abertos e fixos nele.

Theo ajeitou-se no banco de modo a encará-la.

— Por quê? Como sabia que eu estaria aqui?

— Nos meus sonhos, você sempre está.

— Estou como?

— Aqui. Neste banco.

Foi a vez de Theo estudá-la com cuidado. Ela prendera os cabelos e usava uma manta de lã sobre os ombros. Tirando aquilo, tinha o mesmo olhar intenso de antes.

Um olhar complexo que nunca diz uma coisa só. Assim como o de Anabela.

— Fale dos seus sonhos.

— Você ouviu o que a minha avó tinha a dizer? — ela perguntou, antes de responder.

Theo fez que sim.

— E? — perguntou ela.

Theo perdeu o olhar no estuário que se abria diante deles.

Não vou encontrar respostas nessas águas...

Ele voltou a fitá-la.

— Ela falou de perdas. Mais perdas. Coisas difíceis de ouvir.

Ela assentiu, o movimento lento e comedido, como o de alguém que escuta uma resposta já sabida, mas que precisa ser ouvida mesmo assim.

— Sonhei com você pela primeira vez alguns meses atrás. Na manhã seguinte, eu não achava que você fosse real ou que o sonho representasse alguma coisa extraordinária. Então, depois de algumas noites, o sonho se repetiu. E, depois daquilo, voltou ainda muitas outras vezes até eu me convencer de que você era real, uma pessoa que estava em algum lugar desse mundo.

Ela continuou:

— Nos sonhos, muitas coisas aconteciam. Vi um mundo onde o céu estava em chamas e a lua jazia despedaçada no firmamento; em outro, o estuário e todo o oceano tinham virado um deserto, seco e estéril; havia ainda outro, no qual reinava uma escuridão de um tipo incomum, algo perverso que sugava não apenas a luz do sol, mas também a luminosidade que existia dentro de cada pessoa para um buraco ainda mais escuro no céu. Vi esses mundos e muitos mais. Visões ainda mais sombrias e aterrorizantes que me assombram agora, neste momento, e o farão pelo resto da minha vida. Em todos esses mundos, você estava sentado nesse banco e, em todos eles, você tinha tomado uma decisão. A mesma decisão.

Theo a encarou, perplexo.

— A decisão errada, Theo.

Ele mergulhou nas palavras dela. Logo, viu-se afundando em seu significado, como alguém que nada com um peso amarrado aos pés.

— É por isso que você teve tanta dificuldade em escutar e entender o que minha avó disse. Ela estava falando sobre uma escolha.

Theo fechou os olhos e deixou a mente fazer o resto. A velha não falava de perdas apenas como uma vidente barata que previa um futuro qualquer ao arremesso de uma moeda. Ela não falava de coisas que ele apenas viveria; falava de coisas que ele *provocaria*. Havia uma decisão à sua espera e nela estava contido o futuro de todos. E, também, uma grande perda.

Quando se levantou, Theo já sabia que iria para Navona. Observaria Santo Agostino de perto, avaliaria as suas atitudes e tentaria determinar suas forças e fraquezas, tal como faria com qualquer outro demônio. Se havia uma grande decisão esperando por ele, não seria ali em Messina que ele a encontraria. Teria de tomar um caminho distinto do de Anabela. Ela em breve rumaria para sua arena; Theo precisava fazer o mesmo e procurar pela dele.

Sem se levantar, Cristiana voltou-se para ele e disse:

— Ninguém merece o que o destino trouxe para você. Eu sinto muito.

Theo pensou por um momento.

— Existe alguma chance de algum barco daqui partir para Navona nos próximos dias?

Ela assentiu.

— Volte daqui a uma hora.

Theo correu para o acampamento. Estava decidido: iria a Navona de um modo ou de outro. Pretendia partir sem despedir-se de Anabela. Não podia deixar que a sua decisão influenciasse no caminho que ela precisava seguir. Muito mais do que isso, não sabia se aguentaria. Não depois do que acontecera no final da viagem até Messina.

Também sabia que precisava levar junto Raíssa e Júnia. Elas faziam parte de tudo e estava claro que o lugar delas era junto dele. Partir sem uma despedida, porém, significava que teria de arranjar um modo de deixar o acampamento sem chamar atenção. Precisaria de um evento inesperado, algo que lançasse os olhares em outra direção. Com a partida iminente das forças celestinas, os homens estavam de prontidão e parecia pouco provável que pudesse contar com uma distração.

Quando se aproximou dos atracadouros improvisados à beira do estuário, Theo percebeu que havia algo errado. Anabela estava lá, acompanhada por Eduardo Carissimi. O celestino tinha os olhos postos em uma carta diante de si. Ambos tinham o rosto transfigurado pela tensão. Ela ergueu o olhar e o identificou entre a confusão de gente que enchia o lugar.

— Theo!

Ele acelerou o passo e em instantes estava junto dos dois.

— O que houve?

Eduardo tirou os olhos da carta.

— Recebemos uma mensagem de Ítalo de Masi de Navona.

Theo escutou o nome com uma onda de choque.

— O Grão-Jardineiro dos Literasi?

Anabela o encarou, curiosa.

— Você o conhece.

Theo fez que sim, mas percebeu que não era uma pergunta.

— Ele fala de você, na mensagem — completou Eduardo.

— Como assim?

— Ítalo de Masi escreveu diversas cópias desta mensagem e enviou a muitos lugares diferentes, tanto no Mar Interno quanto no Oriente. As instruções são para que a carta encontre alguém chamado Vasco Valvassori ou, na impossibilidade de localizá-lo, que seja entregue a você, Theo.

Ítalo de Masi está em apuros. A velha tinha razão. Algo aconteceu em Navona.

— Como a carta chegou até aqui? — perguntou Theo.

— Tovar enviou um espião para Navona — respondeu Eduardo. — Ele achou significativo o esforço de Ítalo de Masi para distribuir a mensagem, por isso considerou que se tratava de algo importante e decidiu interceptar uma das cópias.

Theo sentiu o coração acelerar ao lançar a pergunta:

— O espião tem alguma notícia sobre a cidade?

— Ele retornou por terra, por isso levou sete dias, em vez dos dois dias por mar.

Notícias com sete dias de atraso...

— Ele corrobora os relatos descritos na carta — prosseguiu Eduardo. — Há algo acontecendo na cidade. As pessoas estão assustadas e trancadas em suas casas. Depois do cair da noite, não se vê ninguém nas ruas. Mas o mais estranho é o que ele descreve a respeito da guarnição tassiana na cidade.

Anabela olhou para ele.

— Escute isso, Theo.

— Há cerca de dez dias, soldados tassianos começaram a aparecer mortos pela cidade. Os corpos apareciam ao amanhecer. A princípio, eram um ou dois, mas depois de alguns dias, surgiam aos montes — disse Eduardo. — Poucos dias depois, quando o nosso espião partiu, ele calculou que toda a força tassiana em Navona tinha sido dizimada.

É isso... o obake saiu das sombras e iniciou a sua ofensiva.

— O que diz a carta? — perguntou Theo.

— Veja com seus próprios olhos — disse Eduardo, entregando a carta para ele.

Theo estremeceu: os traços apressados, as letras quase deixadas interminadas, o lembraram da carta de Vasco que recebera em Astan.

Vasco,
Está acontecendo. Você estava certo. Tudo aquilo que você falava era verdadeiro.
Mas estivemos errados no que mais importa.
Nunca imaginamos que o perigo estava tão próximo.
O tempo se esgotou. Está acontecendo.
Estamos todos entrincheirados na congregação, mas, contra o que está lá fora, claramente não há abrigo ou proteção.
Por favor, venha logo.
Ítalo de Masi.

— Theo... — disse Anabela assim que ele tirou os olhos do papel.

Ele olhou para ela e assentiu. Ela sabia do que se tratava e Theo não tinha tempo para explicar a situação para Eduardo Carissimi. Na verdade, não tinha tempo para mais nada. Já devia estar em Navona.

Gritos irromperam no acampamento. Três soldados corriam na direção deles; pelo semblante dos homens, algo terrível tinha acontecido. Eles pediram licença e aproximaram-se. Estavam ensopados e tremiam de frio. Um deles disparou, ofegante:

— Senhora... senhor Eduardo... — Ele respirou profundamente mais algumas vezes e então conseguiu prosseguir: — Corremos pelos campos... até chegar aqui...

— Calma, homem — interrompeu Eduardo. — Fale com calma. Qual é o seu posto?

— Somos tripulantes da galé de ataque *Contravento*. Estávamos em patrulha avançada a leste de Messina quando os vimos.

— Viram o quê? — perguntou Anabela.

Theo sentiu as pernas perderem a força.

— A armada de Tássia, senhora — prosseguiu o soldado. — Avistamos a vanguarda rumando para cá. Voltamos às pressas e nosso capitão ordenou que pulássemos no estuário e nadássemos até aqui para não perder tempo com a atracagem.

— A que distância? — perguntou Eduardo.

— Um dia, no máximo.

— Quantos são? — perguntou Anabela.

O homem dividiu o olhar entre Eduardo e Anabela por um instante.

— Parece que toda Tássia veio, senhora — disse ele, relutante. — Entre cem e cento e vinte navios. Talvez mais.

— Vocês fizeram muito bem — disse Eduardo. — Retornem para o seu navio, vistam roupas quentes e digam para o seu capitão aguardar as ordens da frota.

Assim que os três partiram, Eduardo voltou-se para Anabela.

— Isso muda tudo.

— Sabíamos que a nossa posição seria revelada cedo ou tarde — disse Anabela.

— Estarei no centro de comando. Precisamos preparar a nossa defesa — anunciou Eduardo.

— Vou encontrá-lo em um minuto — disse Anabela.

Eduardo assentiu e correu para dentro do acampamento. Em instantes, tinha desaparecido entre os homens. Theo escutava apenas a sua voz, distribuindo ordens enquanto se afastava.

— Theo — disse Anabela, aproximando-se. — Por favor, fique com as meninas. Vou pedir para que deixem vocês na retaguarda do acampamento. Será o último lugar a...

Theo tomou as mãos dela nas suas. Trocaram olhares por um momento; depois, baixaram as cabeças de modo que as testas se tocaram.

Será que ela sabe que isso é uma despedida?

Quando se separaram, o rosto dela tinha mudado. Anabela parecia mais velha, o rosto estampando o peso das coisas que se perdem pelo caminho e talvez... algo mais. Poderia aquilo significar que o destino existia? Era daquela forma que a sombra do porvir encobria alguém?

Farei o que eu puder... só peço que algum dia, nesta vida ou na próxima, você me perdoe por tê-la abandonado...

— Você precisa ir, Ana.

Ela fez que sim.

— Sim... Eles devem estar à minha espera.

Ela começou a se afastar. Depois de alguns passos, deteve-se, virou-se na direção dele e disse:

— Nos veremos daqui a pouco, certo?

Theo assentiu, o gesto pesado, custou tudo o que havia dentro de si.

— Claro, Ana.

Assim que Anabela partiu, Theo correu até a barraca onde as meninas estavam. Raíssa e Júnia estavam na porta, vestindo roupas quentes, prontas para partir.

A voz doce de Raíssa soou urgente em sua mente:

Vamos, Theo! Perdemos tempo demais.

Theo olhou para Júnia.

Estou pronta, Theo.

Theo deu as mãos para elas e correram até a vila.

Encontrou Cristiana na via costeira, junto do atracadouro. Atrás dela, as pequenas embarcações agitavam-se com o ir e vir dos marujos preparando-se para zarpar.

— Você conseguiu um navio que nos leve para Navona? — perguntou ele antes mesmo de terminar de se aproximar.

Ela abriu os braços.

— Não havia nenhum, Theo. Mas agora, com a notícia de que a armada tassiana avança sobre nós, todos querem partir.

O universo se alinha... resta saber se a meu favor ou contra.

— Há esse barco de conhecidos que pode levá-lo até Navona — disse ela.

— Para onde todos pretendem ir? — perguntou Theo, postando-se diante de Cristiana. Ele permanecia de mãos dadas com as meninas, que observavam a movimentação com um olhar atento.

— Para Navona, que é o porto mais próximo.

Theo sacudiu a cabeça.

— Não, Cristiana. Diga a todos para que escolham outro destino. Qualquer lugar, menos Navona. Você sabe do que eu estou falando.

Ela fez que sim, o aceno da cabeça quase imperceptível.

— Diga aos seus amigos que nos deixem no porto de Navona e partam o mais rápido possível — disse Theo, em voz baixa. — Você também tem de fugir. Os tassianos...

— Messina é o meu lar, Theo — ela o interrompeu. — Vou ficar e cumprir com o meu destino. Muitos outros farão o mesmo. Vocês devem ir. O barco que os levará está pronto para partir.

— Você tem certeza?

Ela fez que sim.

— Boa sorte, Theo. — Ela se agachou diante de Júnia e Raíssa. — Boa sorte, meninas.

— Vamos nos ver outra vez? — perguntou Theo.

Cristiana se levantou e sorriu.

— Quem sabe? Quem sabe uma coisa dessas não acontece para ensinar a você que o destino existe?

Theo sorriu de volta e a abraçou.

— Vamos — disse ela, o sorriso ainda iluminando o rosto. — Vou apresentar vocês ao capitão.

Theo suspirou e apertou as mãos das meninas com mais força.

Era hora de partir.

A tenda de Eduardo Carissimi foi transformada em um centro de comando. Toda a mobília, incluindo as cadeiras, foi retirada, restando apenas a mesa de madeira no centro. Sobre ela estava um mapa improvisado retratando o terreno que cercava Messina.

Anabela passou tanto tempo olhando para as formas do mapa que as linhas e curvas começavam a se embaralhar na superfície do pergaminho. Depois da noite em claro, ajudando a organizar a logística da defesa, ela perdera por completo a noção da exaustão que devia estar sentindo. Tinha também pouca percepção de fome e de sede, apesar das várias horas sem comer ou beber.

Não há mais tempo para essas coisas. O mundo termina hoje.

Ela estava sozinha com Eduardo Carissimi, aguardando a chegada de Rafael de Trevi e Tibério Tovar, que trariam relatos dos batedores que observavam à distância o movimento do inimigo.

A luz da aurora já se filtrava pelo tecido da tenda quando os dois comandantes chegaram. Tovar tinha a expressão séria de sempre, mas foi o semblante de Rafael que a assustou. Ele havia deixado de lado a postura serena e comedida em troca de feições que estampavam o mais puro terror.

— O inimigo desembarcou — disparou Tovar sem rodeios, aproximando-se da mesa. — Na costa, a leste da entrada do estuário, onde imaginávamos. — Ele apontou com o dedo para um local ao longo do traçado retilíneo da praia. — Perderam um pouco de tempo por conta do vento norte, mas isso não fará diferença. Valmeron espalhou suas tropas com facilidade no terreno aberto.

Anabela estudou o mapa pela milésima vez.

— Sabemos que não entrarão pelo estuário, a passagem é muito estreita. Seria necessário passar um navio de cada vez.

Eduardo assentiu.

— De qualquer modo, fizemos a lição de casa e erguemos plataformas de tiro ao longo dos molhes. Os homens trabalharam durante toda a madrugada. Infelizmente, tivemos um acidente durante a construção.

— O que houve? — perguntou Anabela.

— Uma das plataformas desabou durante a construção. Três homens tiveram fraturas nos braços e nas pernas, mas já foram atendidos e vão se recuperar — respondeu ele. — Coloquei o grupo que trabalhou nos molhes para descansar.

— Muito bem — disse Anabela, voltando-se para o mapa. — Eles poderiam cruzar o estuário, do leste para o oeste, onde estão o acampamento e a vila de Messina...

Tovar sacudiu a cabeça.

— Poderiam, mas é pouco provável que o façam.

— Não teriam os navios para transportar as tropas e teriam de fazer isso com pequenos botes — ponderou Anabela.

— Durante a travessia, estariam desprotegidos e sob fogo intenso — disse Rafael. — Valmeron não nos dará um presente desses. Talvez outro comandante pudesse cogitar tal movimento em nome da pressa, mas não Valmeron.

Eduardo correu com o dedo ao longo de uma linha bem no centro do estuário.

— Mas isso não significa que, mais uma vez, tenhamos que fazer a nossa obrigação. Na frota, temos nove galés maiores, com catapultas nos conveses. Elas serão amarradas umas às outras, formando uma linha, e fundeadas bem no meio do estuário. Também estarão tripuladas com nossos melhores arqueiros.

— Se eles vierem pelo estuário enfrentarão o Inferno do Ceifador — concluiu Tovar.

Mas não virão. E também não virão pelos molhes. Nessas lições de casa, Valmeron nos obriga a dividir os poucos recursos que temos. Ele nos tem exatamente onde quer.

Anabela vasculhou o mapa mais uma vez. A resposta de por onde viriam tinha a forma sinuosa do rio que se expandia para formar o estuário.

— Que profundidade tem o rio? E como é a corrente?

Rafael fez uma careta de desgosto.

— Foi o terreno que eu e meus homens exploramos antes da aurora — respondeu ele. — O rio é raso e, a corrente, calma.

— A nossa defesa será o leito desse rio. Tudo será decidido ali.

Os três comandantes assentiram.

— Se cruzarem o rio, descerão pela margem ocidental do estuário e estarão aqui em pouco mais de uma hora — disse Eduardo.

Se cruzarem o rio, acabou. Tudo o que viria depois não passaria de um massacre.

— Então que nunca o façam — disse Anabela. — Quero que retirem esses arqueiros das galés no estuário e das plataformas nos molhes.

Os três a encararam com espanto.

— Valmeron não fará nenhuma dessas coisas e vocês sabem disso — prosseguiu ela. — Ele apenas quer garantir que não enfrentará uma barreira de flechas na batalha pelo rio.

— Ele pode mudar de ideia se perceber que deixamos desguarnecidas essas posições — interveio Tovar.

— Ele não saberá — disse Anabela. — Quero que substituam os arqueiros verdadeiros por qualquer um que consigam encontrar: ajudantes de convés, voluntários na vila, não importa. Apenas coloquem uniformes neles e os deixem plantados lá.

Eduardo não conseguia esconder a sua contrariedade.

— Ao menos os oficiais que operam as catapultas...

— Sim. Esses ficam — disse Anabela. — E mais: que disparem em direção à margem leste do estuário.

— Senhora, os projéteis nunca atingiriam as posições tassianas. Estão muito distantes — observou Rafael.

— Não importa. Quero que Valmeron pense que esperamos que ele faça a travessia pelo estuário.

— A senhora quer que ele cruze o rio afoito — observou Rafael.

— O mais afoito possível, senhor Rafael. Escondam esses arqueiros e os usem apenas na última hora.

— Muito bem — disse Eduardo com a voz firme. — Se já sabemos onde a batalha ocorrerá, precisamos posicionar as nossas forças.

Anabela assentiu. Os três comandantes deixaram a tenda, apressados.

Ela fechou os olhos por um momento. Agora, era só esperar.

A *Filha de Messina* era uma pequena embarcação velha e caindo aos pedaços que qualquer capitão com um mínimo de bom-senso relutaria em colocar em mar aberto. O barco lembrava Theo do pesqueiro no qual fizera a travessia entre Sobrecéu e Rafela ao resgatar Anabela da Fortaleza Celeste. Naquela ocasião, tinham ficado espremidos no convés entre os outros passageiros e ao relento, pois a pequena coberta do navio servia apenas para cargas e mantimentos.

A situação agora era parecida, mas estavam acomodados em um espaço ainda mais exíguo, cercados por duas dúzias de habitantes apavorados de Messina. Para piorar, mesmo depois de embarcados, foram avisados pelo capitão de que teriam de esperar atracados no cais, pois era impossível deixar o estuário antes da maré favorável do amanhecer. Isso significou uma espera de várias horas confinados, aguardando o momento da partida.

Exausto, Theo recostou-se como pôde em uma das amuradas, acomodando as meninas uma de cada lado. Raíssa estava no limite de suas forças e foi a primeira a cair no sono. Ela se aninhou junto à sua perna e em instantes dormia profundamente. Theo sentiu os olhos se fechando e o corpo inerte pesando nas superfícies irregulares sobre as quais estava escorado. Antes que pudesse pensar em resistir, foi vencido pelo cansaço e também adormeceu.

Teve um sono agitado com sonhos perturbadores que se intercalavam com breves momentos de uma vigília sonolenta. Em um determinado momento, pensou ter visto Júnia se levantar, mas não sabia se aquilo fazia parte de um sonho ou se ela tinha de fato se afastado. Chegou a preocupar-se com ela, mas os músculos se recusaram a obedecer a qualquer comando. Algum tempo depois, viu — ou imaginou ter visto — a pequena forma da menina retornar para perto deles.

Quando tornou a abrir os olhos, ainda estava mergulhado na mesma sonolência que turvava sua percepção de todas as coisas. O mundo ao seu redor estava se pintando com a claridade da aurora e o convés debaixo dele oscilava: estavam navegando. Theo girou o corpo com cuidado para não acordar as meninas e espiou por sobre a amurada. Lutou para abrir mais os olhos e enxergou os molhes de Messina a curta distância. Tinham acabado de cruzar a passagem estreita do estuário e iniciavam a travessia em mar aberto.

A estreita crista de terreno no topo dos molhes fervilhava com o ir e vir de soldados. A atividade despertou Theo. Os celestinos trabalhavam em um ritmo frenético para construir diversas pequenas plataformas de madeira que se projetavam por sobre as pedras. Grupos de homens firmavam pilares de madeira entre as rochas mais abaixo enquanto outros colocavam tábuas sobre elas. A ideia era formar um local onde arqueiros pudessem se concentrar e disparar à vontade.

Observou fascinado a velocidade com que uma nova plataforma era erguida. Primeiro, um grupo de seis ou sete homens descia até quase a linha da água. Para eles eram alcançadas as longas tábuas que seriam cravadas entre as rochas. Assim que estavam em pé e firmes, outro grupo mais acima encaixava as placas de madeira sobre elas. Theo entendeu que as peças já vinham previamente trabalhadas: pilares e superfícies se fixavam por meio de encaixes entalhados no material, evitando a perda de tempo com pregos e rebites.

Mas as fundações entre as pedras estavam longe de ser confiáveis. Eram necessárias diversas tentativas até conseguir tornar minimamente estável a fixação dos pilares. Apesar das dificuldades, já havia pelo menos quinze plataformas erguidas nos molhes; cada uma poderia abrigar cinco ou seis arqueiros. Era evidente que os celestinos tinham trabalhado durante toda a madrugada.

Theo corria os olhos ao longo do braço rochoso dos molhes quando gritos irromperam, súbitos e desesperados. A visão foi atraída pelo movimento de uma das plataformas desabando em direção ao mar. Ainda teve tempo de enxergar as silhuetas de talvez meia dúzia de homens em queda livre. A cena terrível pareceu se congelar no ar por um momento: braços esticados apontando para baixo e pernas ao alto, agitando-se desesperadas.

Levou as mãos à boca, antecipando o desfecho horrendo da cena. Três dos homens tiveram sorte e caíram na água; outros três ou quatro espatifaram-se sobre a superfície irregular das pedras em meio a gritos agudos de dor. Theo quase imaginou ter escutado o som dos ossos se partindo. Os soldados na água nadaram até as rochas e, com cuidado, começaram a escalá-las. Já os outros formavam uma figura hedionda: troncos e membros dispostos em ângulos impossíveis, todos imóveis.

Theo os examinou com cuidado e, para seu alívio, percebeu que todos se movimentavam. Ao menos estavam vivos. Uma dezena de homens mais ao longe corria sobre a crista dos molhes para socorrê-los.

Foi então que Theo o viu.

Estava entre os homens tombados sobre as rochas. Enquanto as outras vítimas mal se mexiam, incapacitadas por seus ferimentos, ele estava sentado no meio delas, indiferente tanto à dor dos outros quanto a que deveria estar sentindo. Theo o avaliou com toda sua atenção. Àquela altura, já estavam se afastando e os detalhes se perdiam pela distância. Não era possível dizer se o homem era velho ou novo, ou se havia no seu rosto alguma expressão do acidente recém-sofrido. Mas era a casualidade da postura, alheio ao mundo que o cercava, que chamava a atenção.

Theo sabia reconhecer aquilo; havia sido treinado para tanto. Vasco encarregara-se da teoria e, as ruas de Astan, da prática. Ele o teria identificado mesmo se o navio estivesse duas vezes mais distante dos molhes do que estava.

Era um demônio.

Depois que a certeza se solidificou, registrou cada movimento da entidade. O demônio levantou-se, escalou até o topo das pedras e se afastou. Ignorou os homens por quem cruzou, que corriam na direção oposta para socorrer os acidentados. Apenas prosseguiu até se perder na multidão de formas que pontuava o alto do anteparo rochoso.

Theo sentiu o terror crescer dentro de si. Nunca tinha imaginado que a decisão que enfrentaria viria tão cedo e seria tão devastadora. O demônio que tinha matado Vasco estivera entre eles o tempo todo, misturado aos homens, apenas aguardando a hora de agir. O desfecho seria tão horrível quanto inevitável: cedo ou tarde, localizaria Anabela e a mataria.

O destino dela estava em suas mãos.

Poderia saltar na água e nadar até os molhes. A empreitada exigiria toda a energia que tinha, ainda mais com o peso do Disco nas costas. Mas era possível. Era um bom nadador. Aquela decisão, porém, significaria abandonar as meninas em um navio cheio de gente estranha, rumando para um local infestado de demônios. Pular na água também seria o abandono do chamado e do dever que o impelia para Navona.

Theo sabia que era a decisão errada. Sabia que seria trair tudo pelo que Vasco, os outros membros da Ordem e ele mesmo haviam lutado. Seria como jogar para o alto todo o sacrifício que tinham feito.

Ficar onde estava seria o mesmo que decretar a morte de Anabela. Nunca mais a veria e carregaria a culpa pelo resto da sua vida, não importando o quão longa ou curta aquela vida pudesse vir a ser.

Endireitou o tronco e voltou-se para o convés apinhado de gente. Foi quando percebeu que havia algo errado. Raíssa estava adormecida, o corpo enrolado ao lado dele, mas Júnia não estava ali.

Ele levantou-se e caminhou pelo pequeno convés examinando cada criança que viu. E havia muitas. Como eram refugiados, quase todos a bordo traziam pelo menos uma criança. Mas nenhuma delas era Júnia. A mente sonolenta passara a madrugada lhe pregando peças e embaralhando suas impressões. Júnia tinha mesmo se levantado, mas não retornado. Theo devia tê-la confundido com uma das muitas crianças a bordo.

Raíssa acordou e, sonolenta, olhou em volta. Os olhos semicerrados não exibiam nenhum sinal de surpresa.

Onde está Júnia?

Ela foi embora.

Por que você não me avisou?!

Raíssa fez uma careta.

Você a teria impedido. Teria atrapalhado tudo.

Theo sentou-se ao lado dela outra vez.

Tudo, o quê?

Ela tinha de ficar, Theo. Para avisar Anabela.

O círculo se fechou na mente de Theo.

O demônio que está solto no acampamento...

Raíssa assentiu, o gesto lento e cauteloso.

Theo olhou outra vez por sobre a amurada. Os molhes estavam distantes, seus contornos já desfocados pela bruma da manhã.

Agora não há mais como nadar até lá...

Assim que retornou o olhar para Raíssa, ela completou:

Não é um sik, *Theo. É uma coisa muito pior.*

Theo assentiu.

Eu sei. Vasco me disse.

Confie nela, Theo. A Júnia vai avisar a irmã a tempo.

Theo sorriu.

Eu sei que vai.

Raíssa olhou para a proa por um momento e depois tornou a olhar para ele.

O que nos espera é ainda pior, não é?

Theo ajeitou uma mecha da franja dela que encobria seu rosto.

Sim, é. Mas cuidaremos dele também.

Ela o abraçou.

Depois que isso tudo terminar, voltaremos para Valporto e arranjaremos um telhado para nós.

Sentiu o medo transbordar dela e a abraçou com mais força.

Parece um ótimo plano.

Theo olhou para a proa. Naquela direção não havia nada para ser visto que não fossem céu, mar e a linha sólida que se desenhava onde ambos se encontravam. Mas aquilo duraria pouco. A travessia era curta e em breve as formas escarpadas da Costa de Deus se ergueriam diante deles. Uma pequena abertura entre aquelas elevações levaria à baía diante de Navona. Escolheriam um atracadouro e desembarcariam na cidade.

O que viria depois e o que encontrariam naquelas ruas, Theo sabia que nem ele, nem qualquer outra pessoa no mundo podia imaginar.

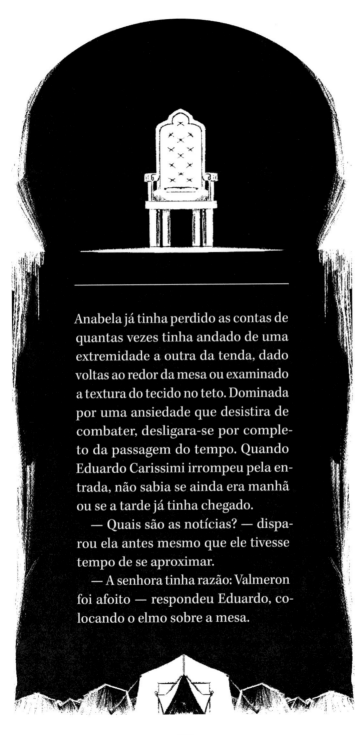

Anabela já tinha perdido as contas de quantas vezes tinha andado de uma extremidade a outra da tenda, dado voltas ao redor da mesa ou examinado a textura do tecido no teto. Dominada por uma ansiedade que desistira de combater, desligara-se por completo da passagem do tempo. Quando Eduardo Carissimi irrompeu pela entrada, não sabia se ainda era manhã ou se a tarde já tinha chegado.

— Quais são as notícias? — disparou ela antes mesmo que ele tivesse tempo de se aproximar.

— A senhora tinha razão: Valmeron foi afoito — respondeu Eduardo, colocando o elmo sobre a mesa.

— Ele tem pressa e não respeita as nossas forças.

Eduardo fez que sim. O cabelo grisalho estava arrumado e o rosto tinha um aspecto descansado e calmo.

— Sim. Avançaram todos ao mesmo tempo em um ataque muito mais feroz do que organizado. Enquanto cruzavam o rio, mais ou menos na metade do caminho, nossos arqueiros que estavam escondidos em arbustos se revelaram e dispararam. Era tarde para desistirem e eles prosseguiram ainda mais alucinados. Nossas forças recuaram um pouco para forçar o inimigo a vencer o aclive no leito do rio. Depois disso, foi um massacre. Dizimamos a maior parte dessa primeira onda.

— Valmeron não repetirá o erro.

— Certamente que não — concordou Eduardo. — A vanguarda tassiana afastou-se um pouco da margem do rio. Estão se reorganizando.

— À espera de novas ordens.

Eduardo anuiu, cauteloso.

— É agora que começa de verdade — disse Anabela. — Precisamos estar prontos. Onde estão Rafael e Tovar?

— Rafael está com seus homens bem no centro, onde o combate será mais intenso. Tovar organizou a Guarda Celeste à direita de Rafael, onde o rio começa a se expandir para formar o estuário.

Anabela sacudiu a cabeça.

— Por que em um local como esse? Os tassianos cruzarão no ponto onde o rio é mais estreito.

— As águas são rasas e o terreno nas margens é mais plano. Achamos que os tassianos podem optar por esse caminho, mesmo que signifique cruzar por uma extensão maior do rio.

Anabela não tinha certeza de se aquilo fazia sentido.

— Peça para que ao menos se aproximem de Rafael.

— Sim, senhora.

Eduardo apanhou o elmo sobre a mesa outra vez.

— Preciso retornar. Seja lá o que os tassianos planejam, não demorarão para pôr em prática.

Anabela assentiu, tentando transmitir uma confiança que não sentia.

— Boa sorte.

A Costa de Deus surgiu diante deles envolta por uma neblina espessa, quase sólida, como uma mortalha depositada sobre o terreno que roubava a nitidez de tudo o que havia para ser visto. As formas ameaçadoras das falésias não passavam de vultos indistintos cujos contornos se perdiam ainda mais à medida que avançavam. Em instantes, pouco havia que não fosse o éter opaco que preenchia o ar.

Por sorte, o capitão era um veterano com mais de quatro décadas com um convés sob os pés e conhecia a Costa de Deus como a palma da mão.

Apesar disso, havia nele uma estranha inquietude, fácil de ser percebida. O capitão não confiava a roda de leme para ninguém, nem pelo mais breve dos instantes, e Theo o escutou resmungar para o imediato que havia algo de errado com aquela neblina.

Ainda em mar aberto, antes de penetrarem no espesso manto da neblina, avistaram navios ao longe, seguindo o mesmo rumo deles, como se também se dirigissem para a Cidade de Deus. Aquilo não pareceu fazer nenhum sentido para Theo.

A não ser por um bando de refugiados, quem se meteria de propósito em uma neblina estranha dessas?

Em uma manobra que pareceu beirar feitiçaria, o capitão encontrou a estreita passagem entre as falésias que conduzia à baía de Navona. O vento, que já era escasso, cessou por completo assim que entraram nas águas protegidas. Theo e outros passageiros em boa forma física foram convocados para pegar nos remos. Sentou-se junto dos outros de costas para a proa, de modo que nada podia enxergar do que estava diante deles. Via apenas a superfície da água, um espelho sombrio que não reflete nada que não seja um cinza lúgubre. A neblina ali não era menos espessa do que em mar aberto. Na verdade, parecia que quanto mais se aproximavam da cidade, mais ela se adensava, como se estivesse prestes a tornar-se sólida para aprisioná-los ali para sempre.

Aos poucos, os vultos das embarcações fundeadas começaram a passar por eles. Não faltava muito. Em breve, um dos atracadouros se materializaria diante deles. O único som que embalava o prosseguir era o dos remos agitando a água. Afora aquilo, o mais rígido silêncio se impunha. No intervalo entre cada movimento, via de relance os olhares assustados e confusos dos passageiros. Nenhum deles falava. Era como se acreditassem que aquela neblina era algo vivo e tivessem medo de dizer algo de errado que pudesse enfurecê-la.

Um grito vindo da proa ordenou que os remos fossem retirados da água. Theo se levantou e viu dois marujos sobre um cais, segurando o navio pela proa.

Estão tão assustados que nem perderão tempo amarrando o navio... estão certos. Há algo de errado aqui.

Theo pegou Raíssa no colo e, juntos, pularam para o cais. Tinha os pés cravados no solo de Navona outra vez. O capitão desembarcou e foi até ele.

— Rapaz, tem alguma coisa errada aqui. Para onde foram todos?

Theo examinou a pequena extensão do atracadouro que a visibilidade permitia. Não havia nenhum sinal de vida.

— Não sei.

— Eu tinha planejado deixar essa gente aqui, mas obviamente é uma má ideia. Precisamos partir. Você está louco se pensa em ficar, ainda mais com uma criança pequena.

— Eu agradeço a preocupação, mas nosso caminho é esse mesmo — disse Theo, colocando Raíssa no chão. — Mas, sim, o senhor tem razão: parta com essa gente para bem longe daqui. Se descerem pela península de Thalia por mais um ou dois dias, chegarão a um lugar conhecido como Porto do Meio.

O capitão assentiu.

— Eu já ouvi falar. Sim, é uma boa ideia.

Despediram-se e Theo se voltou para Raíssa. Deu a mão a ela e começaram a percorrer a extensão do ancoradouro. Diante deles, imersa em algum lugar no meio da névoa, estava a Baixada de Navona, a área portuária da cidade.

O cais terminou e as primeiras construções foram surgindo ao redor deles. Theo conhecia Navona e, por instinto, tinha uma ideia geral de qual direção tomar. Precisava atravessar a Baixada, sempre se afastando da orla, para chegar ao caminho que levaria à parte alta da cidade, onde ficavam as sedes das congregações. Uma vez entre elas, seguiria pela estrada subindo cada vez mais alto nas encostas da cordilheira de Thalia. O percurso terminaria em uma imensa fortaleza murada incrustada na montanha. Theo podia saber como chegar à fortaleza dos Servos Devotos, mas era a certeza de que aquele era o seu destino que o assombrava de verdade.

A neblina permeava as ruas da Baixada como se fossem tentáculos esbranquiçados de alguma criatura cujo corpo permanecia oculto. Cada construção humilde que deixavam para trás — fosse um armazém, uma loja ou uma pequena casa — jazia entregue ao mais absoluto silêncio. E não era apenas a ausência de sons que impressionava Theo, mas também o modo como todas as coisas pareciam estáticas, como se estivessem presas a uma imobilidade que não era natural. Apesar disso, sentia a presença de coisas vivas em algum lugar. Percebeu que, atrás de portas e venezianas bem fechadas havia gente comum se escondendo.

Navona não está morta... está bem aqui e completamente apavorada.

Os dois venceram a subida até a parte alta da cidade. Observaram cada congregação pelas quais passaram: todas tinham os portões bem fechados. Quando viu a sede dos Literasi surgir ao lado deles, Theo sentiu o coração apertar. Lembrou-se de Vasco e pensou em quantas vezes ele devia ter andado por ali. Depois, imaginou o que ele teria dito se visse aquela cena: ele e Raíssa caminhando em direção à fortaleza dos Servos Devotos.

Ele entenderia que tudo o que aconteceu nos levou até este momento...

Theo suspirou e apertou o passo. Raíssa segurava a sua mão com cada vez mais força. A sede dos Literasi era uma das últimas; depois dela, o caminho não era longo. Ela sabia, assim como ele, que agora não faltava muito.

Com a visão limitada pela neblina, não tiveram tempo para se preparar. Sem nenhum aviso, a muralha externa da congregação dos Servos Devotos ergueu-se alta diante deles como se fosse uma barreira que separava aquele mundo do seguinte. Estavam no final da estrada e, na frente deles, os imensos portões estavam abertos.

O cenário em nada se assemelhava com a última vez que Theo vira a sede dos Servos Devotos. Os portões não estavam guardados e não eram apenas os Homens de Deus que estavam ausentes: não havia ninguém ali. O ir e vir intenso de gente entrando e saindo da congregação simplesmente inexistia; fora substituído por uma estrada vazia e um silêncio opressivo. O pouco que se podia entrever de dentro da fortaleza também estava entregue ao abandono.

Raíssa soltou sua mão e se deteve no limiar dos portões. Theo voltou-se para ela.

O que foi?

Theo... descobri quem são meus pais.

Theo a observou por um momento. Ela olhava para os lados como se procurasse por alguma coisa.

Você me disse que sempre viveu nas ruas.

Eu sempre achei que eles tinham morrido... mas não foi nada disso, Theo.

Como você sabe?

Fiquei sabendo agora mesmo.

Seus olhos se encheram de lágrimas.

Eu os vi, Theo. Minha mãe e meu pai caminhando pelas ruas de Valporto. Eles seguiam por uma rua movimentada, mas entraram em um beco. Havia um orfanato...

Theo agachou-se diante dela.

Eles não me queriam, Theo. Nunca quiseram. Apenas me deixaram lá porque não me queriam.

Eu tenho certeza de que eles não tiveram escolha.

Não, eles tinham. Eles apenas não me queriam.

Theo a abraçou com força e fechou os olhos.

Uma torrente de pensamentos invadiu a sua mente como ondas de um mar em ressaca fariam com uma praia. Pensou nos companheiros do *Tsunami*, quando era criança. Poderia tê-los avisado do perigo que corriam; teria evitado que se metessem em meio a uma Guerra Santa que mataria a todos. Depois, lembrou-se de sua estupidez ao confiar em Fiona Carolei. Pensou na sua ingenuidade ao acreditar em Marcus Vezzoni. Se não tivesse caído na cilada e virado prisioneiro de Dino Dragoni, Vasco não precisaria resgatá-lo e ainda estaria vivo. Finalmente, pensou no modo cruel como abandonara Anabela à mercê de um demônio. Reviveu cada pequeno aspecto de um passado alternativo em que não tinha cometido nenhum daqueles erros. Deleitou-se com os desdobramentos fantasiosos daquilo: Próximo, Alfredo, a pequena Maria, Vasco e tantos outros estariam bem vivos. Naquele exato instante, estariam em algum lugar, vivendo suas vidas felizes.

Mas nada daquilo era possível. Ele, com seus tantos erros e falhas, garantira que nada daquilo fosse realidade.

Abriu os olhos. Raíssa olhava para o chão, desamparada.

Então entendeu o que se passava.

Já tinham encontrado o demônio: o *obake* estava dentro deles. A entidade assoprava aquelas coisas em suas mentes.

Theo ergueu o queixo de Raíssa de modo que seus olhares se encontraram.

Raíssa... essas coisas que estamos pensando...

Ele fez uma pausa.

Algumas são verdadeiras, outras não. O demônio está conosco. Examina e avalia nossas mentes como alguém que lê um livro. Ele quer nos fazer acreditar em muitas coisas... quer que nos sintamos culpados por muitas delas. Algumas dessas coisas talvez sejam resultado de falhas e erros que cometemos; outras, não. Mas nada disso importa. Ele pretende usar a nossa própria mente para nos derrotar, nos tornando prisioneiros dos nossos erros e do nosso passado. O que temos de fazer é aprender a viver a vida apesar de tudo o que passamos, usando o passado apenas quando ele nos ensina alguma coisa.

Theo a abraçou mais uma vez. Quando se separaram, ela tinha um sorriso no rosto.

Se eu não vivesse nas ruas, nunca teríamos nos encontrado.

Theo sorriu de volta.

Raíssa, preste atenção: daqui para a frente, quando atravessarmos esses portões, enfrentaremos os nossos piores momentos. Mas não esqueça: estamos juntos e o demônio pode entrar em sua mente, mas não pode roubar quem você é de verdade.

Ela assentiu.

Mais uma vez, os dois deram as mãos e avançaram sem olhar para trás.

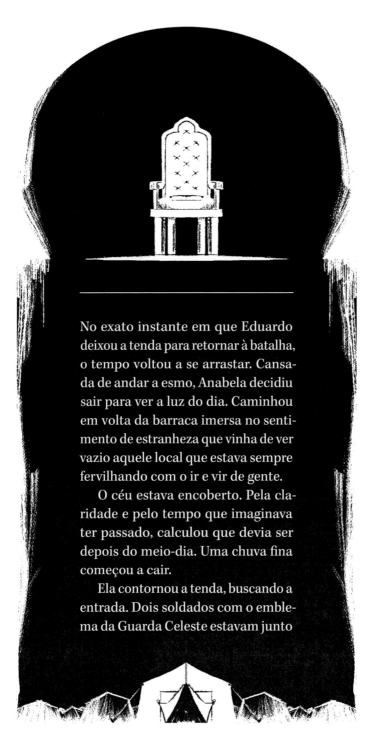

No exato instante em que Eduardo deixou a tenda para retornar à batalha, o tempo voltou a se arrastar. Cansada de andar a esmo, Anabela decidiu sair para ver a luz do dia. Caminhou em volta da barraca imersa no sentimento de estranheza que vinha de ver vazio aquele local que estava sempre fervilhando com o ir e vir de gente.

O céu estava encoberto. Pela claridade e pelo tempo que imaginava ter passado, calculou que devia ser depois do meio-dia. Uma chuva fina começou a cair.

Ela contornou a tenda, buscando a entrada. Dois soldados com o emblema da Guarda Celeste estavam junto à porta. Os dois disseram que tinham sido destacados por Eduardo Carissimi para cuidar da segurança dela. Anabela cumprimentou ambos e tentou descobrir alguma coisa a respeito da situação da batalha, mas não conseguiu. Eles tinham ficado na retaguarda e não tinham muita noção do que estava acontecendo.

No interior da tenda, o tempo parecia se arrastar ainda mais. Com as pernas cansadas, decidiu sentar-se no chão. Ansiosa demais para ficar imóvel, porém, ela logo se levantou. Preparava-se para sair outra vez quando escutou gritos exaltados. Correu para o lado de fora e viu fileiras e mais fileiras de feridos chegando. Alguns cambaleavam, lutando para se manter em pé; outros vinham agonizantes sobre macas improvisadas. Os homens que os traziam estavam cobertos por uma mistura de lama e sangue tão espessa que tornava tanto suas feições quanto os uniformes irreconhecíveis.

Agora começou de verdade...

Anabela apressou-se para tentar ajudar o grande volume de gente que chegava. O trabalho era desesperador. Mesmo com a experiência adquirida no sanatório em Astan, ela pouco ou nada podia fazer. Não havia suprimentos médicos básicos e nenhum dos soldados que trazia os feridos possuía treinamento para ajudá-la. O máximo que conseguiu foi organizar os feridos por gravidade e acomodá-los na posição menos desconfortável possível.

O número de feridos que chegava, porém, era avassalador. Logo, tudo o que ela podia fazer era segurar a mão de um moribundo, confortando-o enquanto ele morria, para então caminhar um ou dois passos e fazer o mesmo com o próximo homem. O silêncio de antes fora substituído por algo completamente distinto: agora irrompiam gritos desesperados entrecortados por urros e gemidos de dor que pareciam surgir de toda parte.

A garoa parou, Anabela olhou para o céu e viu recortes de azul insinuando-se entre as nuvens. Depois, examinou os próprios braços e a roupa e percebeu que estava coberta pela mesma mistura de lama e sangue que vira nos homens.

— Senhora.

Anabela ergueu o olhar. Eduardo Carissimi estava diante dela, observando-a com um olhar cansado. Ele havia sofrido uma transformação. Agora os cabelos estavam despenteados e empapados de suor, enquanto a túnica e a armadura estavam tintas de sangue. No elmo havia um grande rasgo de bordos irregulares causado por um golpe violento.

— O que está acontecendo? — perguntou Anabela, tomada de desespero.

— Os tassianos avançaram com tudo sobre o nosso centro. Rafael de Trevi e seus homens estão recebendo o pior do ataque. Mas não é só isso: como são muito mais numerosos, os tassianos perceberam que podem subir rio acima, formando uma linha mais longa do que podemos acompanhar.

Anabela entendeu o perigo de imediato.

— Poderão cruzar o rio livremente acima das nossas linhas.

Eduardo limpou o suor da testa.

— Para tentar impedir que isso aconteça, os homens à esquerda de Rafael estão atravessando o leito, buscando travar batalha com os tassianos antes que eles possam subir o rio.

— Não vai funcionar por muito tempo.

— Não. Nossos batedores relatam que forças comandadas por Nero Martone estão em movimento na retaguarda. Cedo ou tarde, chegarão em um ponto acima das nossas posições. Quando isso acontecer, cruzarão o rio desimpedidos e atacarão nosso flanco norte.

Anabela sentiu a última reserva de ânimo se apagar. Enfrentariam os tassianos prensados em duas frentes: ao longo do rio e no flanco norte. Não apenas seria o fim, como seria um fim rápido.

— E Tovar?

— Ele tenta reposicionar a Guarda Celeste, que está à direita, para socorrer Rafael de Trevi. Os tassianos anteciparam esse movimento e mobilizaram uma coluna de homens para se interpor no caminho.

Valmeron não permitirá que se encontrem... morrerão lutando sozinhos...

— Eu vou retornar — disse Eduardo. — Rafael precisa de nossa ajuda.

Mais uma vez, Anabela assistiu a Eduardo partir para a batalha.

Que notícias ele trará da próxima vez? Que esperanças posso ter de que serão melhores?

As construções no interior da congregação dos Servos Devotos estavam silenciosas, como se imersas em um sono profundo. Todas tinham portas e janelas fechadas e, sobre muitas delas, havia tábuas pregadas. Era como se alguém as tivesse tentado selar de algum perigo que rondava pelo lado de fora. Theo passou pela oficina onde tinha trabalhado e também a encontrou fechada.

O que assustara os religiosos estava claro para ele. O que tentava imaginar, porém, era o fim que tinham tido. O terror que devia ter eclodido na congregação quando os demônios haviam se revelado era inimaginável. Tentou recriar a cena em sua mente e o corpo estremeceu. Parecia conseguir escutar os gritos de terror rasgando o ar. De repente, pôde enxergar os sacerdotes correndo pelo pátio interno, sendo caçados pelos *siks*. Viu os religiosos encurralados, atirados ao chão, implorando por clemência ou rezando, apenas para terem seus corpos destroçados pelas entidades. Não nutria nenhuma simpatia pelos Servos Devotos, mas torcia para que pelo menos alguns deles tivessem conseguido escapar.

Theo percebia que o caminho pontuado por construções com as portas fechadas era uma forma de guiá-los para um destino certo. Depois de terem percorrido boa parte das vias internas da congregação, viram-se diante de uma torre nos limites da fortaleza, incrustada nos penhascos rochosos da cordilheira. Conhecia muito bem aquele lugar. Jamais esqueceria o local onde havia visto um *sik* pela primeira vez.

Os dois se detiveram. A biblioteca dos Servos Devotos tinha as portas abertas como se aguardasse a sua chegada há muitas eras. Theo olhou para Raíssa.

Espere aqui.

Ela fez que sim.

Theo entrou sozinho. Recordava-se da existência de um vestíbulo com um braseiro no chão. Em uma das extremidades da peça, havia uma porta que conduzia à imensidão da biblioteca propriamente dita. Naquele momento, o braseiro estava apagado e o ar era frio e úmido. Foi até a porta e encontrou-a destrancada.

A primeira impressão que teve ao entrar foi de que o interior da biblioteca estava igual à última vez. As sucessivas fileiras de estantes repletas de livros e caixas para pergaminhos cercando uma área central com mesas para leitura. Tudo aquilo estava entregue a uma penumbra triste, tal como se lembrava. A única iluminação vinha de archotes fixos às paredes de pedra.

Alguém os manteve acesos...

Theo deu um passo à frente e olhou em volta. Havia algo de diferente no lugar. O espaço físico podia ser o mesmo, mas o que estava lá dentro, não. Uma presença elusiva preenchia o ar; algo sinistro, carregado de um ódio e rancor cuja intensidade estava além de sua compreensão. Sentiu como se seu corpo encolhesse; a mente retraiu-se para dentro de si, acuada. A onda de pavor que o dominou era o sentimento mais poderoso que já experimentara. O que estava ali era infinitamente maior e mais poderoso do que ele.

Forçou-se a dar outro passo adiante. Um estrondo ecoou atrás de si. Theo saltou, assustado, e virou-se. A porta havia se fechado. Foi até ela e tentou a fechadura. Estava trancada.

Uma miríade de ruídos tênues eclodiu ao redor dele. Virou-se outra vez para a imensidão da biblioteca e nada viu. Escutou outros sons, estes mais distintos: um estalido, o ranger da madeira sob o peso de uma pisada. Os sons se intensificavam como uma rede invisível que se fechava ao redor dele. Estreitou os olhos para tentar enxergar através da penumbra.

Foi então que os viu.

Do intervalo entre cada estante emergia um enxame de formas cambaleantes. O modo como se movimentavam não deixava dúvidas: estava diante de um exército de *siks*. Theo voltou-se para a porta e tentou abrir a maçaneta com toda a força que tinha. Puxou, golpeou e até mesmo desferiu chutes contra ela, mas ela não se moveu.

Theo virou-se e viu a massa de demônios reunindo-se entre as mesas de leitura, no espaço central.

E foi então que o sentiu.

Pela primeira vez, percebeu com toda a clareza a presença do demônio maior.

Foi assolado pelo maior medo que podia existir naquele mundo.

E então sacou o Disco de Taoh das costas.

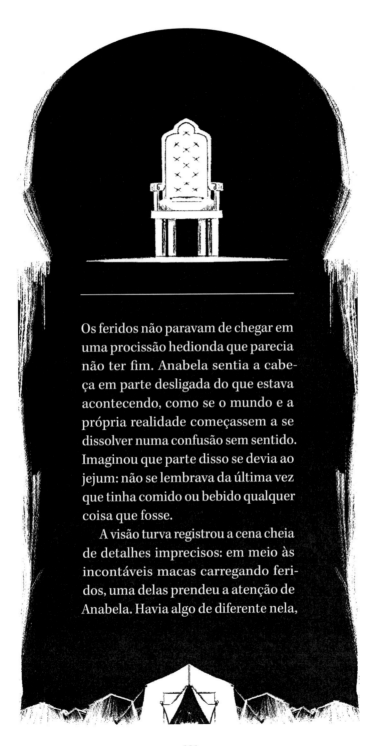

Os feridos não paravam de chegar em uma procissão hedionda que parecia não ter fim. Anabela sentia a cabeça em parte desligada do que estava acontecendo, como se o mundo e a própria realidade começassem a se dissolver numa confusão sem sentido. Imaginou que parte disso se devia ao jejum: não se lembrava da última vez que tinha comido ou bebido qualquer coisa que fosse.

    A visão turva registrou a cena cheia de detalhes imprecisos: em meio às incontáveis macas carregando feridos, uma delas prendeu a atenção de Anabela. Havia algo de diferente nela, mas ela não conseguia identificar o que era. Percebia apenas que vinha diretamente na sua direção.

Anabela constatou que não eram soldados comuns que carregavam a maca. Os homens, cabisbaixos e silenciosos, envergavam o uniforme dos oficiais da Guarda Celeste. O grupo avançava em um ritmo lento, como se não quisesse chegar ao seu destino e anunciar a notícia que trazia. Ela sentiu o descompasso do coração sacudir o peito.

O homem mais à frente era Tibério Tovar. Também na dianteira estava o único que não usava as cores da Guarda: era Eduardo Carissimi. Logo atrás dele estava Valentino de Trevi. Mesmo que tivesse examinado os demais, não os teria reconhecido. Mas ela não o fez. Tinha olhos apenas para o corpo inerte na maca.

Era Rafael de Trevi.

Anabela correu até eles, sentindo o correr de lágrimas que pareciam jorrar dos olhos. Vergou-se pelo peso do mundo que parecia ter decidido cair todo sobre ela, ao mesmo tempo em que percebia o chão se desfazer sob os pés. Ela se aproximou e examinou o corpo de Rafael. Ele tinha os olhos fechados e o rosto sereno. Estava em paz. Na altura do tórax estava o grande ferimento de formato alongado que o tinha matado.

Não havia como medir o tamanho daquela perda.

Você era íntegro, corajoso e foi meu amigo quando quase todos os outros me deixaram. Pode não ter nascido em Sobrecéu, mas ninguém jamais representou melhor tudo o que nos orgulha quando nos declaramos celestinos. Vá em paz, meu amigo. Vou fazer justiça por sua morte, nesta vida ou na próxima.

Ela mergulhou na aura de silêncio que os homens traziam consigo e os acompanhou até o interior da tenda de comando. A maca foi colocada cuidadosamente no chão. Valentino de Trevi permaneceu agachado junto do pai. Anabela levantou-se e foi até a mesa onde os demais estavam reunidos.

Anabela não conseguiu reunir forças para perguntar. Apenas encarou Eduardo. Ele sacudiu a cabeça, desolado, e disse:

— Foi uma extrema covardia. — Ele fez uma pausa. — Rafael chamou Igor Valmeron para o confronto. Os dois se enfrentaram e Rafael, mais hábil e rápido, logo levou a melhor. Percebendo que o fim estava próximo, Igor gritou por socorro.

Anabela cobriu o rosto com as mãos. Restou apenas ouvir o resto.

— Mais de uma dezena de tassianos cercou Rafael enquanto outros tantos resgatavam Igor Valmeron — completou Eduardo.

— Nossos homens ficaram enfurecidos com a covardia — disse Tovar. — Mas pouco pudemos fazer. A batalha pende para os tassianos. Estamos sendo forçados a recuar em todas as frentes.

Anabela pensou em muitas coisas para perguntar, mas, com a perda de Rafael, todas aquelas decisões já não pareciam mais tão importantes. Ela tornou a olhar para os seus comandantes. Tovar parecia a ponto de exaustão, enquanto Eduardo ainda tinha alguma determinação no olhar. Valentino permanecia imóvel, agachado junto do pai.

— E quanto a Nero Martone?

— A essa altura, já deve ter contornado a batalha e deve estar pronto para atravessar o rio acima das nossas posições — respondeu Eduardo.

Um pesado silêncio desabou sobre eles. Não havia nada mais a ser dito.

— Precisamos pensar na sua segurança e da sua irmã — disse Eduardo.

Anabela pensou por um momento.

— Quando os tassianos cruzarem o rio, chamarei Theo e pedirei que fuja com Júnia e a outra menina.

— Talvez a hora de fazer isso seja agora — disse Eduardo.

Ele tinha razão. Quanto antes eles fugissem, maior seria sua vantagem sobre os tassianos.

— Você está certo. Farei isso agora.

— E quanto à senhora? — perguntou Tovar.

— O meu lugar é aqui, com vocês.

Eduardo sacudiu a cabeça.

— Não me agrada imaginar que a senhora terminará nas mãos de Valmeron.

Anabela já tinha considerado aquela possibilidade e também tinha uma solução para ela.

— Isso não acontecerá — disse ela, o olhar fixo na adaga que Eduardo trazia na cintura.

Ele relutou por um longo momento. Então, soltou a arma da cintura e a entregou para Anabela.

— Obrigada — disse ela, prendendo a adaga na cintura.

Eduardo e Tovar a encararam com o mesmo semblante de espanto, mas nada disseram.

Um mensageiro irrompeu pela entrada da tenda. Estava coberto de suor e ofegava, desesperado por ar. Precisaram aguardar alguns instantes até que ele conseguisse dizer alguma coisa.

— Senhora... senhores — disse ele, aproximando-se da mesa. — Trago notícias da batalha...

Os tassianos enfim cruzaram o rio.

— Fale, homem — instou Tovar.

— São notícias estranhas, senhor...

Anabela estudou o mensageiro: apesar do uniforme estar coberto por lama, ainda era possível identificar as cores da Guarda Celeste. E não era apenas isso. Na lapela, ele trazia um emblema no qual estava gravado o número trezentos e cinquenta e nove. Ela recordou-se do significado.

É o regimento dos batedores e espiões... esse homem esteve além das linhas tassianas...

— Temos batedores além do rio, em território inimigo. Eles foram enviados para observar Nero Martone, que se movimenta pela retaguarda tassiana — disse ele.

— Nero se prepara para atacar? — perguntou Anabela.

O mensageiro sacudiu a cabeça.

— Não. Nossos batedores avistaram um grande exército nos campos além das posições tassianas.

Anabela olhou para Eduardo e Tovar.

— Valmeron tem mais homens na reserva?

— Não, senhora — disse o mensageiro. — Não parecem tassianos.

Tovar contornou a mesa e encarou de frente o mensageiro.

— Você disse o quê?

— Vimos esses homens de muito longe, mas não são as cores de Tássia.

— Você tem certeza? — perguntou Eduardo.

— Sim.

— Quantos são?

— No mínimo seis mil, com uma vanguarda de pelo menos mil homens a cavalo.

Anabela arregalou os olhos.

— Cavalaria? O que é isso?

— Não temos como saber — disse Eduardo. — É muito estranho — ele voltou-se para o mensageiro. — Diga para os batedores avançarem tudo o que puderem. Que descubram quem são esses homens.

— Sim, senhor — disse o mensageiro, e disparou para fora da tenda.

Theo avançou sobre um grupo de *siks* que se aproximava.

Na confusão, não sabia se eram cinco, seis ou sete demônios. A mente aterrorizada se tornara incapaz de fazer qualquer coisa que não empunhar o Disco de Taoh e lutar. A visão desnorteada pela penumbra pouco o ajudava; tinha a impressão de que a biblioteca estava infestada daquelas coisas.

Ele desferiu um golpe violento na última das criaturas nas proximidades. O baque do metal do Disco seguiu-se ao estalar da espinha do *sik* partindo. Mas outro som se sobrepôs na mesma hora: o estrondo de algo pesado atingindo a madeira da porta fechada atrás de si.

Raíssa não tem força para bater na porta desse jeito! O que está acontecendo?

Ainda mais confuso, Theo avançou até quase o espaço central, onde havia as mesas para leitura. O espaço entre elas estava preenchido por fileiras de *siks*, como se esperassem, ordeiramente, a vez de atacá-lo. Às suas costas, as batidas na madeira prosseguiam cada vez mais intensas, a cadência menos intervalada, cheia de desespero.

Mas Theo não tinha mais tempo para olhar para trás. Os *siks* contornavam o espaço entre as mesas e em instantes o cercariam.

Ele ergueu o Disco, pronto para outra série de golpes, mas o braço não obedeceu.

Tomado de desespero, assistiu à força física ser drenada do corpo. Primeiro, o peso do Disco, antes uma mera extensão do braço, tornou-se insuportável. Depois, os joelhos se dobraram; as pernas já não tinham mais forças para sustentar o corpo. Deixou a arma cair. O Disco atingiu o piso com uma explosão de metal. O som coincidiu com o barulho da madeira da porta arrebentando. Tentou se virar, mas não restava energia nem para isso.

De joelhos, percebeu o paradoxo aterrorizante que o havia aprisionado: o corpo inerte não passava de uma pilha de ossos e músculos inúteis, mas a mente estava afiada como nunca.

O obake *está aqui... luta comigo e eu nem posso vê-lo!*

Prestes a tombar no chão, Theo sentiu uma mão segurá-lo pelo braço, restaurando o equilíbrio perdido. Era Raíssa.

Theo!

Os olhos dela transbordavam de pavor.

Theo! Você precisa se levantar!

Concentrou toda a força de vontade que havia dentro de si apenas na ideia de retesar os joelhos para estender as pernas. Os músculos das coxas tremiam como se há milênios não sustentassem o peso do corpo. Conseguiu erguer-se alguns centímetros. E foi então, por sobre as formas empoeiradas das mesas, que o viu pela primeira vez.

O *obake* ainda usava o corpo de Santo Agostino, mas a transformação que ele havia sofrido era tão profunda que poucos reconheceriam a identidade do hospedeiro. Estava distante, mas nem por isso os detalhes evidentes eram menos horrendos. Theo não conseguia desviar o olhar do rosto parcialmente oculto por um capuz. Pouco discernia das feições ali escondidas, mas o olhar que brotava lá de dentro estava cravado nele, trespassando seu corpo como uma lança.

Raíssa... a fahir... *é isso que ela faz. Ela expõe o* obake. *Se não fosse por ela, eu nunca o teria visto.*

Mas ele logo descobriu que ela fazia ainda mais do que isso: Theo sentiu o calor do toque da menina devolver a energia ao corpo. Percebeu que, se tentasse, poderia se levantar. Olhou para o alto. Era tarde. Um grupo de *siks* assomava sobre eles. Vistos de baixo para cima, pareciam gigantes, as mãos estendidas, prontas para rasgar pele e tecidos como haviam feito com Dino Dragoni.

Theo projetou o corpo sobre Raíssa para protegê-la e a envolveu com uma das mãos. Com a outra, tateou o chão em busca do Disco, mas não o encontrou. Resignado, fechou os olhos, aninhou Raíssa ainda mais sob o próprio corpo e preparou-se para o primeiro golpe.

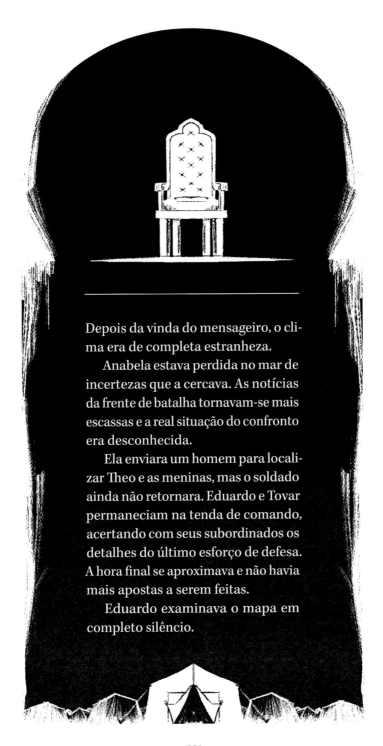

Depois da vinda do mensageiro, o clima era de completa estranheza.

Anabela estava perdida no mar de incertezas que a cercava. As notícias da frente de batalha tornavam-se mais escassas e a real situação do confronto era desconhecida.

Ela enviara um homem para localizar Theo e as meninas, mas o soldado ainda não retornara. Eduardo e Tovar permaneciam na tenda de comando, acertando com seus subordinados os detalhes do último esforço de defesa. A hora final se aproximava e não havia mais apostas a serem feitas.

Eduardo examinava o mapa em completo silêncio.

— A batalha esfriou momentaneamente — declarou ele, por fim. — Os dois lados recuaram um pouco para retirar seus feridos. No entanto, a pausa será breve. — Ele ergueu o olhar e fitou Tovar. — Quando vierem de novo, o farão com toda a força. Só nos restará concentrar tudo o que temos em uma única frente. Nero Martone irá nos contornar. Não há nada que possamos fazer a respeito.

— Precisamos retornar — disse Tovar.

Eduardo concordou.

— Vamos voltar e fazer nosso último esforço — anunciou Eduardo Carissimi para Anabela.

Ela preparava-se para responder quando dois outros mensageiros entraram. Um deles usava o uniforme de um soldado comum, mas o outro era um oficial da Guarda Celeste.

— Senhora e senhores — disse o oficial. — Nossos batedores penetraram muito além das linhas tassianas e examinaram o exército que se movimenta na retaguarda de Nero Martone.

— Quem são? — perguntou Tovar, gesticulando com uma das mãos.

O oficial endireitou-se. Havia um brilho em seu olhar que Anabela não conseguia compreender.

— A vanguarda traz imensas bandeiras com uma violeta. Não sabemos de quem são.

Se houvesse uma cadeira por perto, Anabela teria desabado sobre ela. Como não havia, lutou para manter as pernas firmes.

— Pertencem ao reino de nosso senhor, Samira — declarou ela.

Eduardo e Tovar cravaram o olhar nela.

— Senhora? — perguntou Tovar.

— Samira? — disparou Eduardo.

O oficial a encarou, a testa franzida estampando a confusão que o consumia.

— Senhora, os homens não compreendem... eu não compreendo... por que esses orientais nos ajudam?

Pelo motivo mais antigo de todos.

— Você disse ajudam? — perguntou Tovar.

— Sim, senhor — respondeu o oficial. — Os flancos nem haviam terminado de se posicionar e a vanguarda já se lançava em um ataque total. O comandante desse exército tinha pressa, muita pressa. A cavalaria avançou com tudo sobre a retaguarda de Nero Martone. Os orientais estão destroçando as fileiras tassianas. Os batedores relatam que já há um rombo nas forças inimigas. Os orientais pressionam com violência. Parece que querem chegar ao rio a qualquer custo para socorrer as nossas forças.

— Senhora Anabela? — Eduardo a observava com olhos que pedem uma explicação.

— É o exército do reino oriental de Samira, sob o comando do príncipe Tariq Qsay.

— Por que... — começou Tovar, mas Anabela o interrompeu com um gesto.

— Haverá tempo para explicações. Mas não é agora — disse ela. — Agora lutamos. — Voltou-se aos seus comandantes, o olhar outra vez iluminado, cheio de vida. — As ordens mudaram. Que os homens avancem pelo rio. Que pressionem os tassianos com tudo o que tiverem até encontrarem as forças de Tariq.

Eduardo abriu um sorriso.

— Sim, senhora.

Tovar voltou-se para os mensageiros.

— Vocês escutaram as ordens.

Os homens assentiram e partiram. Eduardo e Tovar saíram logo depois. Anabela viu Valentino ao seu lado. Ela tocou no braço dele.

— Eu sinto muito. Não tenho como dizer o quanto sinto.

Ele abriu um sorriso triste.

— Eu sei, senhora — disse ele. — Escutei tudo o que foi dito. Acho que recebi um presente e pretendo aproveitá-lo.

— Um presente?

— Os orientais vão me dar a chance de fazer justiça pelo meu pai.

Anabela compreendeu.

— Justiça por ele e por todos nós.

— Sim, senhora. E, com a sua licença, vou tratar disso agora mesmo.

— Você tem toda.

Ele assentiu e foi embora. Havia um brilho em seu olhar, algo incomum e que transbordava energia. Anabela o observou partir.

Torço por você, assim como torço por cada celestino e oriental em campo. Porque hoje vamos vingar cada homem, mulher e criança que já cruzou o caminho de Valmeron. Hoje faremos justiça por todos e cada um deles. Hoje não é o dia em que Valmeron irá conhecer a justiça dos deuses. Hoje ele vai conhecer a nossa.

Theo escutou três silvos agudos riscarem o ar à sua direita. O último foi tão próximo que veio acompanhado por um golpe de ar atrás de sua orelha. Abriu os olhos e ergueu a cabeça. Os três *siks* mais próximos tinham flechas cravadas entre os olhos. No segundo seguinte, tombaram inertes no chão. Havia outros três atrás daqueles. Theo calculou que teria tempo de encontrar o Disco e se levantar a tempo de enfrentá-los. Estendeu o braço o máximo que pôde e, em meio à penumbra, sentiu a superfície lisa do metal. Puxou a arma para si e levantou-se.

Quando terminou de se pôr em pé, viu que tinha calculado mal o tempo. Os três demônios estavam a menos de um braço de distância. Não conseguiria girar o Disco. Na mesma hora em que deu um passo instintivo para trás, foi assaltado por ainda outros sons inesperados. Aqueles eram diferentes, soavam como um zumbido repetitivo que aumentava e diminuía rapidamente. Também vieram de trás, mas estes escutou cruzando por ele em ambos os lados.

Os três demônios tinham os crânios divididos ao meio por machados de arremesso. Os demais se detiveram por um momento e começaram a recuar.

Siks *não fazem isso... há uma inteligência manipulando eles...*

Foi então que Theo percebeu a necessidade de olhar para trás.

Perfilados na parede oposta, de cada lado da porta arruinada, havia pelo menos meia centena de pessoas. Eram de todos os tipos: jovens, velhos, homens, mulheres, gente do Mar Interno, do Oriente e de lugares ainda mais distantes. Todos tinham um olhar sério e austero. As armas em suas mãos eram tão variadas quanto eles próprios: espadas, machados, martelos, foices e outras ainda mais improváveis. Um garoto empunhava um tridente e uma senhora de meia-idade tinha um chicote cheio de espinhos enrolado nas mãos.

São conhecidos de Vasco... estou diante da Ordem de Taoh!

Mais próximos dele estavam dois dos recém-chegados. Um deles era um garoto que não devia ter mais do que quatorze anos. Ele usava uma túnica coberta por fenestrações no tecido, cada uma abrigando um pequeno machado de arremesso. Um de seus braços era fino, como o de uma criança, mas o outro era grosso, quase tão musculoso quanto o do próprio Theo. Um passo atrás estava uma moça um pouco mais velha empunhando um arco.

Sem palavras, Theo olhou para Raíssa em busca de respostas, mas a menina apenas assentiu, satisfeita.

— Quem são vocês? Como sabiam...

— Você nos chamou, Theo — respondeu o garoto, com a voz calma.

— Eu?

Ele fez que sim.

— Estamos aqui porque você nos convocou.

Theo examinava estupefato o garoto.

É quase uma criança!

— Você...? Como pode?

Ele olhou de relance para os machados pendurados.

— Lançar machados? — O garoto voltou a fitá-lo. — Perdi a minha mãe com cinco anos. Um ano depois, ela começou a visitar meus sonhos. Ela me dizia que eu precisava aprender a lançar machados, que seria a coisa mais importante que eu faria na vida. Poderia parecer que o momento nunca chegaria, mas cedo ou tarde ele viria e eu tinha de estar preparado. Treino todos os dias desde então.

As fahir *foram apenas uma parte da preparação...*

Theo encarou a arqueira.

— Meu avô começou a me visitar nos sonhos quando eu tinha nove anos — disse ela, dando um passo à frente. — Disse que eu deveria praticar com o arco. Ele disse que isso seria muito importante, que seria a minha missão. Treino todos os dias desde então. Posso acertar qualquer coisa a qualquer distância.

Theo compreendeu que, se fizesse a mesma pergunta para cada um dos outros, receberia uma resposta idêntica.

Sentiu Raíssa puxar a manga de sua túnica. Ela apontava para a frente. Na outra extremidade do amplo espaço das mesas de leitura, os *siks* se agrupavam, formando uma massa cada vez mais compacta. Bem no centro da aglomeração despontava a figura sinistra do *obake*.

— Diga a todos que saiam daqui... este é o território deles. Vamos levar a luta lá para fora — disse Theo.

A onda de choque eclodiu súbita e violenta, anunciada por um estrondo. Theo encolheu o corpo por causa do barulho. Com o canto dos olhos, viu as mesas alçando voo, como se arremessadas por uma poderosa catapulta invisível. O fenômeno iniciara junto da aglomeração de demônios, mas avançava como uma avalanche na direção deles. Antecipou-se ao impacto, mas nada poderia tê-lo preparado para a intensidade do golpe de ar que o atingiu.

Foi arremessado para trás, como se o corpo fosse uma folha solta ao vento. O momento parecia congelado no tempo: viu-se suspenso no ar, as pernas apontando para cima e a cabeça pairando perigosamente acima do solo. Naquele recorte atemporal, registrou na mente as figuras de Raíssa, do rapaz e da moça também flutuando no ar.

Subitamente, o tempo voltou a correr e Theo colidiu contra o chão.

A visão turvou-se em meio a um choque lancinante de dor que começou na cabeça, que recebeu primeiro o impacto, e logo correu por todo o corpo. Rolou pelo chão, parando apenas quando colidiu com um amontoado de mesas viradas.

Theo gemeu de dor e alcançou o Disco nas costas. Levantou-se aos poucos, gesto por gesto, e então teve um vislumbre do caos em que se transformara a biblioteca. O lugar havia se transformado em um mar de mobília revirada, as montanhas de entulho repousando sob a espessa nuvem de pó que a confusão tinha levantado.

Os membros da Ordem estavam caídos, espalhados por toda parte. Os que não haviam se ferido na onda de choque ajudavam os outros a se levantar. Do outro lado, os demônios lançavam-se ao ataque com surpreendente agilidade, saltando sobre o entulho como felinos em busca da presa.

Céus! Podiam ser siks *antes... agora não são mais!*

Theo sacou o Disco e voltou-se para os membros da Ordem.

— Peguem suas armas!

Preparava-se para ir de encontro aos demônios quando a viu.

Raíssa estava caída no chão, longe dele. Diante dela assomava a figura do *obake*. Ele gesticulava de modo estranho, numa série de gestos que pareciam aleatórios e sem sentido. A menina tinha ambas as mãos fechadas ao redor do próprio pescoço. Quando Theo compreendeu o que se passava, soltou um berro e, tomado pelo desespero, disparou na direção dela.

— *Raíssa! Raíssa!*

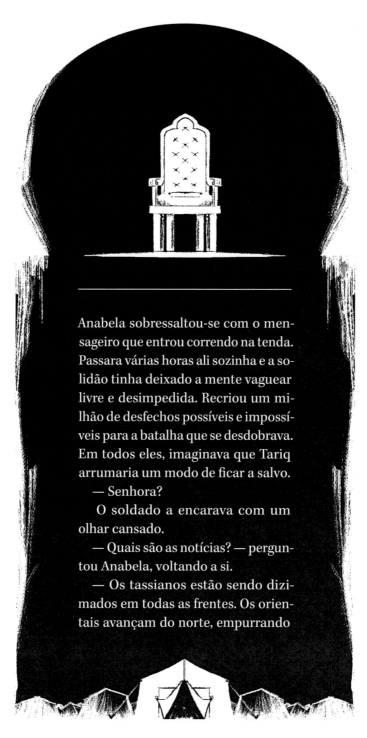

Anabela sobressaltou-se com o mensageiro que entrou correndo na tenda. Passara várias horas ali sozinha e a solidão tinha deixado a mente vaguear livre e desimpedida. Recriou um milhão de desfechos possíveis e impossíveis para a batalha que se desdobrava. Em todos eles, imaginava que Tariq arrumaria um modo de ficar a salvo.

— Senhora?

O soldado a encarava com um olhar cansado.

— Quais são as notícias? — perguntou Anabela, voltando a si.

— Os tassianos estão sendo dizimados em todas as frentes. Os orientais avançam do norte, empurrando o inimigo em direção ao litoral. As forças de Eduardo Carissimi se uniram à Guarda Celeste do comandante Tovar, formando uma frente única. Juntos, cruzaram o rio e atacam com força o flanco ocidental dos tassianos. Temos relatos de que Nero Martone foi morto pelo príncipe Tariq Qsay em combate direto. As linhas tassianas enfim se quebraram e uma retirada desordenada eclodiu por todo o campo de batalha.

— Para onde fogem?

— A frota tassiana está fundeada ao longo do litoral.

— Eles querem chegar aos navios.

O soldado anuiu.

— O senhor Eduardo percebeu a intenção deles e passou a pressionar com ainda mais violência as linhas inimigas.

Ele quer Valmeron. Fará qualquer loucura para ter a sua vingança.

— Valmeron conseguirá escapar?

— Ele corre em direção à praia, mas deixou para trás sua guarda pessoal. São seus melhores homens e devem ser capazes de ganhar pelo menos algum tempo…

Anabela contornou a mesa e ficou cara a cara com o soldado.

— Quero ir até lá.

Ele arregalou os olhos.

— Senhora, os campos ainda não foram declarados seguros!

— Não importa, vou assim mesmo. Não creio que tenham restado tassianos para nos ameaçar. Como chego lá?

O soldado tinha o rosto transfigurado pelo terror.

— A senhora teria de deixar o acampamento em direção ao norte, cruzar o rio e descer para o sul pela outra margem do estuário. No litoral, avance para o leste. Em algum momento, encontrará a frente de batalha.

Anabela pensou por um momento.

— Tenho uma ideia melhor. Nossas galés fundeadas no estuário permaneceram com uma tripulação mínima, certo?

— Sim, senhora. Alguns marujos e artilheiros para operar as catapultas, caso fossem necessárias.

— Muito bem. Leve-me até uma delas, qualquer uma. Que levantem âncora e remem até a outra margem do estuário. Temos montarias do lado de lá?

Ele fez que sim.

— A Guarda Celeste já dominou aquela margem. Até mesmo daqui do acampamento podemos ver as bandeiras celestinas cravadas no solo.

— Então vamos.

Anabela disparou em direção à saída da tenda. O soldado, pasmo, seguiu atrás dela do jeito que pôde.

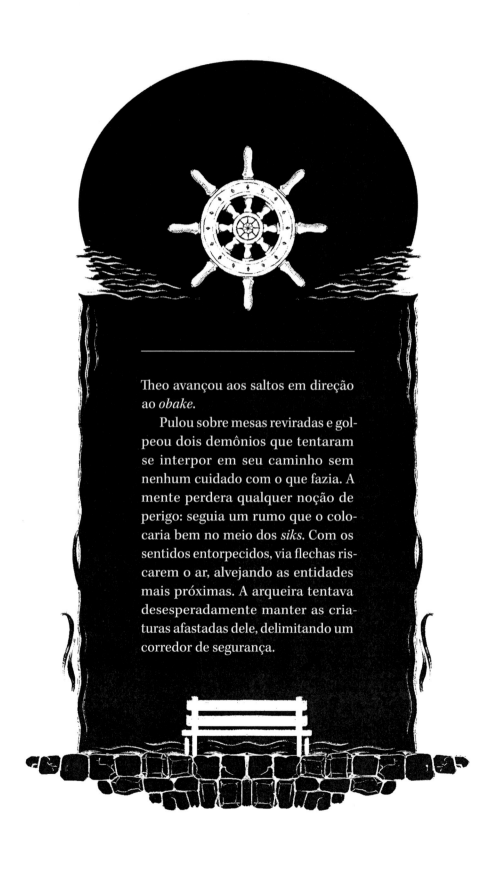

Theo avançou aos saltos em direção ao *obake*.

Pulou sobre mesas reviradas e golpeou dois demônios que tentaram se interpor em seu caminho sem nenhum cuidado com o que fazia. A mente perdera qualquer noção de perigo: seguia um rumo que o colocaria bem no meio dos *siks*. Com os sentidos entorpecidos, via flechas riscarem o ar, alvejando as entidades mais próximas. A arqueira tentava desesperadamente manter as criaturas afastadas dele, delimitando um corredor de segurança.

Quando estava quase chegando, o *obake* fez um movimento súbito. Num único gesto rápido e improvável, recuou para onde estivera quando Theo o avistou pela primeira vez. Os demais demônios detiveram a ofensiva e retrocederam para onde o *obake* estava. Tal como haviam feito antes, aglomeraram-se ao seu redor.

Theo atirou o Disco para o lado e caiu de joelhos diante de Raíssa. Ela não se movia e seus olhos estavam fechados. O rosto era sereno e tranquilo, tal como ficava quando ela dormia.

Está apenas desmaiada! Eu sei que está!

Theo a sacudiu suavemente. Ela não se moveu.

Raíssa! Acorde!

Na sua mente, não escutou nada que não fosse um silêncio aterrador.

Com o rosto virado, aproximou-se da boca e do nariz dela. Os olhos miravam fixos para o pequeno tórax. Não havia qualquer som para ser ouvido ou movimento para ser visto.

Aos poucos, afastou-se do rosto dela. Estudou mais uma vez suas feições. A compreensão do que havia acontecido não o atingiu súbita e furiosa, como um relâmpago em meio a uma tempestade. Em vez disso, foi surgindo aos poucos, como uma nuvem pesada que rouba a luz do dia ao encobrir o sol. Foi algo obscuro, um sentimento avassalador de desesperança que emergiu do recanto mais longínquo de sua mente, mas que foi, aos poucos, preenchendo cada espaço vazio que encontrou até que não sobrasse mais nada.

Compreendeu nesse momento que havia interpretado de forma errada tanto seus sentimentos quanto as coisas que tinha escutado. A grande perda que sofreria não era Anabela. Era Raíssa. Quando Theo se levantou depois de ter enterrado Próximo e sua família, teve certeza de que se erguia transformado em outra pessoa. Naquele momento, quando tornou a abrir os olhos e se levantou, teve uma impressão diferente: havia se transformado em nada. Não era ninguém.

Theo recuperou o Disco do chão a seu lado e cravou os olhos no *obake*. O demônio estava bem no centro de uma massa compacta de *siks*.

— *Ei, você!* — urrou, carregado de fúria.

Brandiu a arma na direção do demônio, pronto para repetir o desafio.

Mas então se deteve.

Sobrepujado pelo ódio, estava indo exatamente para onde o *obake* queria. Theo respirou profundamente duas, três vezes, cada uma delas consciente do fluxo de ar que entrava e saía de seus pulmões. Olhou outra vez para o corpo de Raíssa e sentiu brotar de dentro de si algo novo.

Em vez de permitir que a mente se deformasse cada vez mais pelo ódio, Theo deixou-se inundar pelo amor que sentia por Raíssa, por Anabela e por todos aqueles que havia perdido no caminho.

Com o Disco erguido, lançou-se em direção aos demônios. Assim que chegou perto o suficiente, começou a oscilar a arma de um lado para outro, cada golpe impulsionado por uma força que não sabia possuir.

À sua frente caíam cabeças, braços e pernas decepadas. Os *siks* tombavam, subjugados pela violência do ataque. Com a visão periférica, notou as formas dos outros guerreiros da Ordem abrindo caminho para ajudá-lo.

A cena que se descortinava diante de si era confusa demais para ser compreendida. Bem a sua frente, enfrentava, dois ou três de cada vez, os demônios que estavam mais próximos. De cada lado, percebia vagamente o subir e descer de espadas e machados misturado a uma chuva de flechas que permeava o ar. Os *siks* tombavam como folhas secas sopradas ao vento. No calor da batalha, os guerreiros da Ordem avançavam mais do que ele e os inimigos à frente começavam a escassear. Um corredor desimpedido foi se formando diante de seus olhos à medida que os demônios eram empurrados para longe.

No final da estreita faixa estava o *obake*.

O demônio o encarava com olhos cheios de indiferença. Theo sentia as suas investidas para tentar penetrar em sua mente. Mas ele não conseguia. Onde a entidade esperava encontrar uma fortaleza de ódio, havia apenas amor. Theo sentia a mente se fundir com a missão até que houvesse uma torre sólida; um santuário de afeto e altruísmo movido pelo desejo de extirpar daquele mundo o *obake*. Incapaz de suplantar aquela muralha, o demônio viu-se, pela primeira vez, impotente.

Theo correu até ele, singrando o ar mais veloz do que as flechas ao seu redor. Ergueu o Disco de Taoh alto sobre a cabeça, de uma forma como nunca havia feito antes: com as duas mãos. Nesse momento, deu sentido às palavras da velha da vila, pois a força que sustentava a arma para o golpe não era o ódio. Era o amor. E o desejo de ver consertada a trama de compaixão que unia todas as coisas e pessoas que existiam naquele mundo. E isso, compreendeu, seria para sempre o legado de Raíssa.

Por um átimo esteve cara a cara com o grande demônio. Naquele recorte de tempo, tudo se lentificou. Viu congelada diante de si a face horrenda do *obake*, suas feições deformadas além de qualquer descrição possível. Sentiu uma invasão de ideias de um alcance assombroso. Mas elas não pertenciam ao demônio; em vez disso, vinham de algo maior, de alguma força fundamental do universo.

A voz de Maha...

Durante a menor fração de tempo que podia existir, soube tudo a respeito do *obake*. Viu em detalhes o mundo de onde ele viera. Enxergou também todos os outros mundos que existiam. Vislumbrou todos eles repletos de outros demônios, mas também cheios de criaturas luminosas. Naquele instante, via e sabia *tudo*.

Mas o momento passou e dele não restou nem a mais vaga recordação.

No instante seguinte, tudo se acelerou ao ritmo normal e Theo saltou para desferir o golpe final. O Disco desceu, pesado e furioso, junto com o próprio corpo que aterrissava. O metal atingiu o crânio do demônio com um estrondo, seguido pelo ruído do osso se estilhaçando. A arma continuou penetrando cada vez mais profundamente até que a cabeça e boa parte do pescoço se dividiram em duas partes.

Com a força do golpe, Theo perdeu a empunhadura e a arma se soltou. Caiu desajeitado no chão e rolou algumas vezes, mas se pôs em pé de imediato. Perplexo, olhou em volta em busca de um inimigo que não estava mais lá. O *obake*, os demais demônios e até mesmo o Disco de Taoh tinham sumido. Restaram apenas as reminiscências mundanas da batalha: o monte de entulho cobrindo o piso da biblioteca, os feridos gemendo por toda parte e a nuvem de pó que pairava sobre tudo aquilo. Pela primeira vez, sentiu o cheiro de mofo e de papel antigo impregnar o ar. Eram sensações simples, mas que a presença do *obake* havia obliterado por completo.

Incrédulo, Theo examinou cada canto da biblioteca. Parou por um momento e então percebeu que um enorme peso havia sido retirado de seus ombros. Entendeu que sensação validava a mensagem que seus olhos transmitiam. Levou as mãos à cabeça e aceitou a verdade:

O *obake*, o demônio maior, havia sido removido daquele mundo.

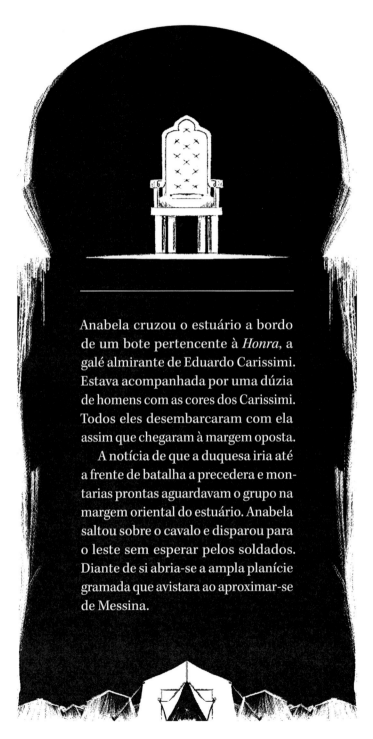

Anabela cruzou o estuário a bordo de um bote pertencente à *Honra*, a galé almirante de Eduardo Carissimi. Estava acompanhada por uma dúzia de homens com as cores dos Carissimi. Todos eles desembarcaram com ela assim que chegaram à margem oposta.

A notícia de que a duquesa iria até a frente de batalha a precedera e montarias prontas aguardavam o grupo na margem oriental do estuário. Anabela saltou sobre o cavalo e disparou para o leste sem esperar pelos soldados. Diante de si abria-se a ampla planície gramada que avistara ao aproximar-se de Messina.

As cenas de horror pelas quais cruzou tinham cores e contornos tornados indistintos pelo ritmo do galope. Enxergou campos cravejados por lanças e flechas e a grama enegrecida por incêndios agora quase extintos. Havia mais corpos espalhados pelo chão do que era possível contar. À medida que avançava, era envolta por uma fumaça espessa impregnada com o cheiro de sangue. Aqui e ali passava por fileiras de feridos cambaleantes que tentavam retornar ao acampamento.

Depois de cerca de uma hora de cavalgada, Anabela avistou o mar. Permaneceu afastada da orla e seguiu ao longo da costa por mais outra hora até que a concentração de homens e bandeiras se desenhou à sua frente. Sentia o corpo exausto e os quadris doloridos da cavalgada, mas assim que avistou as cores celestinas, acelerou ainda mais.

Desacelerou apenas quando se viu em meio aos soldados que compunham a retaguarda. Os homens tinham as espadas embainhadas e um aspecto exausto.

Os soldados se surpreenderam ao percebê-la ali. Um deles se aproximou. Era impossível dizer se o rosto coberto de sangue, do qual despontava apenas um par de olhos confusos, pertencia a um jovem ou a um velho. A placa peitoral que usava estava partida ao meio e ele trazia na cintura uma espada quebrada na altura do punho. Anabela percebeu que ele não fora ferido com gravidade, mas evidentemente estava em choque.

Como devolver uma vida normal aos que sobreviveram a isso tudo? Como curar as mentes que assistiram a esse horror?

O soldado apanhou as rédeas do cavalo, que ofegava.

— Senhora? A senhora não devia andar por aqui sozinha. Deve haver tassianos soltos pelos campos.

— Deixei minha escolta para trás, mas logo eles devem estar aqui. O que se passa?

— Em sua maior parte, acabou, senhora. Nossa companhia tem ordens de dispersar e retornar ao acampamento.

— E na frente de batalha?

— Eu não saberia dizer, senhora. Sei apenas que o senhor Eduardo Carissimi pegou os seus melhores homens e avançou pelo litoral para caçar lorde Valmeron em pessoa.

Anabela olhou para a frente. Em direção a leste havia uma aglomeração ainda maior de tropas, as silhuetas dos soldados indistintas por uma névoa que parecia ser uma mistura da bruma do mar e da fumaça dos incêndios.

— Você sabe se ele conseguiu?

— Sinto muito, não sabemos de nada, senhora. Creio que o maldito deva ter escapado.

Anabela desejou poder dizer ao homem que poderia retornar para o acampamento e encontrar tratamento médico para si e para os seus companheiros feridos, mas sabia que não seria verdade. Em vez disso, disse apenas:

— Vocês são todos heróis. O que fizeram aqui hoje jamais será esquecido.

Ele sorriu. Tinha perdido boa parte dos dentes da frente. Anabela despediu-se e mais uma vez instou o cavalo. Prosseguiu para o leste, mas dessa vez aproximou-se do litoral. Ao longe, começou a divisar as formas dos navios ancorados a curta distância da praia. Presumiu que começava a avistar a frota tassiana.

Anabela se deteve ao encontrar uma massa compacta de homens com as costas viradas para ela. Por entre as fileiras, despontavam bandeiras com as cores dos Carissimi. Ela se ergueu na sela, tentando entender o que se passava além da aglomeração. Não conseguiu; mesmo assim, sabia que tinha encontrado o que procurava.

Diminuiu o ritmo e aproximou-se do agrupamento de soldados. Aos poucos, os rostos foram voltando-se para ela e, num gesto de silenciosa reverência, os homens começaram a abrir caminho para que ela passasse. Quando terminou de atravessar o batalhão e viu a cena que se desdobrava diante de si, Anabela congelou na sela.

Bem à sua frente, o solo estava coberto por montanhas de corpos, as elevações tão proeminentes que pareciam pertencer ao próprio relevo. Quase todos usavam a armadura negra com o brasão da enguia de Valmeron.

Cheguei bem na hora.

O batalhão que tinha atravessado formava uma linha coesa atrás dela, mas não dava sinais de que iria avançar.

A luta acabou, mas eles estão esperando alguma coisa acontecer.

Contrariando o bom senso, ela avançou com o cavalo a passos cuidadosos, desviando como podia dos corpos que acarpetavam o chão. A cena desenhou-se, súbita e inesperada, em meio à bruma que turvava a paisagem: dois homens estavam em campo aberto, prestes a se enfrentar. Um deles estava de costas, mas ela sabia quem era: Valentino de Trevi. Seu oponente estava alguns passos mais longe, de frente tanto para Valentino quanto para Anabela. Era um homem alto e de ombros largos como uma muralha. Usava armadura negra com o símbolo de Valmeron.

Igor Valmeron...

Ao lado de Valentino estava Eduardo Carissimi. Ele tinha a postura atenta, mas relaxada: as duas mãos repousavam no cabo da espada cravada no solo a seus pés.

O que ele está esperando?

Anabela olhou outra vez para o inimigo e entendeu: vários passos atrás de Igor viu a silhueta de um homem baixo. A distância, aliada à névoa e à luminosidade vacilante do fim de tarde impediam que ela examinasse sua fisionomia — mas não precisava. Sabia quem era. O senhor de Tássia, Titus Valmeron.

Está encurralado...

Valentino soltou um urro de fúria e partiu para cima do oponente. Igor o recebeu com a espada erguida e um contra-ataque violento. As espadas giraram e cortaram o ar inúmeras vezes numa coreografia rápida demais para os olhos acompanharem. Anabela sentiu a respiração cessar e o coração disparou no peito. Cerrou os punhos e cravou os olhos na cena.

Que se faça justiça hoje... por favor! Que se faça justiça!

Valentino evidentemente aprendera a lutar com o pai: girava o corpo e desferia golpes e contragolpes com uma velocidade impossível. Logo se impôs e começou a empurrar o oponente para longe com estocadas cada vez mais violentas. Anabela surpreendeu-se ao perceber que ele lutava com a mão esquerda. Não conhecia muitos espadachins que tinham tal habilidade.

Valentino ganhou ainda mais terreno. Golpeou o topo do elmo de Igor, arrancando-o e atirando para longe. Depois, desferiu um violento golpe que estilhaçou a proteção sobre o ombro esquerdo do inimigo. Anabela permitiu-se ao menos piscar os olhos.

Ele tem Igor nas mãos.

Subitamente, Valentino se deteve, como se atingido por um encanto que o tivesse paralisado por completo. Baixou a espada e recuou sem dar as costas para Igor até o ponto inicial, onde esperava antes da luta iniciar. Anabela assistiu à cena boquiaberta. Igor Valmeron aproximou-se, cauteloso, mas cheio de fúria. Valentino permanecia imóvel, como se entregue a um estado de meditação profunda.

Anabela percebeu o detalhe antes que ele se tornasse evidente para todos: Valentino tinha a espada diante de si, cravada no solo, numa postura semelhante à de Eduardo Carissimi a seu lado, mas segurava o punho com a mão direita.

Ele nunca foi canhoto!

Tendo um braço só, Rafael de Trevi devia ter ensinado ao filho a lutar tendo destreza com qualquer braço que quisesse ou precisasse usar. Valentino tinha usado o braço mais fraco apenas para prolongar a luta, deixando que Igor saboreasse pela maior extensão de tempo possível o quanto estava condenado. Agora Anabela compreendia a cautela do tassiano arrogante ao reaproximar-se do seu oponente.

Valentino ergueu o olhar e encarou o adversário. Mesmo sem estar em sua linha de visão, ela sentiu toda a intensidade daquele olhar e o modo como ele rasgou o ar e atingiu Igor em cheio. O tassiano se deteve. Anabela viu que ele tinha medo. O celestino saltou sobre ele. Com uma cadência impressionante de golpes precisos, Valentino empurrou Igor um, dois, três, e depois vários passos para trás. Era ainda mais forte e habilidoso com a mão direita.

Tudo aconteceu muito rápido. Em meio à conflagração da luta feroz irrompeu um arco de sangue que riscou o ar. A cena pareceu congelar-se e o sangue formou uma estranha escultura que pairou no ar pelo mais breve dos instantes. Os olhos não foram capazes de acompanhar o movimento que desferira o golpe. Talvez Valentino o tivesse acertado no pescoço, mas não tinha aquilo como certo. A única certeza era a de que o ferimento fora fatal.

Igor caiu de joelhos, inerte. Valentino postou-se atrás dele e cravou a espada de cima para baixo na altura da nuca. A lâmina emergiu na parte da frente do tórax em meio a uma torrente de sangue vivo. Ele puxou a arma de volta e o corpo de Igor Valmeron tombou para um dos lados.

Anabela escutou um urro de fúria mais atrás. Lorde Valmeron sacou sua espada e avançou na direção de Valentino, que embainhou sua espada e permaneceu onde estava, indiferente à carga de Valmeron.

Essa luta não é dele...

E não era. Eduardo ergueu a espada e pousou um beijo no golfinho, emblema dos Carissimi, que estava esculpido no punho da arma. Depois, soltou um grito e correu de encontro a Valmeron.

O senhor de Tássia podia ser muitas coisas: inteligente e espirituoso ao extremo, era um político hábil, além de ser considerado o maior estrategista que a história já havia produzido. Mas não era um guerreiro. Seu corpo franzino não fora feito para a batalha. Anabela, porém, compreendeu o momento. Não havia mais nada a perder. Por isso, Valmeron avançou com fúria e determinação. Por um momento, a enguia gravada na sua armadura encontrou a luz do sol poente e projetou-se na direção de Anabela, ofuscando-a por completo. Ela fechou os olhos e desviou o rosto.

No instante seguinte, já havia recuperado a visão, mas aquilo a encheu de maus presságios. Quando tornou a olhar para a frente, os dois homens enfrentavam-se em um combate feroz que parecia equilibrado.

Entretanto, não existia — nem jamais existiria — enguia mais forte ou rápida do que um golfinho. Eduardo desferiu um golpe amplo de baixo para cima e da direita para a esquerda que arrancou o nariz de Valmeron. Por instinto, ele levou uma das mãos para encobrir o buraco sangrento que surgira em seu rosto. O erro foi fatal. Com a guarda enfraquecida, recebeu em cheio um golpe de Eduardo no ombro esquerdo. Anabela escutou o estilhaçar dos ossos.

Valmeron largou a espada e caiu de joelhos. Eduardo disse algumas palavras que ela, pela distância, não conseguiu escutar. Depois, girou o corpo e, num único movimento, arrancou a cabeça do inimigo. O corpo de lorde Titus Valmeron, senhor de Tássia, caiu para a frente sem vida.

Uma comoção eclodiu ao redor dela e o ar se encheu de gritos extasiados. Os homens vibravam com a cena, tão incrédulos quanto ela. Eduardo largou a espada e se sentou no chão. Anabela desmontou e correu até ele.

Encontrou-o entregue a um soluçar descontrolado que parecia além de qualquer conforto possível. Ela se ajoelhou ao lado dele e o abraçou com toda a força que conseguiu reunir. O desespero dele se tornou mais intenso, como se o pesar que guardava tivesse encontrado ainda outro caminho para sair e ver o mundo. Anabela compreendia o que se passava.

Eduardo Carissimi perdera tudo o que havia para ser perdido. A dor insuportável tinha se travestido em um desejo de vingança intenso e visceral. Tinha sido aquela a sua razão para continuar vivo. O anseio pela vingança impossível o mantivera são e com a mente afiada mesmo em meio a tantas provações. Agora, contrariando todas as probabilidades, ele havia de fato conseguido a justiça que tanto desejava.

E, depois de extinta a chama da vingança, restava apenas a dor.

Anabela permaneceu em silêncio abraçando o amigo que a protegera e mantivera viva contra tudo e contra todos. Ficaria ali para sempre, se fosse necessário. E então, se precisasse, ficaria ainda mais um pouco.

Theo deixou a biblioteca carregando Raíssa nos braços.

Prosseguia em passos trôpegos, oscilantes e incertos, sem destino ou propósito definidos. O desamparo e a impotência eram tão intensos que se sentia como uma criança perdida em território perigoso. Parecia que não restava nada no mundo que não fosse a urgência em buscar socorro.

Mas ele não tinha a quem recorrer.

Deixou a fortaleza e começou a descer a via que ligava as várias congregações de Navona. Tinha uma vaga noção dos outros membros da Ordem seguindo logo atrás, em um andar quase tão vacilante quanto o seu. Depois de algum tempo, achou ter visto os portões de muitas congregações se abrindo. De dentro delas emergiam Jardineiros de rostos perplexos, como se acordassem de um pesadelo que tinha durado muito mais tempo do que devia.

— Tariq... Tariq... Tariq...

Theo levou algum tempo para compreender que a voz que fazia o chamado era a sua. A mente destroçada perdera toda a razão e buscava Tariq como se ele pudesse curar Raíssa.

Sentiu um toque em seu ombro. Theo deteve-se e olhou para a frente. A imagem levou tempo demais para se formar, mas a voz suave conseguiu encontrar o caminho.

— Olá, Theo.

Abriu e fechou os olhos com força várias vezes para afugentar as lágrimas. Desenhou-se diante de si a imagem desfocada de Ítalo de Masi. O Grão-Jardineiro o observava com o rosto repleto de compaixão. Theo olhou em volta e percebeu que estava diante dos portões abertos da congregação dos Literasi.

Vasco me guiou até aqui.

Olhou para o pequeno corpo em seus braços. Raíssa tinha os olhos bem fechados, o rosto transbordando paz e serenidade.

— Que Deus os abençoe por sua jornada — disse Ítalo de Masi. — A menina e todos os outros merecem um descanso apropriado.

Theo olhou outra vez para Raíssa. A dor veio ainda mais intensa. Pelas palavras do Grão-Jardineiro, entendeu que ela tinha mesmo partido.

Seguiu o religioso para o interior da congregação. Prosseguiram até os confins do lar dos Literasi, onde se abria um amplo jardim. Ali, vários Jardineiros preparavam uma fileira de sepulturas.

— Há muitos séculos esse jardim é o local de descanso dos Literasi — explicou Ítalo de Masi. — Quando você estiver pronto, Theo.

Theo compreendeu que a hora da despedida se aproximava. Os Jardineiros terminaram de preparar as sepulturas e perfilaram-se junto delas em um silêncio respeitoso. Os sobreviventes da Ordem de Taoh foram colocando seus irmãos e irmãs tombados na batalha nos locais de descanso. Ao observar o ritual, percebeu, pela primeira vez, que no mínimo metade havia perecido no confronto.

Assim que um corpo tinha sido enterrado, um dos Literasi começava a dizer uma prece.

Theo observou cada sepultura guardada por um Jardineiro em pé e compreendeu que só faltava Raíssa. Passo por passo, dirigiu-se à única restante acompanhado por Ítalo de Masi. Ajoelhou-se no fundo da sepultura e abraçou a menina com força. O olfato impregnou-se com o aroma da terra úmida. Lembraria para sempre daquele como sendo o cheiro da despedida.

Eu sinto muito. Sinto muito por não ter protegido você. Vou lembrar de você para sempre, todos os dias da minha vida.

Theo colocou o corpo sobre a terra. Ainda ajoelhado, percebeu dois Jardineiros surgirem ao seu lado. Com gestos rápidos, mas cuidadosos, os religiosos envolveram o corpo de Raíssa em um manto branco feito de um tecido macio. Theo se levantou e postou-se ao lado de Ítalo de Masi. A voz do Grão-Jardineiro encheu o ar:

"Eu chego agora ao fim desse caminho.
Eu escutei o chamado e segui pela estrada que foi oferecida. Deixei o resto para trás e parti.
O que estava no porvir, ainda por realizar, que fique assim, inacabado.
Que o vazio da ausência seja preenchido com boas lembranças de coisas passadas e a alegria de coisas presentes.
Pois agora é hora voltar a Maha, a quem todos pertencemos.
Porque o fim desse caminho é apenas o início do próximo."

Quando a sepultura foi fechada, Theo não tinha mais lágrimas para chorar. O rosto inchado parecia prestes a explodir.

— Essa prece...

— Sim... é Absíria. Achei que seria mais apropriada — disse Ítalo de Masi.

Theo fez que sim. Não conseguia sair dali; não tinha ideia do que faria a seguir.

O que farei sem ela? Como prosseguir a partir daqui?

Ítalo de Masi pareceu ler o que se passava em sua mente.

— O seu desafio, Theo, será conciliar todas as suas perdas e ter uma vida plena e realizada. Você precisará ficar em paz com tudo o que se foi, entrar em acordo com toda essa dor. Quando fizer isso, honrará a todos aqueles que amou vivendo intensamente tudo o que vier.

De algum modo, compreendeu que isso, algum dia, faria sentido. Entendeu que esse seria o mantra que o manteria vivo e longe das sombras. Ele voltou-se para Ítalo de Masi.

— Obrigado.

A arqueira e o garoto dos machados de arremesso se aproximaram acompanhados por um casal jovem que Theo não conhecia.

Pelo menos esses sobreviveram...

— Esses são Jaffar e Leyla — disse a arqueira, apresentando os recém-chegados.

— Éramos muito amigos do Vasco — disse Jaffar.

— Ele falava muito de você, Theo — completou Leyla.

Theo sentiu o coração se torcer no peito. Ele encarou cada um deles.

— Muito obrigado por tudo.

O garoto assentiu, solene.

— Cumprimos com o nosso dever — disse. — O que fazemos agora?

Theo compreendeu o sentimento que o desnorteava. Aquelas pessoas tinham feito da Ordem de Taoh a sua missão na vida. Muitos provavelmente tinham ido além e transformado aquilo em sua única razão de viver. Agora que os demônios haviam sido derrotados, restava apenas um grande vazio em suas vidas.

— Voltem para casa. A luta acabou — respondeu Theo.

O garoto olhou de relance para a arqueira. Talvez aquela não fosse a resposta que ele esperava.

— Eles sempre podem voltar.

Theo assentiu.

— É verdade. Diga a todos para que nunca se esqueçam da Ordem. Que permaneçam vigilantes, com olhos e ouvidos sempre atentos.

Aquilo pareceu satisfazê-lo.

— Adeus, Theo.

Theo anuiu.

— Adeus. Fiquem em paz.

Eles fizeram mesuras e partiram.

Ítalo de Masi aproximou-se.

— Agora, Theo, precisamos cuidar de você.

Theo olhou para si mesmo e levou um choque com o que viu. Tinha o corpo riscado por cortes e ferimentos de todos os tamanhos e profundidades. A pele estava grudenta com o sangue seco e a túnica estava reduzida a farrapos.

Sentiu a força fugir do corpo. Havia atingido o ponto de exaustão. A única resposta que conseguiu produzir foi um débil aceno da cabeça. Depois, caiu sentado no chão e o mundo se apagou.

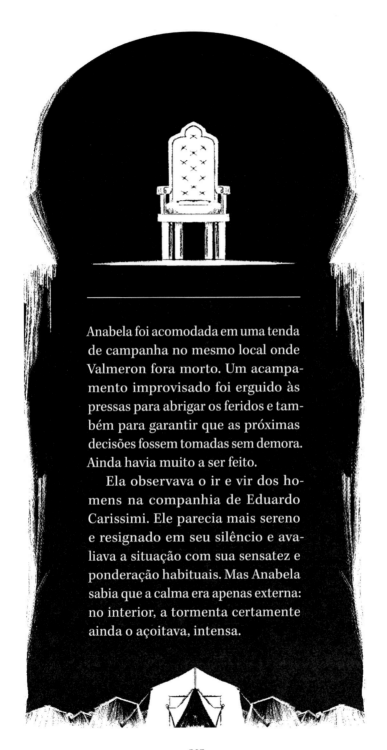

Anabela foi acomodada em uma tenda de campanha no mesmo local onde Valmeron fora morto. Um acampamento improvisado foi erguido às pressas para abrigar os feridos e também para garantir que as próximas decisões fossem tomadas sem demora. Ainda havia muito a ser feito.

Ela observava o ir e vir dos homens na companhia de Eduardo Carissimi. Ele parecia mais sereno e resignado em seu silêncio e avaliava a situação com sua sensatez e ponderação habituais. Mas Anabela sabia que a calma era apenas externa: no interior, a tormenta certamente ainda o açoitava, intensa.

— Eu gostaria de retornar ao acampamento principal. Não tive notícias de Theo e das meninas.

Eduardo cruzou os braços.

— Não é uma boa ideia, Ana. É provável que ainda existam grupos desgarrados de tassianos nos campos. Com o cair da noite, será mais difícil identificá-los. Theo e as meninas certamente estão bem. Graças aos orientais, os tassianos não chegaram nem perto do acampamento.

Ele se voltou para ela com um meio sorriso no rosto e completou:

— Você gostaria de falar sobre isso, senhora Anabela?

Ela sorriu de volta.

— Quando Tássia atacou Astan, não apenas o orgulho de muitos orientais foi ferido. Muito mais do que isso: Valmeron fez de Usan Qsay seu inimigo. Um inimigo declarado.

— Esses homens são de Samira, leais a Qsay — ponderou Eduardo. — Mesmo assim, trata-se de um movimento muito ousado. Há algo mais.

Anabela perdeu o olhar no acampamento por um momento. A luz do dia já havia quase que se extinguido por completo. Os homens cravavam archotes no chão e, em um espaço aberto mais ao longe, uma grande fogueira começava a arder.

— Acho que o príncipe de Samira tem sentimentos por mim — disse ela, voltando-se para ele.

Eduardo descruzou os braços.

— Tariq?

— Você o conhece?

— Sim. Ele cuidou de você na Torre Branca, em Rafela.

— Isso mesmo.

— E o que você acha disso?

Anabela pensou por um momento. Já sabia que não tinha uma resposta para aquela pergunta.

— Não sei. Realmente não sei.

— Às vezes, essas coisas precisam de tempo.

Ela assentiu.

— Eu imagino que sim.

Eduardo olhou para o alto. Anabela acompanhou o seu olhar e se deslumbrou com o céu pontuado de estrelas.

Ele tornou a encará-la e disse:

— Vou cuidar dos meus homens. Há muito a ser feito. Os feridos precisam ser tratados e alimentados. Estamos enviando caçadores para os campos. Com sorte, teremos uma refeição quente nas próximas horas. Por favor, fique por perto.

Ela anuiu.

— Ficarei.

Anabela o viu desaparecer em meio aos homens. Sentia um desconforto crescente a respeito de Theo, Júnia e Raíssa. O sentimento não tinha nenhuma base na realidade, pois ela sabia que Eduardo estava certo: o acampamento tinha permanecido o tempo todo longe de perigo. Mesmo assim, a inquietude estava lá, tão visível quanto as estrelas que cintilavam acima.

Algumas horas depois, os caçadores começaram a retornar. Ao mesmo tempo, carroças com alimentos e água fresca chegavam de Messina.

Anabela tinha perdido a noção do tempo, mas imaginava que já estavam em plena madrugada. Sentou-se com os soldados ao redor da fogueira para aguardar pela comida. Ganhou um bom pedaço de lebre assada, que devorou avidamente — talvez fosse a melhor refeição de sua vida.

O vento soprava do norte, trazendo um ar frio. Anabela escutava o quebrar das ondas com clareza; o litoral não estava distante. A leste, um grande clarão alaranjado iluminava o céu, obliterando o brilho das estrelas.

— São os orientais, senhora. Eles ateiam fogo à frota tassiana — explicou um dos oficiais que estava ao seu lado, ao perceber que ela olhava naquela direção.

Os homens de Tariq pareciam incansáveis. Tinham empreendido uma longa jornada, travado uma batalha feroz e, mesmo com o inimigo destruído, não se entregavam ao descanso. Em vez disso, dedicavam-se a eliminar o último vestígio do poder de Valmeron.

Um soldado correu até ela. Anabela levantou-se.

— O que houve?

— Senhora, com licença. Um grupo de orientais está nas proximidades. Eles solicitam permissão para entrar no acampamento e conversar com a senhora — disse o soldado. — Disseram que são a guarda real de Samira, acompanhando o rei Tariq Qsay.

Anabela ergueu as sobrancelhas.

— *Rei?*

— Sim, senhora. Foi o que ele disse.

— Ele disse *rei*? — repetiu Anabela.

— Sem dúvidas, senhora. O homem falava muito bem o tálico.

Anabela sorriu. Ainda outra surpresa.

— Achamos que esses homens não nos querem mal — prosseguiu o soldado. — De qualquer modo, queríamos ter certeza.

— Podem ficar tranquilos quanto a isso — respondeu Anabela. — Creio que eles já provaram suas boas intenções o suficiente por essa vida e pela próxima. Deixe que passem.

— Sim, senhora.

O soldado correu para longe, sumindo entre as barracas.

Tariq surgiu acompanhado por uma dúzia de homens da guarda real de Samira. Tinha os cabelos empapados de suor, mas a fisionomia e o olhar mantinham-se serenos, como se tudo aquilo que havia se passado não tivesse o poder de roubar a sua paz de espírito. Ainda usava armadura, mas a placa peitoral estava rachada ao meio e uma das proteções do ombro fora estilhaçada. Assim que ele se aproximou mais, ela pôde ver o grande corte que riscava o tórax de um lado a outro.

— Você está ferido!

Tariq correu até ela e a abraçou com cuidado. A armadura estava cheia de pontas e saliências perigosas.

Ele se afastou e examinou o rosto dela.

— Você está viva — disse, e retomou o abraço.

— Você está ferido — repetiu Anabela ao se separarem outra vez.

Tariq olhou para o próprio peito.

— Não é nada de mais.

— O que houve?

— Cometi um erro terrível. Avaliei mal Nero Martone como adversário pelo fato de ele não ser mais um homem jovem. Foi um oponente capaz. A verdade é que precisei de uma boa dose de sorte para sair vivo do embate.

Anabela olhou em volta. O acampamento estava silencioso, os únicos sons no ar eram o crepitar do fogo das tochas e da fogueira. A maior parte dos homens descansava no chão ou no interior das tendas. Os poucos acordados observavam os orientais com um olhar de fascínio.

— Como você... como chegaram até aqui?

Tariq sorriu.

— Tive todos os motivos do mundo para vir: meu dever para com meu soberano, minha terra e meu coração. — Ele fez uma pausa. — Sim, Ana. Desde que a vi, tive certeza de que meu coração pertence a você. Quero me casar com você. Quero que você governe ao meu lado.

Escutar a declaração posta em palavras, clara e inequívoca, foi uma espécie de choque.

— Tariq... não sei o que dizer — começou ela. — Depois de tudo o que passei... não sei se conseguiria...

O olhar que a interrompeu transbordava de ternura.

— Eu sei, Ana... eu entendo. Não existe ferida mais horrível ou profunda. Tudo o que desejo é poder lhe oferecer anos de ternura para curar o que puder ser curado e estar sempre do seu lado para ajudar a suportar o que não puder.

Anabela não estava pronta para aquela resposta.

— Meus deveres são para com Sobrecéu. Eu não poderia deixar a cidade num momento como esse... há tanto a ser feito. Levará uma vida, ou mais...

O olhar de Tariq era determinado.

— Ana, podemos viver ao redor dos problemas que surgem na vida ou transformá-los em soluções. Nada impede que você seja duquesa de Sobrecéu e rainha de Samira ao mesmo tempo. A ideia é incomum, mas não impossível.

— Não poderíamos estar em dois lugares ao mesmo tempo.

Ele sorriu.

— E cometeríamos um erro, se tentássemos. Organizaremos uma regência tanto em Samira quanto em Sobrecéu. O nosso tempo seria dividido entre os dois lugares. Será uma vida de viagens, admito, mas também repleta de novos lugares e descobertas. Uma vida que se parece muito com a mulher que você se tornou.

Anabela estreitou o olhar.

— Seria necessária a autoridade de um mandatário para sugerir um governo assim em Samira.

Ele ampliou o sorriso.

— Um rei serviria?

Anabela riu.

— Ouvi rumores a respeito. Seu pai está bem?

Tariq uniu as palmas das mãos.

— Graças a Ellam, sim. Meu pai é um homem de idade e há muito tempo acalenta a ideia de abdicar das responsabilidades do governo e desfrutar de um merecido repouso. Ele já fez muito por Samira e agora deseja aproveitar o tempo que lhe resta na companhia da minha mãe, cuidando dos jardins do palácio de verão na beira do lago Samira. Os fatos recentes apenas aceleraram planos que já estavam lá.

— A incursão de Valmeron em Astan.

Ele fez que sim.

— Aquilo foi um murro no rosto de todos nós, até mesmo do próprio Usan. Percebemos que nossa arrogância nos custaria outra Guerra Santa. Valmeron atiraria todos em um longo e sangrento conflito, e eu tenho as minhas suspeitas de que ele acabaria saindo vencedor. O exército que ele tinha em campo aqui hoje era magnífico, Ana. Tivemos muita, muita sorte.

— Como vocês conseguiram chegar a tempo? E como sabiam que estávamos aqui?

Tariq ergueu as mãos ao céu por instante, como se a resposta estivesse muito acima dele.

— Foi uma sucessão de desdobramentos inesperados, incríveis coincidências e, como disse: muita sorte. Você poderia dizer que o universo conspirou a nosso favor. Em primeiro lugar, ao contrário do que todos pensam, Usan Qsay não estava no Palácio do Governo em Astan quando os tassianos atacaram. Ele estava conosco, visitando o acampamento das forças de Samira — explicou Tariq. — Quando a notícia da incursão tassiana chegou, houve uma grande comoção entre os líderes e comandantes que acompanhavam Usan. Horas depois, ocorreu uma reunião dessas lideranças para decidir o que fazer. Foi quando tomei a palavra e usei um tom duro.

— O que você disse?

— Que éramos passivos e nossa incapacidade de reagir frente a um mundo em constante mudança nos fazia uma presa fácil para alguém como Valmeron. Exigi naquela hora que partíssemos para a ofensiva e propus lançar a frota de Samira ao mar para rastrear os atacantes. Também afirmei que, se aquele conselho militar não aprovasse a minha ação, eu proporia ao meu pai que abandonasse aquela aliança militar.

— Céus! Você disse isso? E quanto a Usan Qsay?

— Ficou em silêncio o tempo todo. Naquela hora, meu pai se levantou. O rei Farid disse que tinha um anúncio público a fazer e declarou que estava abdicando do trono em meu favor — respondeu Tariq. — Depois, Usan levantou-se. Para surpresa de todos, ele disse que concordava com os meus argumentos e que a operação naval tinha sua bênção. Assim que escutei essas palavras, deixei o recinto antes mesmo de a reunião terminar. Dei a ordem para os meus homens e, em questão de poucas horas, a frota estava no mar.

— Os tassianos não podiam estar longe — observou Anabela. — O ataque a Astan tinha ocorrido há um dia, talvez dois?

— Dois dias — concordou Tariq. — Estávamos numa posição vantajosa para interceptar a frota de Valmeron e, no amanhecer do dia seguinte, chegamos a avistá-la ao longe. Mas o vento soprou a favor deles e logo a sua dianteira se ampliou.

— O que você fez?

— Dei ordens para que rumássemos para Tássia. Atracamos em uma enseada afastada, a leste da cidade. Lá, deixei espiões e os instruí a fazer contato com os membros remanescentes da Ordem na Cidade de Aço.

— Então você já sabe o que passamos.

— Sim, sei de tudo. O resgate na mansão de Dino Dragoni e a fuga de vocês. Na cidade, circulavam rumores desconexos dizendo que a propriedade tinha sido arrasada por uma força desconhecida. — Tariq baixou o tom de voz. — Eram...?

Anabela assentiu.

— Sim, eram. Centenas deles.

Tariq estreitou os olhos e sacudiu a cabeça.

— Foi muita sorte vocês terem escapado. Ouvi a respeito de Vasco. Fiquei arrasado. Isso não era para ter acontecido. Ao menos Theo ficou bem?

— Theo está bem. Está no acampamento, com as meninas.

Tariq abriu bem os olhos.

— Ana... o que eu ouvi sobre sua irmã é verdade? Rezei muito para que fosse.

Anabela abriu um amplo sorriso. Lembrou-se do quanto queria abraçar Júnia outra vez.

Onde você está?

— Sim, Júnia está viva! Foi protegida esse tempo todo por um guerreiro chamado Asil Arcan, que também morreu durante a fuga, nos protegendo das criaturas. Mas essa é uma história que precisa ser contada com calma e sob a luz do sol. O que houve depois?

Tariq fez que sim.

— Depois, tudo aconteceu muito rápido. A notícia do seu resgate na praia e da existência de uma força celestina à solta espalhou-se por Tássia como fogo na grama seca. Não foram necessários espiões para descobrir que Valmeron já sabia onde vocês estavam escondidos. Mas recebemos com um dia de atraso a notícia de que a armada tassiana havia partido para o oeste. Seguimos o mais rápido que pudemos e, dessa vez, tivemos o vento do nosso lado. Se não fossem por essas rajadas de vento leste, nunca teríamos chegado a tempo. Quando avistamos a frota tassiana ancorada no litoral, dei a ordem para que nossos navios atracassem a leste. Eu não queria que eles nos avistassem e menos ainda que houvesse um conflito ali. Eu sabia que Valmeron tinha desembarcado suas forças e compreendi que cada segundo contava. O socorro era urgente.

— E era mesmo. Como conseguiram desembarcar a tempo?

— Passamos meses treinando esse tipo de desembarque. Em questão de horas, tínhamos a maior parte dos homens e cavalos em terra. Mas o que realmente nos ajudou foi o terreno: se não fosse essa ampla extensão de campos planos, sem relevo, nunca conseguiríamos ter manobrado nossas forças de forma a contornar o exército tassiano e atacar o flanco de Nero Martone pelo nordeste.

O universo tem a sua sabedoria. Se tivéssemos seguido para Tássia, como eu havia planejado, o relevo acidentado nunca teria permitido que Tariq nos socorresse a tempo.

— Mesmo assim, foi por pouco — completou Tariq. — Mas deu certo. Ver você viva é o maior presente que eu poderia desejar. Amo-a tanto que me basta saber que você vive e respira. Mesmo que isso seja longe de mim, a meio mundo de distância. Mesmo até que seja nos braços de outra pessoa. Seja lá o que o destino nos reservar, estarei feliz e para sempre celebrarei este dia, porque o que fizemos hoje foi um grande bem para todos.

— Não tenho como agradecer pelo que você e os homens de Samira fizeram por nós hoje.

Tariq tomou as mãos dela.

— O que fizemos também era nosso dever. Em hipótese alguma quero que você considere isso ao tomar sua decisão. Você não pode achar que tem alguma dívida de gratidão comigo. Quero que escute o seu coração e apenas ele. Você promete?

Ela assentiu.

— Prometo.

— Muito bem. Deixaremos isso para outro momento; o dia foi de grandes perdas. Ouvi a respeito de Rafael de Trevi. Sei o quanto ele significava para você.

Anabela sentiu as pernas afrouxarem. Levaria muito tempo para aceitar que Rafael havia de fato partido.

Eduardo Carissimi surgiu de repente, emergindo do breu que os cercava.

— Sua majestade.

Tariq adiantou-se e os dois se abraçaram.

— É muito bom revê-lo, meu amigo. Para você, por favor, sou apenas Tariq.

— Espero que algum dia possamos retribuir a ajuda que vocês nos deram hoje — disse Eduardo.

— Nenhuma retribuição será necessária. Valmeron era um inimigo em comum e o que vimos hoje foi apenas um feliz alinhamento de interesses.

Eduardo assentiu. Tinha o rosto coberto por sangue seco, mas mesmo assim era impossível não perceber as olheiras profundas. Ele devia estar muito próximo da exaustão.

— Mesmo assim, muito obrigado.

Tariq pousou uma mão no ombro de Eduardo.

— Temos um regimento médico e um hospital de campanha na praia, onde atracamos. Vocês precisam encaminhar seus feridos para nossos cuidados.

— Essa é uma notícia extraordinária — disse Eduardo. — Onde vocês estão?

— Seguindo pelo litoral para o leste, passem pelos navios em chamas e logo nos avistarão.

Eduardo ergueu uma sobrancelha.

— Vocês são rápidos.

— Enquanto conversamos, meus homens estão ateando fogo em toda e qualquer galé tassiana que puderem encontrar. Quando o dia amanhecer, o poderio de Valmeron terá se tornado igual ao seu mestre: apenas uma lembrança ruim — disse Tariq. — Agora, preciso ir. Antes de mais nada, sou oficial médico e o dever me chama.

Tariq voltou-se para ela e completou:

— Fique em segurança, Ana.

Ela sacudiu a cabeça.

— Eu quero ir com você. Tenho treinamento, posso ajudar com os feridos.

Tariq e Eduardo se entreolharam.

— Você precisa de pelo menos algumas horas de descanso — observou Eduardo. — Depois eu a levo até o hospital de campanha.

Tariq assentiu.

— É uma proposta sensata, Ana.

Anabela relutou, mas acabou concordando. No estado de exaustão em que estava, não seria de nenhuma ajuda. Ela se despediu dos dois e foi até a tenda que havia sido montada para ela. Encontrou o interior da barraca entregue à luminosidade suave de uma única vela no chão. À meia-luz desenhava-se a silhueta reconfortante de uma rede para dormir, cujas extremidades estavam fixas ao tecido da tenda.

Deitou-se na tenda, mas não conseguiu fechar os olhos.

Coisas demais tinham acontecido. A batalha, a perda de Rafael de Trevi, a reviravolta inesperada, o fim de Valmeron, o reencontro com Tariq e a ideia lançada no ar. Eram coisas que podiam muito bem levar anos para serem assimiladas, mas tudo tinha acontecido em questão de horas.

Anabela perdeu-se na fantasia de seguir uma vida junto com Tariq. Não tinha dúvida alguma quanto aos sentimentos que nutria por ele. Admirava Tariq não apenas por seus feitos e talentos, mas principalmente pelo caráter. Também o amava com o coração. Sentia o acelerar involuntário da respiração tão logo ficavam próximos o suficiente. Imaginou se poderiam de fato compartilhar uma vida: os desafios seriam imensos. Teriam de governar duas nações separadas por uma imensa distância. Enfrentariam resistência de religiosos mais radicais, tanto ela em Samira quanto ele em Sobrecéu. E haveria outros obstáculos, muitos mais.

Mas Tariq era um rei. E um rei jovem que obtivera uma grande e ousada vitória no campo de batalha. Quando retornasse ao Oriente, o respeito dos outros líderes por ele aumentaria ainda mais. Anabela recordou-se das palavras do pai:

Quando a hora de tomar decisões difíceis chegar, tenha a coragem para seguir o seu coração e a força de espírito para não se desviar do caminho escolhido.

Tariq tinha razão. Os desafios podiam ser imensos, mas, se assim decidisse, poderia trilhar aquele caminho. Era uma questão de escolha, de escutar seu coração. Somando tudo o que sentia por Tariq, a decisão poderia muito bem não ser tão difícil.

Mas havia Theo.

Theo onde você está?

Por mais que tentasse, não podia esconder o que sentia por Theo. Tinham uma conexão que ia além das palavras, algo que ela percebera desde a primeira vez em que o vira no gabinete do pai, em pleno ataque à Fortaleza Celeste. Tinham uma longa história de cumplicidade, quase como se se conhecessem desde sempre. Se estava triste, bastava pensar em Theo que o dia se iluminava.

Não importa o que aconteça, Theo nunca será como os outros. Ele sempre será especial.

Anabela sentiu as ideias se entrechocarem e a mente perdeu-se na própria confusão. Fechou os olhos e tentou concentrar-se no balanço suave da rede. Não estava pronta para decidir.

O suave assobio do vento prendeu sua atenção; passou a escutar aquele e outros sons da noite lá fora com maior clareza. Sobressaltada, percebeu que a entrada da tenda tinha sido aberta. O pânico veio súbito e intenso. Não estava sozinha.

Abriu os olhos e soltou um grito abafado. Na abertura da tenda estava um homem de aspecto comum, vestido com o uniforme da Guarda Celeste. Tinha parte do corpo ainda no lado de fora, mas terminou de deslizar para dentro sem produzir nenhum som. Ele cravou os olhos negros nela. Anabela sentiu o terror transbordar.

É um demônio.

A entidade retesou o corpo, como se se preparasse para um salto. Anabela tentou se levantar da rede, mas, na posição desajeitada em que estava, percebeu que levaria tempo demais. Ela lutou para se desvencilhar do tecido para rolar e cair no chão, mas o demônio saltou sobre ela. Anabela gritou, mas, perplexa, percebeu que a sua voz não tinha sido a única a ressoar no ambiente fechado. Júnia estava parada em um dos cantos da tenda.

Júnia... você gritou?

Anabela não podia desviar o olhar. A criatura estava sobre ela, seu peso pressionando-a contra o tecido da rede. Mas não era apenas Anabela que estava surpresa. O demônio deteve-se por um instante, o rosto virado e os olhos fixos em Júnia.

Ela não perdeu tempo.

Puxou a adaga de Eduardo Carissimi, que ainda estava em sua cintura, e cravou com toda a força no peito da entidade.

O demônio gritou, girou o corpo e caiu no chão. Anabela contorceu-se e conseguiu se levantar da rede. A criatura se debatia no solo ainda com a adaga enfiada no tórax. Ela se aproximou com cuidado e puxou a arma de volta. Depois, com um gesto preciso e uma força que não imaginava possuir, desceu com a lâmina no pescoço da entidade com as duas mãos. Enterrou a arma até senti-la transfixar os tecidos e atingir o solo abaixo.

O demônio soltou um urro gutural. Anabela rastejou para longe, até onde Júnia estava. Abraçada na irmã, assistiu ao corpo ferido parar de se mover e então, sem nenhum aviso, desaparecer diante de seus olhos.

— Júnia... o que você está fazendo aqui? — perguntou ela, depois que a mente tinha se convencido de que o demônio de fato se fora.

Anabela examinou a irmã como se precisasse se assegurar de que ela não estava ferida.

— Estou bem, Ana.

Anabela entreabriu a boca.

— Você... fala?

Ela assentiu.

— Agora, sim.

As fahir *estão evoluindo. Isso significa que a hora chegou... Theo!*

— Onde estão Theo e Raíssa?

Júnia voltou-se para o local onde o demônio tinha estado, baixou o olhar e disse, com a voz carregada de desânimo:

— Foram tratar dos outros.

Anabela compreendeu o que se passava.

Theo e Raíssa haviam partido para enfrentar o *obake*.

O que houve com eles?

Enquanto se recuperava, Theo assistiu à chegada e partida de vários meses na congregação dos Literasi.

Em um primeiro momento, o corpo sucumbiu aos ferimentos provocados pela batalha e o espírito foi quebrado pela combinação de pesar e exaustão. Como resultado, passou vários dias sem conseguir se levantar da cama. Durante aquele período, Ítalo de Masi havia sido incansável nos cuidados. Não importava se fosse dia ou noite ou o quanto ele já houvesse trabalhado, o Grão-Jardineiro sempre encontrava força e disposição para ajudá-lo. As lembranças que guardava dos dias que se seguiram ao confronto com o *obake* e ao enterro de Raíssa eram recortes desencontrados de situações que pouco ou nenhum sentido tinham, como um quebra-cabeça cujas peças jamais se encaixariam. A única referência sólida que tinha era a presença reconfortante de Ítalo de Masi.

Sob os cuidados do Jardineiro, Theo, aos poucos, viu os ferimentos começarem a cicatrizar. À medida que a mente voltava a si e conseguia revisitar tudo o que tinha acontecido, foi percebendo o quão gravemente havia sido ferido. O confronto tinha passado muito perto de custar a sua vida.

Com um mínimo de vigor restaurado, aventurou-se pela primeira vez fora do quarto onde estivera enclausurado nas semanas anteriores.

Perambulando pela congregação, descobriu que o inverno tinha ficado para trás. Os dias vinham cada vez mais longos e amenos. O vento sul soprava suave e constante, trazendo o perfume do mar. Os dias começavam e terminavam sem que nenhuma nuvem, por menor que fosse, aparecesse. Restava um céu de um azul profundo, tornado ainda mais belo pela atmosfera límpida da montanha. Mais ao longe assomavam as encostas e, além dessas, os picos nevados da cordilheira de Thalia. Dia após dia a cobertura branca da neve recuava, em um movimento visível ao olhar atento.

Nem o lugar mais frio e sombrio resiste à luz e à primavera.

Theo caminhava por toda a congregação, mas evitava passar perto do jardim afastado onde Raíssa e os demais membros da Ordem de Taoh tinham sido enterrados. Ítalo de Masi insistia para que ele entrasse em contato com o pesar, não para confrontá-lo como numa batalha, mas para abraçá-lo como parte das coisas que faziam dele a pessoa que era. Tratava-se de uma espécie de aceite de si mesmo, o Grão-Jardineiro afirmava.

Ele passou a pensar no assunto diariamente, mas, ainda assim, concedendo-se o tempo de que precisava. Em um primeiro momento, embora ainda não conseguisse visitar o local de repouso de Raíssa, percebia que começava a conectar-se com algo além da própria dor.

Passou a fazer as refeições na sala comum, junto com os demais Jardineiros. Imerso na melodia das conversas, percebeu o quanto desejava notícias do mundo exterior.

A Cidade de Deus tinha demorado várias semanas para voltar a si, como alguém que, depois de um pesadelo, enfrenta dificuldades em retornar à vigília. O episódio na congregação dos Servos Devotos, assim como os estranhos fenômenos que assombraram a cidade nos dias anteriores, não receberam nenhuma explicação satisfatória. Tanto para o cidadão comum da Baixada quanto para os Jardineiros nas congregações restou apenas o incômodo exercício de tentar imaginar o que poderia ter acontecido. As teorias eram muitas e variadas, e Theo sabia que logo as pessoas se cansariam delas e deixariam tudo aquilo de lado.

O povo de Navona podia não saber ao certo o que acontecera, mas o que todos sabiam era que os Servos Devotos jamais se reergueriam. Muitos Jardineiros tinham morrido no misterioso incidente e as vozes da cidade eram unânimes em apontar que os Servos tinham algum tipo de culpa pelo acontecido.

Livre do domínio dos Servos, o poder, aos poucos, reorganizava-se em Navona. A cidade ganhou um novo administrador que lutava para restaurar a ordem e o funcionamento dos serviços essenciais. Enquanto isso, uma assembleia das congregações fora convocada para formar um novo conselho que decidiria os destinos da Fé.

Quando escutou os relatos da batalha em Messina, Theo sentiu o corpo relaxar e a mente se aquietar. Não se lembrava da última vez em que experimentara ambas as sensações e o sentimento foi muito bem-vindo.

Anabela estava viva.

Em um desdobramento inesperado, os celestinos tinham sido socorridos, no último momento, pelo exército de Samira. As duas forças combinadas tinham infligido uma derrota completa e definitiva nas forças tassianas. Valmeron e todos os seus comandantes estavam mortos. A notícia era fantástica demais para ser absorvida de uma só vez e Theo viu-se repetindo mentalmente que Valmeron estava mesmo morto.

Os relatos diziam que as forças celestinas tinham rumado direto para Sobrecéu para retomar a cidade. Sabendo do desfecho do confronto em Messina, o governador militar tassiano entregou a cidade sem luta. Anabela tinha sido confirmada como duquesa de Sobrecéu e dizia-se que estava tendo muito trabalho para reconstruir a cidade depois de tanto tempo nas mãos dos tassianos.

Theo sentiu a curiosidade crescer a respeito do demônio que tinha deixado para trás em Messina. Se Anabela havia sobrevivido, era porque o demônio não a encontrara — o que era improvável — ou ela o tinha enfrentado e derrotado. Ele não tinha nenhum motivo para acreditar que algo tivesse acontecido com Júnia. Embora nenhum relato a mencionasse especificamente, nenhum dizia que tivesse sido ferida ou estivesse desaparecida. Se aquilo era verdade, e Theo torcia para que fosse, Júnia cumprira seu papel e alertara Anabela a tempo.

No Oriente, as tensões também pareciam ter diminuído. Usan Qsay, tendo terminado de costurar os acordos políticos com seus opositores, enfim proclamara uma nação oriental unificada. Para surpresa de todos, o modelo político escolhido não era um império totalitário e centralizador. Os cinco reinos orientais passaram a formar uma federação, cuja capital administrativa era Astan. Cada reino ou unidade federativa, porém, mantinha um governo próprio, responsável pela tomada de decisões de âmbito local. As questões mais amplas, envolvendo todos os reinos, ou ainda aquelas de importância estratégica, passariam por Usan Qsay e o governo central em Astan.

Com o passar dos dias, Theo foi percebendo uma conexão crescente com os dias ensolarados de primavera.

Com o espírito mais sereno, buscou naturalmente o local onde Raíssa repousava. Na primeira ocasião, deixou-se levar pelo tumulto das lágrimas que brotavam sem controle dos olhos. Depois, passou a visitar a sepultura todos os dias. Ia sempre no mesmo horário, logo depois do nascer do sol. Ficava lá por um longo tempo, sentado na grama. Em silêncio, sentia o calor do sol aquecer o ar frio da manhã ao mesmo tempo que, aos poucos, ia tocando o corpo.

Theo passou aquele período buscando uma paz que não sabia onde encontrar. Na companhia dos Jardineiros, dedicou-se a rezas e orações, mas não encontrou a sintonia com algo maior que os sacerdotes afirmavam existir. Com a orientação de Ítalo de Masi, que já sabia ser versado na filosofia absíria, Theo começou a mergulhar na arte da meditação. Juntos, os dois passavam longas horas em silêncio enquanto ele começava a experimentar algo que de fato começou a transformá-lo.

Além das mudanças na forma de ver a própria mente decorrentes da meditação, havia os livros. Afinal, estava no templo dos Literasi e não havia local, por mais improvável que fosse, onde eles não estivessem presentes. Theo havia questionado Ítalo de Masi a respeito da paixão deles pelos livros. O Grão-Jardineiro tinha respondido:

— Deus não nos fez inteligentes, capazes de fazer ciência, por acaso. Ele quer que busquemos o saber; é o Seu desejo que a humanidade persiga os grandes segredos do universo. Por isso, é por meio do saber que um Literasi fica mais perto de Deus.

A congregação tinha uma fabulosa biblioteca, muito bem cuidada e organizada e que nunca fechava. Além disso, os Literasi tinham o hábito de deixar para trás livros que já tivessem lido. Theo já havia encontrado e lido volumes que achara nos jardins, nas mesas do refeitório, no galho de uma árvore e até mesmo numa latrina. Certo dia, encontrou em um jardim um volume muito antigo sobre astronomia. À medida que lia o tratado sobre a observação das estrelas, lembrou-se das conversas entusiasmadas com Rodolfo no observatório em Astan. Prestes a terminar o livro, deparou-se com o desenho de um artefato para observação celestial idêntico ao instrumento que resgatara do gabinete de Alexander Terrasini. Fascinado com o que aprendeu com o livro, desejou estar em Astan para poder conversar mais uma vez com o velho astrônomo. Quando reconheceu aquele desejo, compreendeu que a mente tentava encontrar um caminho.

Entendeu que a cura que buscava para a mente não estava ali, tampouco em qualquer outro lugar. Se ela existia, teria de ser encontrada no viver da vida. Teria que viver cada momento aceitando o que se foi, sem se afastar do que se era e com o espírito livre para abraçar a incerteza do que viria. Theo não sabia se haveria felicidade no porvir, mas também entendia que não havia outro caminho a ser trilhado que não fosse o seu.

Eu percorro o caminho. Eu sou o caminho. O caminho é tudo o que há.

No mesmo dia, Theo procurou Ítalo de Masi e contou a ele sobre as coisas que havia pensado e da decisão que tinha tomado. O sacerdote assentiu, satisfeito, e afirmou que ele e todos os Literasi seriam sempre gratos por tudo o que Theo fizera. Insistiu que, não importava o propósito — fosse apenas como um refúgio ou um local para meditação —, a congregação estaria sempre de portas abertas para ele.

Theo agradeceu com todo o coração não apenas pelos cuidados que recebera, mas também pelos ensinamentos e pela amizade de Ítalo de Masi. Despediu-se dos outros Jardineiros com quem convivera naquele período. Dos sacerdotes, recebeu uma sacola com roupas limpas e uma corrente com a folha de prata. Theo ficou grato pelo presente, pois nada possuía para enfrentar a viagem que tinha diante de si.

Uma semana depois, em um dia ensolarado de primavera, Theo embarcou em uma galé mercantil rumo a Astan.

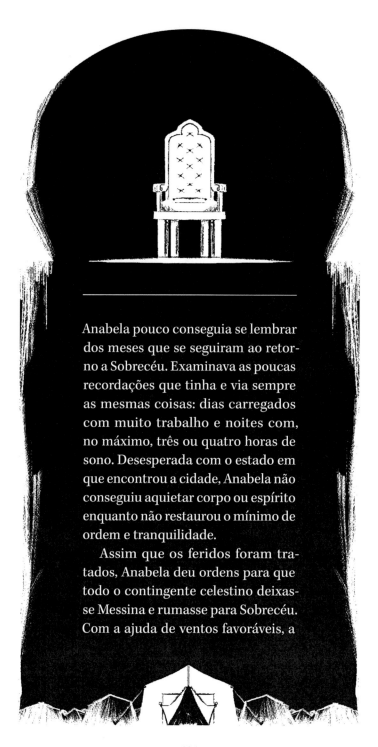

Anabela pouco conseguia se lembrar dos meses que se seguiram ao retorno a Sobrecéu. Examinava as poucas recordações que tinha e via sempre as mesmas coisas: dias carregados com muito trabalho e noites com, no máximo, três ou quatro horas de sono. Desesperada com o estado em que encontrou a cidade, Anabela não conseguiu aquietar corpo ou espírito enquanto não restaurou o mínimo de ordem e tranquilidade.

Assim que os feridos foram tratados, Anabela deu ordens para que todo o contingente celestino deixasse Messina e rumasse para Sobrecéu. Com a ajuda de ventos favoráveis, a travessia tinha sido rápida e sem incidentes. A frota aproximou-se da baía de Sobrecéu pronta para uma nova batalha, mas tão logo os telhados pontiagudos de Terra surgiram e os detalhes foram aparecendo, ficou claro que não haveria confronto. O governador militar tassiano e a sua guarnição aguardavam nos cais, prontos para oferecer a sua rendição.

Quando desembarcou na cidade, a sensação que Anabela teve era a de que vivia em um pesadelo que se recusava a terminar. A situação era ainda pior do que havia imaginado. O governador militar tassiano era um homem sádico que havia instaurado em Sobrecéu um regime de terror. A cidade tinha se convertido em uma grande prisão a céu aberto, onde eram comuns prisões arbitrárias, execuções sem julgamento, além do confisco indiscriminado de bens da população. Havia ainda relatos de violência aleatória contra inocentes e estupros coletivos ocorrendo quase que diariamente. O número de pessoas relatadas como desaparecidas por familiares era estarrecedor.

O governador militar instituíra um intrincado sistema que extorquia dinheiro das famílias celestinas abastadas em troca de proteção. Como resultado, muitas famílias mercadoras perderam grande parte de seu patrimônio. As companhias de comércio haviam sido igualmente afetadas e, como consequência da falta de dinheiro, a maior parte não estava em condições de voltar a operar as rotas comerciais. Para piorar, com a morte de Marcus Vezzoni, o Banco de Pedra e Sal tinha entrado em colapso, levando junto todos os outros bancos menores. Com o caos instalado no sistema bancário, não havia dinheiro disponível para qualquer tipo de esforço de reconstrução.

Apenas algumas horas depois de pôr os pés em solo celestino, Anabela foi nomeada duquesa de Sobrecéu. O ato de nomeação não durou mais do que alguns instantes e ocorreu sem cerimônias. Anabela insistiu que não havia tempo para aquele tipo de coisa e que todos tinham muito a fazer. Apontou Eduardo Carissimi como seu primeiro conselheiro e Tibério Tovar como Comandante da Frota Celeste.

Junto com Eduardo Carissimi, revisou exaustivamente o tratado de leis celestinas para determinar qual seria a punição correta para o governador tassiano e seus oficiais mais importantes. A pena de morte estava prevista em raríssimos casos na legislação celestina, mas os dois descobriram que os interventores tassianos enquadravam-se nessas situações. Sentindo todo o peso de governar sob os ombros, Anabela viu-se forçada a assinar o decreto que condenava à morte por crimes de guerra e contra a humanidade o governador militar tassiano e sete de seus principais assessores. Os demais tassianos na cidade estavam envolvidos em diversos outros crimes cuja gravidade variava muito. Estes seriam julgados pelo magistrado tão logo ela conseguisse nomear um.

Na manhã seguinte, Anabela esteve presente na execução por enforcamento dos tassianos. A sentença foi executada em uma praça de Terra, sob os olhares de uma multidão. Apesar de tudo o que tinham vivido nas mãos daqueles homens, o povo de Sobrecéu não aplaudiu ou demonstrou entusiasmo com o que acontecia.

Estão cansados de ver gente morrendo, mesmo que seja gente assim..., Anabela lembrou-se de ter pensado enquanto se forçava a assistir aos corpos se debaterem no ar.

As semanas seguintes foram de trabalho incessante. Em meio ao ritmo frenético, cada dia vinha com a sua cota de más notícias e novas dificuldades a serem enfrentadas. Em meio à avalanche de desafios, a única trégua que teve surgiu algumas semanas depois: informantes trouxeram um relato detalhado de estranhos eventos ocorridos em Navona. Seguindo ordens específicas, os espiões tinham conseguido confirmar que Theo sobrevivera aos acontecimentos e estava sob os cuidados dos Jardineiros da congregação dos Literasi.

As informações confirmavam uma impressão que ela já tinha: um peso havia sido removido daquele mundo. Theo e Raíssa tinham derrotado o *obake*. Anabela tentou descobrir mais detalhes, mas não teve sucesso. Tanto o povo da Baixada quanto os sacerdotes tinham informações muito desencontradas e incompletas a respeito do que havia se passado na cidade. Apesar de as notícias terem trazido um grande alívio, havia um ponto que a deixava inquieta: em nenhum momento conseguira confirmar o destino de Raíssa. Anabela imaginava que ela também deveria estar a salvo com os Literasi, mas a verdade era que não tinha certeza daquilo.

Depois de alguns meses, Anabela conseguiu reestabelecer uma ordem mínima na cidade. O sistema bancário foi reerguido e iniciou o financiamento das companhias de comércio. Com a operação mercantil aos poucos sendo retomada, as mercadorias voltaram a circular pelo porto de Sobrecéu. O desabastecimento que assolava a cidade foi resolvido e o ânimo das pessoas nas ruas melhorava a cada dia.

Com a situação enfim sob controle, Anabela decidiu que estava na hora de tratar de outros assuntos. Preparou-se para um dia cheio no qual receberia muitas pessoas diferentes, algumas que admirava profundamente, outras, nem tanto. Todas, porém, traziam questões que precisavam ser resolvidas.

Anabela não conseguia conter a sensação de estranheza e desconforto que experimentava cada vez que entrava no Salão Celeste. Ela se perguntava se algum dia seria capaz de estar naquele lugar e não sentir o peso de tudo o que havia acontecido. Imaginou que, em um futuro distante, o passar do tempo ajudasse a obliterar as memórias dolorosas e aquilo talvez fosse possível. Por outro lado, refletiu que se esquecer daqueles eventos talvez não fosse o mais sensato.

Que eu nunca esqueça as coisas que se passaram aqui e os eventos que levaram até elas. Aliás, é para tratar disso que estou aqui, hoje...

Anabela sentou-se à cabeceira da mesa. De cada um dos lados, estavam Eduardo Carissimi e Tibério Tovar. Ela correu o olhar sobre a pilha de documentos à sua frente; estava cansada demais para examiná-los com cuidado.

— Quem é o primeiro?

Eduardo colocou de lado algumas anotações que fazia e olhou para ela.

— Você tem dormido o suficiente?

— Essa noite, dormi por cinco horas inteiras. É o máximo que consegui até agora.

Eduardo fez uma careta.

— Não podemos nos dar ao luxo de ter você doente. Não em um momento como esse.

Anabela suspirou.

— Prometo fazer com que seis horas de sono sejam o próximo objetivo a ser alcançado. De qualquer modo, quando partir para Astan, vou passar quase um mês a bordo de um navio e terei tempo mais do que suficiente para descansar.

— Essa viagem não seria precipitada, senhora? — perguntou Tovar.

— Provavelmente — respondeu Anabela. — Mesmo tendo proclamado a sua nação, Usan Qsay está longe de ter as coisas sob controle. Ainda assim, preciso me reunir com ele e negociar a reabertura da Rota da Seda. Essa é a maior prioridade. Sem os recursos do comércio com o Oriente, não temos como bancar a reconstrução da cidade.

— As companhias de comércio estão de joelhos — completou Eduardo. — Os tassianos levaram tudo o que puderam. Tiveram muito tempo para saquear tanto o tesouro da cidade quanto o patrimônio das famílias celestinas. O dinheiro foi sendo enviado para o estrangeiro em um fluxo constante e, uma vez longe de Sobrecéu, é impossível rastreá-lo e trazê-lo de volta.

— É mais prático considerar o dinheiro roubado como perdido — disse Anabela. — O que precisamos é refazer o patrimônio do tesouro e dos celestinos. Para isso, precisamos da economia funcionando a pleno.

O raciocínio tinha lógica, mas ela temia que Tovar tivesse razão sobre a viagem. Usan Qsay talvez ainda não estivesse em posição de dar as garantias que Anabela esperava obter. De qualquer modo, não tinha tempo a perder e precisava arriscar.

— Você perguntou quem era o primeiro — disse Eduardo, examinando um pergaminho que tinha diante de si. — Maria Silvestri — anunciou, erguendo o olhar.

Anabela assentiu e Eduardo fez um sinal para um assistente junto da porta do Salão. Em instantes, Maria Silvestri foi trazida até a mesa. Era uma mulher de meia-idade, com o corpo muito magro e um olhar triste. Anabela levantou-se, foi até ela e a abraçou.

— Senhora, peço desculpas por não tê-la recebido antes. Esses dias desde o nosso retorno têm sido intermináveis.

Maria Silvestri esboçou um sorriso.

— Não há porque se desculpar, senhora Anabela. Estamos todos como que vivendo em um sonho... alguns ainda não acreditam que vocês retornaram e nos libertaram dos tassianos.

Anabela sorriu.

— Eu mesma também não acredito — disse, indicando para que Maria Silvestri se sentasse à mesa.

Anabela foi até a cabeceira e também se sentou. Ela observou a viúva de Antônio Silvestri por um momento e então disse:

— Senhora Maria, eu a chamei aqui para expressar, em meu nome e em nome da cidade-estado de Sobrecéu, o nosso profundo agradecimento pelos atos de seu marido. Antônio foi a voz da honra e da coragem que se ergueu para apontar o caminho certo em um momento em que muitos celestinos haviam perdido a razão, a esperança ou ambas as coisas.

— Obrigada, senhora. Meu marido morreu lutando pelo que acreditava ser o certo.

Eduardo assentiu.

— Antônio era um grande homem, Maria. Tenho muito orgulho de ter trabalhado com ele.

— Como está a sua família? — perguntou Anabela.

— As meninas estão bem, apesar de tudo. São fortes como o pai. Não sei se algum dia conseguiremos esquecer tudo o que passamos nas mãos dos tassianos, mas, seja como for, isso não nos impedirá de viver nossas vidas. — Ela fez uma pausa e completou, o olhar fixo em Anabela: — Aprendemos isso com a senhora.

Anabela conteve as lágrimas que começaram a turvar a visão. Tinha uma dívida de gratidão eterna com aquela mulher. Faria tudo que estivesse a seu alcance, e ainda mais, para garantir que ela e a sua família não sofressem mais.

— Suas palavras são gentis, senhora Maria. Todos nós recebemos lições duras demais. A missão da minha vida será garantir que eventos assim nunca mais se repitam — disse Anabela. — O que podemos fazer pela senhora?

— Eu estou um pouco perdida... os tassianos levaram quase todo o nosso dinheiro e a companhia de comércio dos Silvestri foi saqueada.

— Tudo será resolvido, senhora. Como podemos ajudá-la?

Maria pensou por um momento e respondeu:

— Eu gostaria de retomar a companhia de comércio. Devo isso a meu marido.

— A senhora terá todo o apoio de que precisar — disse Anabela.

Eduardo Carissimi voltou-se para Maria.

— O tesouro de Sobrecéu auxiliará na retomada da operação da companhia de comércio Silvestri. E a senhora pode contar comigo para tudo o que precisar.

— E comigo, também — disse Anabela. — Por favor, quero que me veja como uma amiga. Para a senhora, essas portas estarão sempre abertas.

— Muito obrigada... todo esse apoio é muito importante — disse Maria, levantando-se.

Anabela também se levantou e a acompanhou até a saída do Salão Celeste.

— Alguém tem notícias de Una e Fiona Carolei? — perguntou Anabela, retornando a seu lugar à cabeceira da mesa.

Tovar ajeitou-se na cadeira e respondeu:

— Ninguém sabe delas, senhora. Os dias que se seguiram ao retorno dos tassianos e ao assassinato de Carlos Carolei foram de caos absoluto. Boa parte dos registros de pessoas desaparecidas que estamos tentando organizar e investigar são daquele período. O mais provável é que tenham sido mortas.

Anabela sentia-se triste pelas duas. Ambas tinham sido, antes de mais nada, vítimas das tramas de Carlos Carolei. Culpadas ou não, o destino que provavelmente haviam tido nas mãos dos tassianos era horrível demais para imaginar.

O resto do dia foi uma sucessão de pessoas chegando e partindo. Anabela conversou com mercadores, banqueiros, capitães de navios, donos de pequenos negócios em Terra e muitos outros. Todos traziam pedidos que eram tão diferentes quanto eles próprios. Apesar de exausta, ela escutou um a um com o máximo de atenção. Em determinado ponto, porém, percebeu que seria impossível acomodar todas aquelas necessidades e desejos. Pelo menos, não enquanto a cidade estivesse de joelhos como estava.

Anabela despediu-se de Eduardo e Tovar e rumou para a escada em espiral que levava aos Jardins do Céu. A estrutura era talvez a única reminiscência que sobrevivera intacta naquela parte da Fortaleza. Dos Jardins mais acima, pouco havia restado e menos ainda do modo como ela se lembrava deles. As extensões gramadas, os muitos recantos floridos e os pequenos bosques tinham sumido, substituídos por uma terra enegrecida, coberta de entulho. As fontes ornamentais e a grande piscina na parte central, onde Anabela costumava nadar todos os dias, haviam secado por completo.

Júnia passava a maior parte dos seus dias nos Jardins. Anabela sentia uma profunda sensação de tristeza e ternura ao testemunhar os esforços da irmã para tentar, à sua maneira, reconstruir os Jardins. A menina dedicava horas juntando pedaços de mármore quebrado, para depois tentar encaixá-los como se fosse um quebra-cabeça. Quando não estava tentando reconstruir as esculturas, removia com as mãos o solo queimado até chegar à rica camada de terra escura mais abaixo.

Naquele final de tarde não era diferente. Júnia estava de joelhos, remoendo a terra com as mãos. Tinha o corpo e a roupa cobertos por terra. Anabela parou para examinar a irmã. A terra que tingia suas roupas era escura não porque havia sido queimada, mas sim porque se tratava do solo original dos jardins.

Abaixo do caos e da destruição, ainda há uma terra viva e fértil. Ela está apenas esperando que removamos o entulho acima e façamos dela outra vez algo cheio de vida. Assim também é com essa cidade. O espírito de cada celestino foi abatido, mas não foi quebrado. Depois que eu limpar o que está por cima, Sobrecéu irá florescer outra vez.

Adiantou-se até Júnia e ajoelhou-se ao lado dela para ajudá-la. Descobriu que a camada de solo queimado não era espessa: bastava passar a mão uma vez e ela sumia. Por baixo, surgia o solo escuro e fértil, pronto para ser plantado.

— Senhora? — soou uma voz atrás delas. — Podemos arranjar alguém para fazer isso... não há necessidade de a senhora...

A voz era de Helga. Uma das primeiras coisas que Anabela fizera, depois de se assegurar de que a cidade estava segura, fora enviar um navio para Valporto para trazer Helga de volta. Duas semanas depois, ela desembarcou em Sobrecéu. O choque de Helga ao constatar que Júnia não apenas estava viva, mas também falando, fora gigantesco. Meses já haviam se passado, mas o espanto no rosto dela parecia tão intenso quanto no dia do reencontro.

— Obrigada, Helga — respondeu Anabela, sorrindo. — Eu e a Júnia podemos resolver isso sozinhas.

As duas ficaram ali por mais algum tempo até que Júnia, exausta, pediu para retornar à Fortaleza. Anabela viu-se sozinha em meio à desolação e começou a caminhar sem rumo definido.

Deixou os Jardins e encontrou a escadaria que levava até o gabinete do pai. Quando terminou a subida, constatou que nada restara para ser visto. Não apenas o conteúdo do gabinete tinha desaparecido; a própria estrutura — teto e paredes — estava faltando. Uma única fileira de pedras retangulares tinha sobrado, marcando o contorno do que tinha sido a parede externa. A face oposta era formada pela própria rocha da montanha, de modo que o espaço que sobrou se parecia com um nicho esculpido na encosta rochosa.

Anabela escutou passos nas escadas. Eduardo Carissimi surgiu, carregando uma tocha.

— Isso deve ter acontecido em muitos momentos diferentes — disse Anabela, passando os dedos sobre a superfície da pedra. — Não é possível provocar tanta destruição de uma só vez.

Eduardo postou-se do lado dela.

— A incursão tassiana, os dias de Carolei como duque, a ocupação de fato da cidade... oportunidades não faltaram. Todos devem ter tido participação nisso.

— Nada restou da memória do meu pai.

— As filhas dele sobreviveram. Se Alexander tivesse testemunhado tudo o que se passou, ficaria mais do que satisfeito em saber que foi essa parte de seu legado que sobreviveu para ver o futuro.

Anabela abriu um sorriso triste.

— Você tem razão. Ter Júnia viva conosco é uma bênção.

— Viva e falando.

Anabela riu.

— Falando muito. Ela não para de falar. Acho que está recuperando o tempo perdido.

— Ouvi dizer que ela passa os dias nos Jardins.

— Ela enche aquele lugar de vida.

Eduardo pousou a mão no ombro dela.

— Vamos reconstruir os Jardins, assim como faremos com todo o resto.

Anabela concordou, olhando para o gabinete em ruínas.

— Essa é a minha missão.

Os dois ficaram em silêncio por um momento e então Eduardo disse:

— Você pediu que buscássemos notícias de Theo.

Anabela voltou-se para Eduardo.

— O que descobriram?

— Nossa rede de informantes o localizou em Astan. Ele parece estar hospedado no observatório da Universidade.

Theo retornou para junto do amigo astrônomo...

— Creio que agora você tem mais de um motivo para ir à Cidade Sagrada — disse Eduardo.

— Sim... tenho. Há muito a ser decidido nesta viagem, e não me refiro apenas ao encontro com Usan Qsay.

Anabela tinha muito claro para si que havia uma decisão muito importante à sua espera. Uma definição sem a qual ela não poderia seguir adiante com a sua vida.

— Quero adiantar a viagem.

Eduardo franziu a testa.

— O inverno ainda não acabou.

— Tivemos uma estação amena. Não vamos encontrar tempestades no caminho.

E, se encontrarmos, eu não tenho mais medo de tempo ruim.

Eduardo anuiu.

— Muito bem. Vou organizar a partida.

Anabela assentiu.

Não via a hora de partir e ver Astan outra vez. Queria conversar com Theo e tentar entender por que ele não a havia procurado, mesmo depois que tudo tinha terminado. Teria que ficar longe de Júnia por um longo tempo e aquilo seria muito difícil. Mas ela sabia que não tinha escolha. O seu futuro, seja ele qual fosse, dependia das decisões que seriam tomadas naquela viagem.

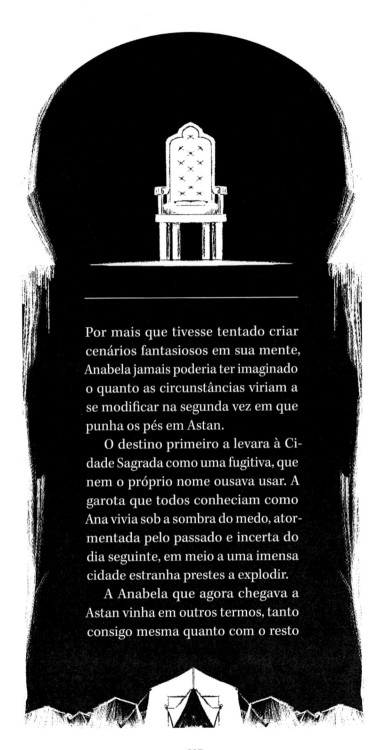

Por mais que tivesse tentado criar cenários fantasiosos em sua mente, Anabela jamais poderia ter imaginado o quanto as circunstâncias viriam a se modificar na segunda vez em que punha os pés em Astan.

O destino primeiro a levara à Cidade Sagrada como uma fugitiva, que nem o próprio nome ousava usar. A garota que todos conheciam como Ana vivia sob a sombra do medo, atormentada pelo passado e incerta do dia seguinte, em meio a uma imensa cidade estranha prestes a explodir.

A Anabela que agora chegava a Astan vinha em outros termos, tanto consigo mesma quanto com o resto do mundo. Dessa vez, ostentava o próprio nome, não apenas o primeiro, mas também o sobrenome. Estava hospedada em um luxuoso hotel no coração da Riza. Sua segurança era feita por homens da Guarda Celeste e, ainda, por agentes locais, destacados pelo próprio Usan Qsay para garantir que nenhum incidente ocorresse durante a sua visita.

Ela logo compreendeu o porquê. Encontrou Astan pouco mudada. A pobreza e o número de pessoas desocupadas nas ruas eram muito semelhantes ao que ela tinha visto antes. Imaginou que Usan Qsay, tal como ela própria, tinha descoberto na prática que tomar controle de uma cidade era a parte fácil. O difícil vinha depois: criar um sistema de governo que gerasse prosperidade para todos ao mesmo tempo em que equacionava os muitos interesses divergentes existentes em uma mesma sociedade. E era por isso que a sua presença em Astan estava sendo tão celebrada. Tanto ou ainda mais do que ela, o líder oriental precisava da restituição imediata das rotas de comércio.

Como tinha chegado alguns dias antes do previsto, Anabela pensou em usufruir do tempo revendo as pessoas de quem sentia falta. Pretendia visitar o sanatório e também procuraria por Lyriss. Por mais que desejasse aqueles reencontros, porém, não conseguia pensar neles enquanto não conversasse com Theo.

No seu primeiro dia em Astan, Anabela vestiu roupas comuns e rumou para a universidade. Misturou-se ao fluxo de gente que tomava cada pequeno recorte de espaço da ponte de Qom e seguiu em direção à ilha. Depois, serpenteou entre os prédios até chegar à estrutura abobadada do observatório. Encontrou a porta da frente aberta e subiu os diversos lances de escada até o topo, onde ficava o laboratório.

Theo estava sentado em frente a uma imensa bancada de trabalho. Diante de si estavam espalhadas pilhas e mais pilhas de papéis e pergaminhos. Em meio ao caos de documentos repousava um curioso instrumento: um pesado globo de metal com inúmeras inscrições na superfície. Theo dividia sua atenção entre observar o artefato e tomar notas. Estava tão absorto no que fazia que não percebeu a aproximação dela.

— Theo.

Ele se deteve por um momento, mas não ergueu o olhar, como se achasse que a voz que ouvira havia soado apenas em sua cabeça.

— Theo.

A mão se deteve e ele largou a pena que usava para fazer anotações. Theo endireitou o corpo e olhou para ela. Anabela surpreendeu-se com o que viu. O olhar que encontrou o seu havia se transformado em algo diferente. Ainda estavam ali a simplicidade e a sinceridade que eram as suas marcas mais intensas. Mas havia algo mais, como se outras camadas de complexidade tivessem sido acrescentadas ao Theo que conhecia. Naquela teia intrincada de sensações, pensou poder enxergar uma nova forma de sabedoria, uma resignação silenciosa e, acima de tudo, um profundo pesar.

Na mesma hora, ela compreendeu.

Raíssa se foi.

— Ana.

Ele abriu um sorriso. Até isso tinha mudado. O sorriso que vinha fácil e simples, quase como uma explosão inesperada, agora era comedido e ponderado, como se fosse um bem valioso a ser fracionado com cautela.

— Você está bem? — perguntou ele. — Sente-se...

Apesar das palavras, ele se levantou.

Anabela aproximou-se de modo a postar-se diante dele. Theo permaneceu imóvel. Ela avançou e o abraçou. Ele resistiu por alguns segundos, mas depois se entregou. Ficaram unidos em silêncio, os corpos colados, por um longo tempo. Quando enfim se separaram, ele a conduziu pela mão até a bancada.

— Eu sinto muito pela Raíssa — disse ela, sentando-se.

Theo se sentou de frente para ela, do outro lado da bancada. Por um momento, seu olhar se perdeu nos documentos diante deles. O sentimento de que ele estava distante, perdido na própria dor, veio tão intenso que ela chegou a imaginar que ele não conversaria com ela. Apesar disso, seus olhares se reencontraram e ele falou, em voz baixa:

— Sim... ela se foi.

— O que aconteceu, Theo?

Ele se encolheu por um momento. Mais uma vez, Anabela achou que ele se fecharia e permaneceria em silêncio.

— O *obake* a pegou, Ana. Ele foi mais rápido... eu não...

Ele se interrompeu.

— Eu não cheguei a tempo — completou, depois de um longo tempo.

Anabela estendeu o braço por sobre a bancada e apertou a mão dele por um instante.

— Eu sinto muito, Theo. Sei que você fez o possível.

Ele olhou para longe.

— Ao menos o *obake* se foi.

— Sim, Theo. Eu senti quando ele se foi. É um imenso legado que você e Raíssa deixaram para todos nós.

— Era para ter sido eu — disse ele, ainda mirando para longe dela, em direção à parte alguma.

— O que aconteceu lá, Theo?

Ele aos poucos trouxe o olhar de volta para ela.

— Os Literasi cuidaram de mim. Trataram dos meus ferimentos e me deram abrigo. Ítalo de Masi esteve comigo o tempo todo. Ele me ensinou muitas coisas.

Anabela entendeu que ele não falaria sobre o que tinha acontecido. *Ele precisava das três fahir para enfrentar o obake... é um milagre que tenha sobrevivido...*

— Sei que vocês obtiveram uma grande vitória em Messina. Tariq os ajudou — disse Theo.

— Sim. Foi por pouco, mas conseguimos.

— Foi muito bom saber que você tinha sobrevivido... — disse ele. — Como está Sobrecéu?

— A cidade estava um caos. A situação era muito pior do que imaginávamos. A reconstrução levará muito tempo.

— O que importa é que ela poderá ocorrer.

Anabela examinou o rosto dele. Ele parecia ter envelhecido. Tinham surgido linhas de tensão ao redor dos olhos e tênues mechas de cabelos grisalhos nas laterais, junto das orelhas.

— Acho que sim — disse ela. — Por que Astan, Theo?

Theo afastou alguns papéis que estavam na sua frente e puxou para perto de si o instrumento de metal que havia prendido a atenção dela.

— Li mais livros do que posso me lembrar nos meus dias com os Literasi. Um deles falava sobre a função disso. — Theo gesticulou para que Anabela examinasse o artefato. O globo de metal estava coberto por inscrições cujo significado ela não compreendia. Sobre a superfície metálica, existiam diversas linhas graduadas que se movimentavam de modo independente.

— Para que serve?

— Encontrei isso no gabinete do seu pai quando voltei a Sobrecéu para procurar pelo Disco de Taoh. Fiquei fascinado por ele e convenci Una Carolei a vendê-lo para mim. Mesmo depois de tudo o que aconteceu, consegui trazê-lo até Astan. Eu tinha uma desconfiança a respeito do seu propósito, mas foi o trabalho de Rodolfo que confirmou tudo.

Anabela permaneceu em silêncio, esperando que ele prosseguisse.

— É um instrumento de navegação que usa as estrelas como referência, Ana. Rodolfo tem quase certeza de que é absírio.

— A Terra Perdida fica distante do mar. Os absírios nunca foram navegadores, Theo.

Ele sacudiu a cabeça e esboçou um sorriso. Anabela percebeu que havia um entusiasmo novo em sua voz.

— Não é verdade, Ana. Não apenas eu e o Rodolfo, mas muitos membros da Ordem têm reunido livros e documentos provando o contrário. Pense nas ruínas do assentamento absírio que seu pai encontrou no litoral do Oriente, muitos anos antes de nascermos — disse ele. — Acreditamos que houve uma espécie de êxodo nos dias derradeiros da Terra Perdida. Parte do povo absírio partiu em grandes navios para além do Mar Externo.

— Isso é impossível, Theo. As rotas comerciais que velejam até o Mar Externo estão sempre junto da costa, onde estão as únicas cidades que existem por lá. Não há como navegar sem a referência da terra firme.

Ele sacudiu a cabeça com ainda mais vigor e tamborilou os dedos sobre o globo de metal.

— Com isso, é possível.

Anabela compreendeu o que ele queria dizer.

— Você quer dizer que...

— Com as informações extraídas da leitura deste instrumento, é possível para um capitão se manter fiel a um curso predeterminado mesmo que não tenha nenhuma referência em terra. Ele pode ficar dias, semanas, ou quem sabe meses, vendo apenas o mar aberto e, ainda assim, não ficar perdido. Basta uma única noite estrelada e ele saberá onde está.

Anabela estava espantada.

— Se isso for verdade...

— É verdade, Ana. Esse tem sido o nosso trabalho. Rodolfo primeiro validou as leituras do globo. Estão todas corretas. O que estou fazendo agora é escrever uma espécie de manual, algo que tornará mais fácil e rápida a interpretação das informações obtidas no globo.

— Um manual de navegação?

— Acho que você poderia chamar assim.

Em um primeiro momento, Anabela tinha observado confusa a manifestação de entusiasmo de Theo. Vendo-o em meio àquelas anotações, falando sobre estrelas e navegação, porém, enfim o compreendeu. Theo tinha feito daquilo a sua missão. Dedicaria-se ao conhecimento e à ciência e, se conseguisse, empreenderia ele mesmo aquela jornada insana pelo Mar Externo. Tratava-se de um propósito, um grande objetivo que tomara para si e que ela sabia que o ajudaria a conviver com as perdas que sofrera.

Mas tudo aquilo vinha com um preço, porque havia um limite para o quanto um coração podia ser ferido antes de se fechar para sempre. E Theo, depois de tudo o que havia passado, tinha excedido muito aquele limite. Como uma espécie de revelação, ela compreendeu que ele jamais se ligaria a quem quer que fosse. Nem à própria Anabela. Por mais que pudesse amá-la, jamais conseguiria ficar com ela. Viveria uma existência de dedicação aos outros, vinculado amorosamente a todos que o cercavam, mas incapaz de dedicar-se a uma única pessoa.

Anabela compreendeu o quanto o amava e o quanto desejava que ele fosse feliz. Faria tudo o que pudesse, e então mais um pouco, para garantir que ele ficasse em segurança. Mas entendeu que não ficariam juntos. O exercício de tentar desvendar o que havia acontecido com Theo também tinha sido uma jornada interior. E ela saiu dela com a mente mais clara a respeito do que fazer.

Entendeu que a menina amava Theo, mas a mulher que havia se tornado amava Tariq.

Aquilo dava sentido à incompletude que muitas vezes a acompanhara nos últimos meses. Apesar de todas as conquistas e de não ter mais que conviver com a ameaça de Valmeron, ela frequentemente era visitada por aquela ideia de que havia algo faltando.

O que faltava era Tariq.

Compreendeu a lógica amorosa dele ao dizer-se disposto a fazer qualquer sacrifício para que pudessem ficar juntos. A proposta de um "governo itinerante", ora em Sobrecéu, ora em Samira certamente seria mal recebida em ambos os lugares. Mas ela estava disposta a tentar.

— Ana?

A voz de Theo a fez retornar para o momento presente.

— Onde você estava?

Ela tornou a olhar para Theo. A imagem dele levou alguns instantes para ganhar nitidez. Seus olhos estavam cansados.

— O que você pretende, Theo? Digo, para a sua vida.

Ele coçou o queixo, passeou com os olhos pelas anotações e depois a observou com cautela.

— Ana, você acha que a cidade de Sobrecéu estaria interessada em financiar uma expedição desse tipo?

Anabela pensou por um momento.

— Acho difícil, Theo. O tesouro da cidade foi quase todo esvaziado pelos tassianos e os esforços de reconstrução têm sido mais onerosos do que qualquer um de nós poderia ter imaginado.

— Pense bem, Ana. Você está aqui para falar com Usan Qsay, para negociar a reabertura da Rota da Seda, certo?

Ela assentiu.

— E se, além do Mar Externo, existirem outros lugares, ainda mais ricos e cheios de possibilidades? Você não gostaria de assegurar que essas novas rotas de comércio pertencessem a Sobrecéu?

— Nós não sabemos nem mesmo se há alguma coisa além do Mar Externo, Theo. Ninguém nunca fez essa viagem. Talvez exista uma razão para isso.

Ele sacudiu a cabeça.

— Os absírios fizeram. É possível — disse ele. — Mas admito que não há garantias. O risco é imenso.

Anabela lembrou-se das palavras do pai:

E se, algum dia, Ana, você estiver diante de uma decisão que ninguém nunca tomou, em uma circunstância que ninguém nunca viveu, como agiria?

Ela se surpreendeu com a resposta que emergiu:

Eu faria o que nunca foi feito.

— Do que você precisaria?

Theo arregalou os olhos, surpreso.

— O mais difícil seriam os navios, Ana. O resto pode ser arranjado.

— O que há com os navios?

— Há algumas poucas narrativas que falam sobre viagens pelo Mar Externo. São ficções muito antigas que descrevem ondas gigantes, ventos ferozes e coisas assim. Eu acredito que, mesmo sendo obras da imaginação de alguém, esses relatos têm uma parcela de verdade. Se o Mar Externo é tão amplo quanto imaginamos, então as condições de navegação devem ser muito mais difíceis do que no Mar Interno.

— Você precisa de um navio muito grande.

Ele fez que sim.

— Não apenas grande, Ana. Um outro tipo de projeto. Um navio que não tenha remos e, com isso, possa ter uma amurada muito alta para proteger o convés das ondas. Os mastros seriam muito altos, com grandes velas quadrangulares, para velejar bem em quase todos os ventos. Por fim, seria uma embarcação muito mais larga do que a maior das galés mercantis que existem atualmente.

— Você já viu esse projeto — arriscou Anabela.

— Vimos a descrição de um navio assim em antigos escritos absírios. O Rodolfo mostrou a ideia para um amigo, professor da faculdade de engenharia, e ele aceitou fazer um esboço do projeto de uma embarcação com essas características.

Theo levantou-se e sumiu em meio à confusão do laboratório. Retornou instantes depois trazendo um longo tubo de papel enrolado.

— Me ajude a abrir, Ana.

Anabela levantou-se e fixou com as mãos uma das extremidades do papel enquanto Theo abria o rolo sobre a mesa, revelando o documento. Tratava-se da planta detalhada de uma gigantesca embarcação. Tal como Theo descrevera, não havia remos nos bordos e as amuradas eram muito altas. O navio seria lento e desajeitado nas manobras ao navegar em um lugar como o Mar Interno, mas Anabela percebia a lógica de se conceber algo diferente para uma possível travessia do Mar Externo.

— O projetista o chamou de galeão.

— É incrível, Theo.

Anabela estava maravilhada com a dimensão do projeto. Construir algo daquele tamanho levaria pelo menos um ano nos melhores estaleiros e custaria uma fortuna.

— Theo, construir um desses será um feito e tanto... não sei se temos os recursos para...

Ele a observou com os olhos bem abertos.

— Um? Não, Ana, você não entendeu. Uma jornada assim não pode ser feita por um único navio.

— Não?

Ele a encarou, os olhos faiscando, cheios de vida, e respondeu:

— Não. Precisaremos de três.

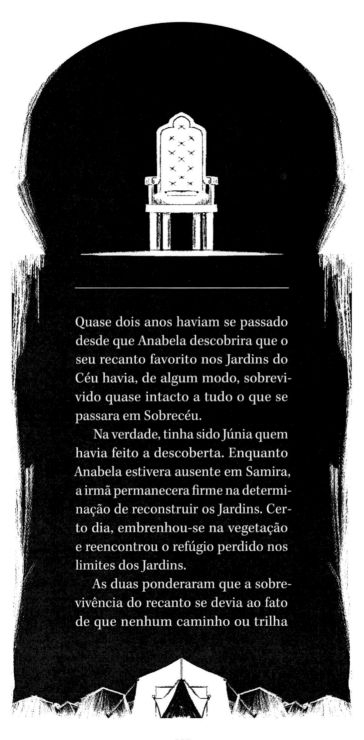

Quase dois anos haviam se passado desde que Anabela descobrira que o seu recanto favorito nos Jardins do Céu havia, de algum modo, sobrevivido quase intacto a tudo o que se passara em Sobrecéu.

Na verdade, tinha sido Júnia quem havia feito a descoberta. Enquanto Anabela estivera ausente em Samira, a irmã permanecera firme na determinação de reconstruir os Jardins. Certo dia, embrenhou-se na vegetação e reencontrou o refúgio perdido nos limites dos Jardins.

As duas ponderaram que a sobrevivência do recanto se devia ao fato de que nenhum caminho ou trilha conduzia até ele. Tratava-se de uma pequena clareira, cercada por arbustos espessos, na periferia dos Jardins. Por isso, para encontrá-la, não havia outro modo que não embrenhar-se na vegetação. Apesar de toda a destruição que tinham empreendido, os tassianos e os homens dos Carolei não o tinham localizado.

O recanto, mais do que uma lembrança de outros tempos, tornou-se solo sagrado para Anabela.

Há uma parte minha que sobreviveu intocada a tudo isso.

Naquela manhã, Anabela encontrou o recanto silencioso como sempre. Os únicos sons para serem ouvidos eram também os únicos que importavam: o farfalhar das folhas e a melodia da água escorrendo pela fonte com o anjo. O ar estava repleto com o perfume de jasmim misturado a uma miríade de outros aromas. Da cidade além do muro insinuavam-se o cheiro de alecrim, sálvia e azeite de oliva, além de muitos outros que ela não conseguia identificar.

Como sempre, antes de entregar-se a uma espécie de estado meditativo no banco ao lado da fonte, ela foi até o muro e debruçou-se para ver a cidade. Mesmo à distância percebia que a Cidade Celeste estava cheia de vida. As alamedas de Céu, com seus canteiros floridos, resplandeciam sob o sol da manhã, e o Caminho do Céu mais adiante fervilhava com o subir e descer de gente. A economia florescia e a cada dia tanto velhos negócios eram retomados quanto novos tinham início.

O renascimento de Sobrecéu tinha a sua marca. Anabela havia ganho a confiança necessária para empreender mudanças ousadas nas finanças e na economia da cidade. Apesar do sucesso, a decisão de se casar com Tariq e tornar-se — além de duquesa de Sobrecéu — rainha de Samira encontrou resistência feroz de muitos celestinos importantes. Como sempre, Eduardo Carissimi permaneceu ao seu lado. Juntos, os dois conseguiram mostrar que a união seria feita de modo a nunca vir de encontro aos interesses de Sobrecéu.

Durante cerca de seis meses, Tariq enfrentara situação semelhante em Samira. Mesmo que a resistência enfrentada por ambos não estivesse eliminada por completo, o casamento acabou acontecendo de qualquer forma. Anabela tornou-se rainha em uma grande cerimônia no palácio real de Samira. O que viria depois tinham sido os melhores dias de sua vida. Os meses que se seguiram foram repletos de viagens e descobertas na companhia de muitas pessoas interessantes. Em todos os momentos, teve como constante a companhia amorosa e o sentimento de cumplicidade com Tariq.

Os dois optaram por um sistema de governo itinerante no qual a ausência de ambos seria compensada por uma regência de confiança. Em Sobrecéu, a escolha tinha sido fácil: Eduardo Carissimi exercia a regência em seu nome quando ela se ausentava. Em Samira, Tariq não tinha uma figura equivalente e ainda não chegara a uma solução definitiva.

Para consolo de Anabela, normalmente Júnia optava por acompanhá-los na jornada até o Oriente. A irmã estava crescendo e seu jeito de criança pequena encontrava-se em franca transformação. Júnia tinha se tornado uma criança falante, curiosa e com muita facilidade para fazer novos amigos. Tinha aprendido sem esforço a língua comum do Oriente e já contava com amizades tanto em Sobrecéu quanto em Samira.

Anabela deixou o olhar livre para correr o mundo. Mais embaixo, depois do caminho do Céu, havia Terra e a confusão de telhados pontiagudos. Além dela, a baía de Sobrecéu enchia a vista com um azul profundo que era quase belo demais para ser verdadeiro. Sobre as águas calmas havia mais de uma centena de embarcações. Algumas achavam-se imóveis, outras se deslocavam lentamente, cumprindo a eterna dança do chegar e partir que embalava qualquer porto. Àquela distância, porém, todas não passavam de um minúsculo pontilhado sobre o tapete azulado do oceano.

Mas havia três notáveis exceções. Mais ao longe, quase deixando as águas abrigadas para ganhar o mar aberto, despontavam as formas majestosas de três grandes navios. As embarcações tinham mastros tão altos que mesmo à distância era possível ver as velas postas ao vento. Com o coração pesado, Anabela fixou o olhar nas formas distantes. Todas as três ganhavam velocidade a olhos vistos.

Chegaram ao mar aberto... agora não há retorno.

Theo capitaneava o galeão almirante da flotilha. Anabela não podia vê-lo, mas, de algum modo, o imaginava no tombadilho, olhando para trás, para a cidade que se afastava e para ela... Depois de tanto tempo de preparação, Theo estava empreendendo a viagem que tinha se tornado o seu grande sonho. Restava a Anabela apenas torcer para que ele permanecesse em segurança e, quem sabe, algum dia retornasse.

Theo vai ficar bem... ele sempre arranja um modo de ficar bem...

Anabela levou as mãos à barriga e sorriu. O abdome aos poucos ganhava volume e não fazia muito tempo que tinha sentido o bebê movimentar-se pela primeira vez. De algum modo, sabia que seria um menino. Em homenagem ao bisavô, o chamaria de Leonardo. Leonardo Qsay-Terrasini. A ideia do filho a enchia de uma alegria imensurável, mas também de um imenso senso de responsabilidade. Sabia o desafio que teria pela frente.

Diferentemente do que o pai tinha feito com ela, não pretendia criá-lo para ser um grande líder. Em vez disso, tentaria ensiná-lo a ser resiliente para enfrentar as vicissitudes do porvir, e com a capacidade de ser feliz com o que a vida lhe oferecesse, fosse muito ou pouco.

Mas ela sabia que aquilo tudo era teoria. O que desejava mesmo era que ele pudesse crescer cercado de amor e que fosse livre para tomar suas próprias decisões.

Ela olhou pela última vez para os galeões. As silhuetas já estavam quase perdidas na distância. As formas dos navios em breve se fundiriam com o horizonte e a imagem seria transformada em uma lembrança. Fechou os olhos por um longo momento. Escutava apenas os sons distantes da cidade abaixo enquanto a brisa acariciava o rosto.

Quando tornou a abrir os olhos, os navios tinham sumido, entregues à longa jornada que tinham pela frente.

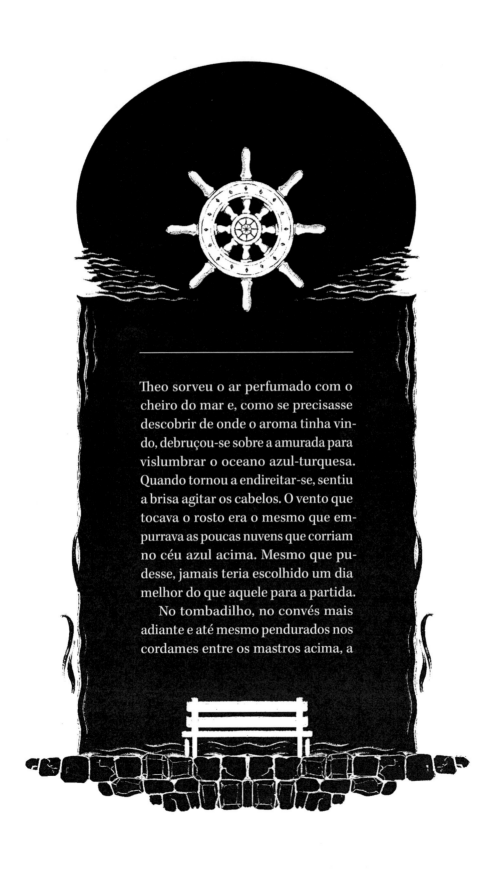

Theo sorveu o ar perfumado com o cheiro do mar e, como se precisasse descobrir de onde o aroma tinha vindo, debruçou-se sobre a amurada para vislumbrar o oceano azul-turquesa. Quando tornou a endireitar-se, sentiu a brisa agitar os cabelos. O vento que tocava o rosto era o mesmo que empurrava as poucas nuvens que corriam no céu azul acima. Mesmo que pudesse, jamais teria escolhido um dia melhor do que aquele para a partida.

No tombadilho, no convés mais adiante e até mesmo pendurados nos cordames entre os mastros acima, a movimentação da tripulação era intensa. Estavam prestes a deixar as águas abrigadas da baía de Sobrecéu e Theo ordenara que todo o velame fosse posto ao vento. Cada homem e mulher que corria diante de si para manter navegando o imenso navio era um conhecido seu. A construção dos galeões havia consumido quase dois anos. Durante aquele tempo, enquanto acompanhava os trabalhos, Theo estivera na Academia Naval de Sobrecéu, de onde saíra oficial da Frota Celeste. Durante o aprendizado, criara um profundo vínculo com aqueles que acabariam se tornando suas escolhas para compor a tripulação da frota.

Sentiu o navio ganhar velocidade. Olhou para o alto e viu as velas brancas enfunadas formando um delicado arranjo contra o céu azul. Olhou para trás, por sobre o espelho de popa, e viu o rastro do navio na água. Seu coração acelerou. O galeão era ainda mais rápido do que havia imaginado. Tinha calculado que levariam duas semanas para atingir o estreito que marcava a passagem do Mar Interno para o Mar Externo. Agora percebia que estava enganado: naquela velocidade, teria diante de si a vastidão do Mar Externo em pouco mais de uma semana. Theo vivia para o momento em que olharia a partir da proa e não veria nada que não fosse um oceano sem fim.

Os outros dois galeões, ainda velejando com o vento abrigado da baía, tinham ficado um pouco para trás. Além deles estava a confusão de mastros e velas do porto da Cidade Celeste. Ainda mais além revelavam-se os majestosos degraus de Sobrecéu. Theo correu o olhar pela cidade que se afastava. Começou com os telhados pontiagudos de Terra, ziguezagueou pelo sinuoso Caminho do Céu e chegou em Céu. Continuou subindo até o platô de Sobrecéu e então fixou os olhos na Fortaleza Celeste. Em algum lugar no alto da estrutura estavam os Jardins do Céu, o local favorito de Anabela. Theo imaginou se, naquele exato momento, ela o estaria observando partir.

Sentiu um aperto no peito, a antecipação de uma saudade indescritível, e torceu para que ela ficasse em segurança.

Ela vai ficar bem. Eu sei que vai.

Theo olhou ao redor. Os navios eram formidáveis, a tripulação sabia o que fazer e o vento soprava a seu favor.

Theo estava pronto.

Partia para a jornada com a mente aberta, o espírito livre e o coração cheio de sonhos. O que encontraria, ou mesmo se retornaria, não sabia dizer. Mas o certo era que estava feliz por ter empreendido a jornada e aquilo não se referia apenas à viagem física, mas também à travessia de si mesmo. Porque ele tinha entendido que a vida só fazia sentido se vivida junto com os outros, quando se era parte de alguma coisa. E aquele sentimento não apenas o tinha feito completo, mas também pronto para a jornada que tinha diante de si e para todas as outras que viriam.

PERSONAGENS

MAR EM CHAMAS

SOBRECÉU

TERRASINI (ROTA DA SEDA)
- Alexander, *duque de Sobrecéu. Desaparecido em uma expedição ao oriente*
- Elena, *duquesa de Sobrecéu*
- Ricardo, *herdeiro à Fortaleza Celeste; um rapaz de dezessete anos*
- Anabela, *uma garota de dezesseis anos*
- Júnia, *uma menina de cinco anos*
- Andrea Terrasini, *irmão mais novo de Alexander. Gerente da Companhia de Comércio Terrasini*

CAROLEI (ROTA DA SEDA)
- Carlos Carolei
- Una Carolei, *esposa de Carlos. Uma estrangeira vinda de Svenka*
- Fiona Carolei, *uma garota de dezesseis anos*

ORSINI (ROTA DA SEDA)
- Dario Orsini

CARISSÍMI (ROTA DO MAR EXTERNO)
- Eduardo Carissími, *chefe da rota*
- Lucila Carissími, *esposa*
- Pietro Carissími, *bebê de um ano*

GRIMALDI (ROTA DO MAR EXTERNO)
- Enzo Grimaldi

SILVESTRI (ROTA DO MAR EXTERNO)
- Antonio Silvestri

GUERRA (ROTA DO GELO)
- Marco Guerra

MANCUSO (ROTA DO GELO)
- Lazzaro Mancuso, *chefe da rota*

ROSSINI (ROTA DO GELO)
- Fausto Rossini

OUTROS
- Máximo Armento, *Comandante da Frota Celeste*
- Marcus Vezzoni, *Banco de Pedra e Sal*
- Cornélius Palmi, *Grão-Jardineiro de Sobrecéu*
- Emílio Terranova, *mestre dos espiões*
- Rafael de Trevi, *mestre de armas da Companhia de Comércio Terrasini*
- Próximo, *um rapaz ao redor dos vinte anos; formiga à serviço da Fortaleza Celeste*
- Alfredo, *pai de Próximo. Comandante reformado da Frota Celeste*
- Vitória, *uma menina de seis anos. Filha de Próximo*

TÁSSIA

ROTA DA AREIA
- Titus Valmeron, *senhor de Tássia*
- Dino Dragoni, *O Empalador*
- Nero Martone, *O Carniceiro*

OUTROS
- Igor Valmeron, *filho de lorde Valmeron*
- Hasad, veterano, *mercenário e traficante de crianças*
- Ahmat, *dono da taberna Serpente do Mar*
- Asil Arcan, *comandante reformado*
- Mona Arcan, *esposa de Asil*
- Esil, filho de Asil, *morto no surto de Febre Manchada*

VALPORTO

- Theo, *um garoto de dezessete anos*
- Raíssa, *uma menina ao redor dos cinco anos*
- Valter Ambos, *duque de Valporto*

RAFELA

- Aroldo Nevio, *duque de Rafela*

ALTONA

- Giancarlo Ettore, *duque de Altona*

NAVONA

- Ítalo de Masi, *Grão-Jardineiro da congregação dos Literasi*
- Vasco Valvassori, *Jardineiro ordenado pelos Literasi e membro da Ordem de Taoh*
- Santo Agostino, *Grão-Jardineiro da congregação dos Servos Devotos*
- Elmo Agosti, *Jardineiro - Intendente dos Servos Devotos*

NO ORIENTE

- Rasan Qsay, *Reitor da grande Universidade de Astan*
- Usan Qsay, *líder Oriental*
- Tariq Qsay, *herdeiro do trono de Samira*
- Farid Qsay, *rei de Samira*
- Lyriss Eser, *médica da universidade de Astan e membro da Ordem de Taoh*
- Samat Safin, *linguista da universidade de Astan e membro da Ordem de Taoh*
- Oreo, *mestre de armas da universidade de Astan*
- Pilar, *Jardineira ordenada pela congregação das Filhas do Jardim*
- Hamid Daoud, *médico a serviço do Grande Hospital de Astan*
- Rodolfo Giordani, *astrônomo na grande Universidade de Astan*
- Jaffar, *membro da Ordem de Taoh*
- Leyla, *membro da Ordem de Taoh*
- Guy de Basra, *governador de Astan apontado por Sobrecéu*
- Aid Ceren, *líder religioso em Astan*

Este livro foi composto em
Kepler Std (corpo e capitulares)
e Brother 1816 (inserções) em
Outubro de 2024 e impresso em
Triplex 250 g/m² (capa) e Pólen
Soft 80g/m2 (miolo).